dtv

Immer wieder wird versucht, Musik zu beschreiben. Am sichersten sind noch ihre meßbaren Verhältnisse oder der ihr zugrundeliegende Regelkanon zu bestimmen. Doch will der interessierte Musikliebhaber nicht immer wissen, ob die Musik nach Ansicht der Fachleute auf der Höhe ihrer selbst ist, vielmehr will er ihre Entstehung und ihre Wirkungsgeschichte kennenlernen, und er will die Geschichten erfahren, die hinter ihr stehen. Herbert Rosendorfer spielt Cello und liebt die Musik. Mit dieser Zuneigung schreibt er auch darüber: nicht puristisch, dafür unkonventionell und vor allem voller Phantasie. Seine Musikschriftstellerei ist ein mit Lust gerittenes Steckenpferd, das am Zügel wohlfundierter Studien geführt wird. Er hat Spaß an dem, was er schreibt, und so ist es das reine Vergnügen, seine musikalischen Geschichten gesammelt nachzulesen.

Herbert Rosendorfer wurde am 19. Februar 1934 in Bozen geboren. Er studierte zunächst an der Akademie der Bildenden Künste, München, danach Jura. Er war Gerichtsassessor in Bayreuth, dann Staatsanwalt und ab 1967 Richter in München, von 1993 bis 1997 in Naumburg/Saale. Seit 1969 zahlreiche Veröffentlichungen, unter denen die ›Briefe in die chinesische Vergangenheit‹ am bekanntesten geworden sind.

Herbert Rosendorfer

Don Ottavio erinnert sich

Unterhaltungen
über die richtige Musik

Herausgegeben und mit einem Nachwort
von Hanspeter Krellmann

Deutscher Taschenbuch Verlag

Ungekürzte Ausgabe
September 1997
2. Auflage April 1999
Deutscher Taschenbuch Verlag GmbH & Co. KG,
München
© 1989 Bärenreiter-Verlag, Karl Vötterle
GmbH & Co. KG, Kassel
Umschlagkonzept: Balk & Brumshagen
Umschlagbild: ›Lautenspielender Putto‹ von Rosso Fiorentino
(1494–1540) (© AKG, Berlin)
Gesamtherstellung: C. H. Beck'sche Buchdruckerei,
Nördlingen
Gedruckt auf säurefreiem, chlorfrei gebleichtem Papier
Printed in Germany · ISBN 3-423-12362-1

INHALT

Don Ottavio erinnert sich
Eine Erzählung
7

Der undramatische, aber edle Don Ottavio
Zur Tenorpartie in Mozarts ›Don Giovanni‹
46

Verdi und seine Librettisten
Die Oper ihrer Zeit und der italienische Patriotismus
51

Arrigo Boitos Weg zu Giuseppe Verdi
Von den Schwierigkeiten einer einmaligen Partnerschaft
64

Wem gehört das Rheingold?
Zivilrechtliche Probleme in Wagners Nibelungen-Ring
78

Wagners Verhältnis zu Ludwig II. und zu München
Wie es zur Uraufführung des halben Nibelungen-Rings kam
87

Die Oper als Fest – Festspiele mit Opern
Gedanken anläßlich des Münchner Richard-Strauss-Zyklus 1988
101

Eine Oper nach dem Endsieg?
Anmerkungen zu Richard Strauss' ›Liebe der Danae‹
114

Belcanto-Zeitalter und Risorgimento
Vincenzo Bellini und seine Oper ›Norma‹
127

Rossinis Moses-Oper auf dem Weg von Neapel nach Paris
Zur Entstehungs- und Aufführungsgeschichte
147

Georg Kremplsetzer und seine Operette ›Der Vetter auf Besuch‹
Eines Münchner Komponisten spärliche Erdenspuren
156

Der kuriose Fall eines Einzelgängers
Sorabji und sein Klavierwerk ›Opus clavicembalisticum‹
161

Eine zerstörte Hoffnung
Das fragmentarische Gesamtwerk Rudi Stephans
166

Hindemith – auch heute wieder ein Fall?
Der Komponist als Symphoniker
170

Der Einsiedler auf Madagaskar
Komponist Otto Jägermeier – Eine Fiktion
179

Unter dem Diktat eines Engels
Arabeske zu Robert Schumann
197

Melodien, von musikalischen Engeln beschert
Der mysteriöse Peter Tschaikowsky
203

Die heitere Trauer eines wirren Dichters
Wilhelm Killmayers Hölderlin-Lieder
213

Literatur, die blasse Tochter der Musik
Neidvolle Gedanken eines Literaten
218

Nachwort
233

Nachweise
238

DON OTTAVIO ERINNERT SICH

Eine Erzählung

Wenn die Sonne sinkt und ferne Hügelzüge von hinten beleuchtet, bildet sich *eine* aus dem hellen Himmel herausgefeilte dunkle Kette, obwohl die Hügel tief hintereinander gestaffelt sind und mitnichten in einer Linie liegen. So geht es manchmal mit dem Gedächtnis, namentlich wenn man älter wird. Die Erinnerungen liegen scharf beleuchtet, aber zusammengezogen in der Ferne. Für die richtige zeitliche Abfolge kann ich nicht mehr gradestehen.

Lange Jahre war ich damit – man kann ruhig sagen: beschäftigt, *nicht* über die Dinge nachzudenken, die damals passiert sind, denn ich habe sie zum Teil als verletzend, zum Teil als beschämend empfunden. (Wobei ich eingestehen muß, was ich aber nie laut sagen würde: nur Parasiten wie unsereins sind mit einer Beschäftigung, die nur darin besteht, an etwas *nicht* zu denken, zufriedenzustellen. Recht viel mehr habe ich nie in meinem Leben zu tun gehabt.) Besonders seit jenem Tag, als Donna Anna mir sagte, daß sie im Kloster bleiben wolle, hatte ich Mühe, die rumorenden Gedanken aus meinem Kopf fernzuhalten, *nicht* nachzudenken. Ich verstand die Welt nicht mehr. Ich bezweifle aber auch, daß ich je begonnen hätte, sie zu verstehen, wenn ich nachgedacht hätte. »Nachdenken führt zu nichts«, sagt mein Beichtvater, er wisse es aus eigener Erfahrung.

Es war an einem milden Herbsttag gegen Ende des Jahres – ich weiß das Jahr nicht mehr, habe heute, bevor ich angefangen habe, dieses niederzuschreiben, lange darüber gegrübelt, welches Jahr das gewesen sein könnte. Es war ein Jahr, das steht fest, unter dem Pontificat Pius VI., und es war, wenn mich nicht alles täuscht, bevor die Franzosen ihren König geköpft haben. Ich habe im Garten draußen ein paar von den älteren Rittern gefragt, ob sie sich vielleicht an jene Ereignisse, von denen immerhin seinerzeit die ganze Stadt gesprochen hat, erinnerten? Nein, es erinnert sich keiner. Sind alle zu jung. Ich bin fast der älteste Ritter, der hier auf dem Aventin lebt. Nur Fra Andrea da Venosa ist noch älter, einundneunzig. Aber er lebt, sofern man das so nennen kann, im Spital und kann nur noch mit Muttermilch ernährt werden. Hoffentlich stirbt er, solang das Wetter noch trocken ist, damit ich mich beim Leichenzug nicht erkälte. Das mit der Muttermilch hat sich unter den Rittern herumgesprochen. Fra Teofilo Maneguzzi hat plötzlich krank gespielt und wollte auch Muttermilch. Es hat sich dann herausgestellt, daß Fra Teofilo einem Irrtum erlegen ist. Er hat gemeint, er dürfe an einer Amme saugen. Aber so ist das nicht; ich habe mich erkundigt: einer Kindsmutter unten in der Stadt, einer Kindsmutter, die mehr Milch hat, als ihr Kind braucht, wird Milch – wie soll ich sagen – abgemolken, na ja, kein schöner Ausdruck, aber die betreffende Person wird es nicht lesen, ich glaube nicht, daß eine, die ihre Muttermilch verkauft, lesen kann; wird also abgemolken die Milch und in einem Eimerchen heraufgebracht. Zweimal am Tag. Dann in ein silbernes Kännchen getan und Fra Andrea eingeflößt. Als so Fra Teofilos Irrtum richtiggestellt wurde, ist er ganz von alleine wieder gesund geworden. Das ist auch eine Folge des Zölibates, oder vielmehr: der Sittlichkeit. Dem Zölibat unterliegen ja die ordinären Geistlichen unten in der Stadt auch, was sie aber, wie jeder weiß, nicht hindert... Ich streiche aus Zartgefühl aus, was ich jetzt denke. Ich schreibe statt dessen: was sie nicht hindert, Dinge zu tun, mit denen zusammenhängt, daß sie nicht so einem blödsinnigen Irrtum – an einer Ammenbrust saugen zu wollen – unterliegen. *Die* wissen es besser. Wir nicht, obwohl wir ja Ritter sind, wenngleich geistlich. Wenn doch dieser – ich will seinem Namen nicht die Ehre antun, daß er hier in meinen Aufzeichnungen auftaucht – dieser korsische Zwerg recht ordentlich in der

Hölle brutzelt. Er hat uns die Insel weggenommen. Lange Jahre sind wir herumgeirrt wie Bettler. Ich war, wundere mich, daß ich das überlebt habe, sechs Jahre lang in Rußland. In Rußland! Dieser Schnee! Na, gut. Seit elf Jahren sind wir hier in Rom auf dem Aventin. Wir haben das Gefühl: wir sind *geduldet*. Einen Großmeister zu wählen gestattet der Papst nicht. Und unserer Sittlichkeit schauen die Herren Cardinäle auf die Finger, wenn dieses Bild erlaubt ist ... eine Klosterschule für adelige Jungfrauen ist nichts dagegen. So kommen solche Irrtümer zustande wie der Fra Teofilos.

Ich habe das alles einmal mit meinem Beichtvater durchgesprochen, einem gewissen Pater Nonuoso, einem Franziskaner von Aracoeli. Wir sind darauf zu sprechen gekommen, wie wir so meine Sünden von Gebot zu Gebot durchgegangen sind – mein Gedächtnis läßt immer mehr nach. Nicht einmal an die Sünden vom vergangenen Monat erinnere ich mich genau, obwohl es, bei meiner Seele, nicht viele sind. So muß mir Pater Nonuoso auf die Sprünge helfen. Und weil ich dazu neige, vom Hundertsten ins Tausendste zu kommen, da geht er eben die Gebote nacheinander mit mir durch. Er ist ziemlich streng: »Viertes Gebot ...«, keift er: »... glauben Sie wirklich, Exzellenz, daß Sie da nichts ... et cetera?« Ich bitte: du sollst Vater und Mutter ehren. Meine Mutter ist gestorben, als ich knapp neun Jahre alt war, noch unter Clemens XIV., und mein Vater liegt seit 1804, das sind jetzt auch schon über vierzig Jahre her, in Santi Nomi di Maria. Was soll ich da schon groß ehren oder nicht ehren. Und dann das sechste Gebot. Du lieber Himmel. Ich habe manchmal das Gefühl, das ist dem Pater Nonuoso das liebste. Ich muß sagen – oft begehe ich überhaupt keine Sünden mehr: in meinem Alter. Ich sitze ja eh nur noch im Garten herum, lese keine verbotenen Bücher, weil ich überhaupt keine Bücher lese, ich höre schlecht, ich sehe nur noch auf einem Auge, von Fraß und

Völlerei kann keine Rede mehr sein, weil mein Magen nichts mehr verträgt, und von mehr als zwei Gabeln Spaghetti bekomme ich Magendrücken, von mehr als zwei Gläsern Frascati Sodbrennen. Aber das glaubt Pater Nonuoso nicht. Tue ich ihm also ab und zu den Gefallen und erfinde ein paar Sünden, damit er eine Freude hat. *Das* wird ja keine Sünde sein.

Wir, die Ritter, sollten, hat der Beichtvater gesagt, zufrieden mit dem Zölibat und der Sittlichkeit sein. Die irdische Liebe sei schmutzig, und außerdem sei jeder glücklich, der nichts mit Weibern zu tun haben müsse. – Woher er das wisse, habe ich ihn gefragt. – »Jeder ist glücklich, der nichts mit Weibern zu tun hat«, hat er geantwortet.

Mein Zölibat ist mir, wenn man so sagen kann, nicht in der Wiege gesungen worden. Als einziger Sohn des letzten Romaldi wäre eigentlich meine Aufgabe gewesen, die Familie fortzupflanzen. Sie stirbt mit mir aus. Schade. Es ist ein sehr altes, edles langobardisches Geschlecht. Meine Familie (die nur noch aus mir besteht) kann sechzehn Cardinäle, vierundachtzig Erzbischöfe, unzählige Bischöfe und Äbte, achtzehn päpstliche Generäle, einen toscanischen Admiral, zweiundvierzig Offiziere, die in päpstlichen Diensten gefallen sind, und einen Heiligen (meinen Ur-Urgroßonkel San Bernardino Romaldi, er ist der Schutzpatron der Schuhlöffelerzeuger-Zunft in Lucca) und vier Selige vorweisen. Leider ist trotz der sechzehn Cardinäle nie ein Papst aus unserer Familie hervorgegangen, und die Chance dazu ist, wie man sieht, vertan.

Und die Sittlichkeit: ich gehe davon aus, daß diese Blätter nie jemand zu Gesicht bekommen wird. (Ich muß daran denken, an mein Testament ein Postscriptum anzufügen, daß diese Aufzeichnungen mit mir begraben werden.) Ich kann dem Papier also anvertrauen: ich bin achtzig Jahre alt und bin noch unberührter Jüngling. Ja, es ist kaum glaublich, aber es ist so. Zwar war auch meine ritterliche, maltesische Tugend nicht immer unangefochten. Die Gärtnerin damals, zum Beispiel, es muß unter dem Pontificat Pius VII. gewesen sein, die immer die Tomaten für die Küche gebracht hat . . . ach ja. Aber so eine richtig günstige, respektive ungünstige Gelegenheit hat es nie gegeben. So bin ich mit achtzig Jahren noch – und vermutlich endgültig – unberührt. Das glaubt mir übrigens der Beichtvater auch nicht.

Und Donna Anna. Ja, ja. Da war ich schon über zwanzig Jahre lang Malteserritter, stand in den, wie man so sagt, besten Mannesjahren, hatte aber natürlich längst schon die Profeß abgelegt, lebte hier im Priorat von Rom, es war kurz bevor ich der Gesandtschaft des Ordens in Wien zugeteilt wurde. Da besuchte ich Donna Anna (damals auch schon seit zwanzig Jahren, Mutter Maria Sinforosa) in ihrem Kloster. Als geistlicher Ritter war es mir gestattet, den Garten zu betreten. Es war Ende Mai. Das Geißblatt blühte. Auch als Nonne und als Vierzigjährige war Donna Anna immer noch schön, jedenfalls kam es mir so vor. Ich hielt mich am Griff meines Säbels fest. Das Geißblatt blühte und duftete, aber ich glaube, das habe ich schon erwähnt. Wir gingen langsam durch den Garten, ich machte, ja, es ist nicht anders zu sagen, und auch das kann ich den Blättern hier anvertrauen, da sie nie jemand lesen wird, ich machte ihr den Vorschlag . . .

Nein, ich muß anders anfangen. Ich habe mit keinem Wort die Schicklichkeit verletzt, ich habe nur, so tuend, als sei es eher beiläufig, von Fra Girolamo Serra di Falco erzählt, dem Neffen des Cardinals von San Marcello. »Fra Girolamo Serra di Falco«, habe ich gesagt, »Sie kennen vielleicht die Familie, zwar nur sechs Cardinäle insgesamt seit 1300, aber *zwei* Heilige, beichtet immer gemeinsam mit einer Nonne von Quattro Coronati. Es sei, berichtet Fra Girolamo, sehr schön. Das Beichten. Förmlich paradiesisch. Auch *was* sie beichten, sei außerordentlich erfreulich.« Ich wurde, da Donna Anna, also Mater Maria Sinforosa, ein wenig seufzte, so kühn, ihr vorzuschlagen, daß auch wir, wo wir doch vor vielen Jahren einander verlobt waren, gemeinsam beichteten ... Sie seufzte wieder. »Ach nein«, sagte sie dann. Es war das letzte Mal, daß ich sie gesehen habe. Sie soll noch unter dem Pontificat Leos XII. gestorben sein.

Zuerst, erinnere ich mich, begannen die Dienstmädchen davon zu reden. Man wird fragen: wie erfährt ein junger Mann von etwa zwanzig Jahren, ein römischer Nobile aus altem Haus, der allein mit seinem Vater in den marmorbödigen Fluchten eines Palazzo an der Via Sistina lebt und seinen (zugegebenermaßen: eher bescheidenen) Studien obliegt, davon, was unter Dienstmädchen geredet wird? Natürlich erfährt er es unter gewöhnlichen Umständen nicht, aber das, was von jenem Verführer (dissoluto) geredet wurde, ging so über jedes gewohnte Maß hinaus, daß das Gerede über die Ehemänner und Brüder dieser Dienstmädchen zu den Barbieren und Kutschern gelangte, von dort zu den herrschaftlichen Dienern und Haushofmeistern, von wo aus es naturgemäß ein kurzer Weg zu den Herrschaften selber ist. Wer von unseren Domestiken mir zuerst davon erzählte, wüßte ich heute nicht mehr zu sagen. Es war ein allgemeines Geraune. Die römischen Dirnen waren die ersten, die sich besorgt zeigten: da gab es einen, der raste zwischen Weiberschenkeln herum und brauchte nie etwas dafür zu bezahlen. Im Gegenteil, es wurde gemunkelt, daß manches Weib dem Kerl hinterher ihre Ersparnisse zusteckte. Die Dirnen fürchteten um ihr Einkommen, wenn das Mode würde. Sie kamen beim Cardinal-Staatssekretär um Abhilfe ein und machten eine Wallfahrt nach Subiaco. Der Cardinal-Staatssekretär versprach, sich der Sache anzunehmen, aber bevor auch nur irgendetwas von offizieller Seite unternommen worden war –

wie üblich –, war die Angelegenheit erledigt, wie man sehen wird.

Zunächst also die Dienstmädchen. Aber nicht nur die Dienstmädchen, versteht sich, auch die hübschen Wirtstöchter oder die süßen Gärtnerinnen, die auf dem Campo dei Fiori die Zucchini verkauften, die Schustersfrauen und die jungen Bäuerinnen, die aus der Campagna in die Stadt kommen, schwärmten und tuschelten. Wie er hieß, wußte niemand. Er kam von auswärts und hatte einen Diener dabei, der Namen, Alter und Haar- und Augenfarbe jeder Geliebten aufschrieb und den Tag der Verführung vermerkte. Es kursierte der Bericht einer Beichte einer dreiundzwanzigjährigen Wirtin aus dem Trastevere, ich glaube, sie hatte ihre Taverne in der Lungaretta. Der Beichtvater, ein gewisser Don Trojano Detesta, ein Canonicus von San Crisogono, kolportierte ihn. (Sein Bruder, Dottore Gaetano Detesta, war unser Hausarzt, natürlich ist er schon lange tot, wie alle, außer mir. R. I. P.) Die Wirtin hatte gebeichtet, daß der Unhold wie ein Sturm über sie gekommen sei. Sie habe sich förmlich nicht wehren können. Allein sein Blick habe vermocht, daß sozusagen ihre Kleider wie Zunder gewordene Lappen von ihr gefallen seien, vollständig. Ihre nackten Glieder seien ihm entgegengeschmolzen. Die erste Berührung schon habe sie in einen Taumel gestürzt, der sie willenlos habe zucken lassen, und noch eine halbe Stunde, nachdem der Unhold fort war, habe sie nackt auf dem Bett gelegen und nach Luft geschnappt.

Solche Berichte haben auch die noblere Damenwelt nicht ruhen lassen. Bald liefen auf höherer Ebene verschämte Schilderungen von Mund zu Ohr. Grandiose Einzelheiten der Anatomie dieses Monstrums wurden weitererzählt. Aber den Namen wußte keine, oder woher er war. Die weibliche römische Gesellschaft teilte sich in zwei Gruppen: die Leichtfertigen prahlten mit ihren Abenteuern, und keine von denen hätte zugegeben, daß sie nicht zum Kreis der Verführten gehöre. Die Sittenstrengen aber erbebten in Angst. Meine Verlobte, Donna Anna Castri-Mattei, neunzehn Jahre alt, gehörte zu meiner Erleichterung zu den Bebenden.

Im Rom jener Jahre waren, vielleicht mehr noch als heute, die Besuche edler Fremder üblich. Nicht nur edler: auch Gesindel fand sich zu allen heiligen oder weniger heiligen Jahren ein. Jeder Beutelschneider, Taschendieb und Seiltänzer hielt es für seine Pflicht, irgendwann in seinem Leben einmal die Heilige Stadt auf- und heimzusuchen. Ich erinnere mich an englische Maler, an französische Flötisten, an deutsche Dichter, und einmal machte – es war nicht lang nach den beschriebenen Ereignissen – sogar ein lutherischer Bischof seine Aufwartung bei uns, eine griesgrämige Krähe mit weißem Bäffchen. Er war als Anstandswauwau irgend eines kurkölnischen oder kurmainzischen Barons in Rom. Eine komische Geschichte: der Baron, ich weiß nicht mehr, wie er hieß, war Geistlicher und der Bruder oder Neffe eines regierenden Kurfürsten und Cardinals und sollte Coadjutor werden, reiste aber mit seiner Mätresse, einer ehemaligen Schauspielerin. Um einem Skandal vorzubeugen, nahm das Pärchen jenen lutherischen Bischof mit sich, der von nichts eine Ahnung hatte. Hinter seinem Rücken wurde *er* vom Baron als Liebhaber der Dame ausgegeben. Der Bischof war aus Weimar, einer Stadt, von der ich keine Ahnung habe, wo sie liegt. Das Gerücht, das der Baron hier in Rom absichtlich ausstreute, nämlich von der Liebschaft des lutherischen Bischofs mit der Schauspielerin, fand schneller seinen Weg nach Weimar als hier in Rom an die Ohren des Lutheraners, der, heißt es, seine Zeit damit verbrachte, ein Büchlein in der Hand, die alten Trümmer auf dem Campo Vacchino zu bestaunen. Wie man weiß, sind lutherische Bischöfe verheiratet, und als endlich der Bischöfin in Weimar die Sache zu Ohren kam, pfiff sie ihn heim und alles flog auf. Das Zölibat hat schon auch seine Vorteile, wie ich bei dieser Gelegenheit anzumerken mir erlaube.

So eine Geschichte hat mehrere Seiten. Und vor allem ist zu bedenken: was ist wahr, und was nicht? Wie sich die Sache in Dienstmädchenkreisen abgespielt hat, blieb mir, was die Einzelheiten betrifft, verschlossen. Als sich der Strudel dieser galanten Ereignisse bis zu den besseren Kreisen heraustürmte, waren die Äußerungen der Damen verwirrend. Bei Tee-Einladungen entrüstete man sich. Andererseits galt eine Dame, die *nicht* von dem unbekannten Unhold verführt worden war, als außer Mode – also gesellschaftlich tot. Jede leugnete für sich und wußte es von jeder anderen mit Sicherheit. Beim Namenstag meines Taufpaten Don Ottavio Chigi-Albani sagte dessen Schwägerin Donna Angela Fabrizii mitten in die Unterhaltung bei Chocolade: »Natürlich hat er auch mich ... Ich bin vor Vergnügen in Ohmacht gefallen.« Später gestand (log?) sie, es sei nicht wahr.
    Nur Donna Anna nicht, da bin ich mir sicher. Donna Anna, die reinste, edelste Braut Roms. Um ganz ehrlich zu sein: wenn wir geheiratet hätten, viele Jahre zusammengelebt hätten, wenn die übliche Langeweile vornehmer Ehen lang genug schon gedauert hätte ... und es wäre ein junger Vetter gekommen, ein fescher Malteser, zum Beispiel ... ich würde heute meine Hand nicht dafür ins Feuer legen. Wie bei keiner Frau. Natürlich sage ich das *heute,* wo ich die Welt kenne, wie sie ist. *Damals,* wenn mir einer das gesagt hätte, hätte ich für die Ehre Donna Annas den Degen gezogen. Und ich hätte – damals – recht gehabt.
    Es war Ende Oktober. Ich glaube, es war ein Freitag, besser gesagt, die Nacht von Donnerstag auf Freitag. Ich schlief schon. In meinen Schlaf drang ein Radau von der Straße her. Ich maß dem keine Bedeutung zu, aber kurz

danach klopfte Francesco, mein Diener, an die Tür meines Schlafzimmers.

»Don Ottavio! Don Ottavio! Wachen Sie auf! Ein Unglück ist geschehen!«

Ich sprang aus dem Bett. »Wie spät ist es?«

»Die Turmuhr von San Trinità hat eben zwei Uhr geschlagen.«

»Was ist los?«

»Die Zofe Donna Annas ist durch die ganze Stadt gerannt. Sie ist bis oben hin mit Lehm bespritzt. Ein Unglück ist geschehen. Der namenlose Dissoluto ist bei Donna Anna.«

Ich sprang in meine Hose. Ich befahl, eine Kutsche anspannen zu lassen. Ich zog mich an. Es war grotesk; am Abend (es war das Fest Simon und Juda gewesen, wir hatten eine kleine Soirée mit Musik) hatte ich meinen Galarock angehabt. Er hing noch dort. Ich nahm mir keine Zeit, einen anderen zu suchen. Francesco reichte mir die Perücke. Ich band den Säbel um, steckte zwei geladene Pistolen ein. »Ist die Kutsche angespannt? Die Zofe soll mitfahren, mir auf dem Weg alles erzählen. Fahre Du auch mit. Nimm das schwere Jagdgewehr.« Die Kutsche war noch nicht angespannt. Der Kutscher wachte nicht auf. Es dauerte mir zu lang. Ich warf selber einen Sattel auf meinen Apfelschimmel. (Achille hieß er, erinnere ich mich.) »Kommt ihr nach«, schrie ich, »wenn der verdammte Kutscher aufgewacht ist.« Und sprengte davon. Ich zwang den Achille, auch auf die Gefahr hin, daß er sich die Knöchel breche, die neue Scala di Spagna hinunter, die Via Condotti hindurch, daß der Dreck aufspritzte. Am Corso nach links, den Corso hinauf wie beim Juden-Rennen. Am Palazzo Venezia rechts bis San Andrea della Valle. Kein Mensch weit und breit. Eine Nachtwache wollte mich bei der Chiesa Nuova aufhalten. »Es ist ein Überfall«, schrie ich, »ich bin Don Ottavio Romaldi di Siguna Santa Chiara, mein Vater ist päpstlicher Kammerherr. Mir nach!« Ich sprengte weiter. Tatsächlich, wie sich später herausstellte, folgten sie mir, aber sie waren, da zu Fuß, viel langsamer. Vor San Giovanni dei Fiorentini, scharf links, die Via Giulia hinab. Ich glaube nicht, daß mehr als eine halbe, höchstens eine Dreiviertelstunde vergangen war, seit mich Francesco geweckt hatte, da sprang ich vor dem Palazzo Castri vom Pferd. Das Tor stand – mitten in der Nacht – offen. Der alte Haushofmeister des Commendatore Castri kam mir mit einer Laterne entgegen. »Zu spät, Don Ottavio«, sagte er.

Dennoch zog ich meinen Degen und ging hinein. Der Haushofmeister führte mich auf die Terrasse. Ich werde das Bild nie vergessen: der Commendatore lag im Nachthemd auf dem Boden. Seine linke Seite war mit Blut befleckt. Blut sickerte immer noch in die Ritzen der Marmorplatten rings um ihn. Sein grauer Bart reckte sich in die Höhe. Seine Augen waren weit aufgerissen. Donna Anna, ebenfalls im Nachthemd, stand an das steinerne Geländer gelehnt und schaute, scheinbar nicht lebendiger als der tote Vater, auf die blutende Leiche. Der Haushofmeister hob die Laterne über seinen Kopf und beleuchtete die schreckliche Szene. Die Dienerschaft versammelte sich stumm, die Weiber heulten. Nach einiger Zeit kam auch mein Francesco und dann sogar jene Nachtpatrouille, die ich an der Chiesa Nuova getroffen hatte. Ich befahl, daß der Leichnam zugedeckt würde, und steckte meinen Degen ein.

Vom Mörder keine Spur. Die Nachtwache lief zwar herum, ihr Anführer tat sich wichtig. Er befahl, daß das ganze Viertel abgesucht würde. Gefunden wurde natürlich nichts. Das hätte ich ihnen vorher sagen können. Überhaupt verläßt sich die päpstliche Polizei hauptsächlich auf das schlechte Gewissen der Übeltäter. Wenn einer sich selber stellt, dann erwischen sie ihn. Nur bei Blasphemie, Majestätsbeleidigung, Beschimpfung der Kirche und bei Verbreitung häretischer Schriften greifen sie durch. Das hat seinen guten Grund, wie mir einmal der Gouverneur auseinandersetzte: bei Verbrechern *dieser* Art ist auf das schlechte Gewissen nicht zu zählen; die stellen sich *nie* selber.

So war also die Scharwache abgezogen. Der Arzt kam, er konnte nichts anderes tun, als den Tod festzustellen und Donna Anna zu condolieren. Er fragte mich, ob er vielleicht Donna Anna ein beruhigendes Mittel geben solle. In Anbetracht der Tatsache aber, daß sie ohnedies immer noch wie versteinert dastand, lehnte ich dankend ab. Ich verfügte nur, daß die Leiche vorerst, bis die Leichenwäscherinnen, der Leichenbarbier usw. kämen, in das Schlafzimmer verbracht und auf das Bett gelegt würde. In Trauer vollzogen die Domestiken diese Dienste an ihrem geliebten Herrn. Donna Anna bewegte sich immer noch nicht. Ich befahl der Zofe, bei ihr zu bleiben, und begleitete den schrecklichen Transport ins Schlafzimmer. Auch ein Anblick, ein Gefühl, das ich nie vergessen werde: das noch schlafwarme Bett mit der Decke, die der Commendatore zurückgeschlagen hatte, als er die Schreie seiner Tochter hörte – und nicht ahnte, daß er tot und kalt nach weniger als einer Stunde in dieses Bett zurückgebracht werden würde. Ich faltete die Hände des braven Mannes und steckte das Kreuz, das auf dem Nachttisch neben dem Bett stand, dazwischen. Neben ihn legte ich seinen Degen. Wir stellten Kerzen auf.

Als ich wieder auf die Terrasse zurückkehrte, hatte Donna Anna endlich angefangen zu weinen. Ich versuchte sie zu trösten, sagte, daß nunmehr Gott allein ihr Vater sei, daß allerdings auch ich da sei, der versuchen werde, ihr die väterliche Fürsorge zu ersetzen, vor allem: den ruchlosen Mörder zu finden und den Tod des edlen Greises zu rächen. Es fällt einem ja nicht viel ein in so einer Situation. Ich hatte das Gefühl, Donna Anna hörte nur halb zu. Sie ließ sich dann von ihrer Zofe wieder in ihr Zimmer führen. Ich blieb beim toten Commendatore und hielt die Totenwache, bis es von San Giovanni dei Fiorentini sieben Uhr schlug. Dann ritt ich langsam heim. In der zum Leben erwachenden Stadt war schon von nichts anderem die Rede als von dem Mord.

Donna Anna war verändert. Sie behandelte mich kalt und abweisend. Der Verdacht, der mich viel später beschlich, längst nach ihrem Tod, war mir damals noch fern. Ich führte das veränderte Verhalten – als natürlich – auf den plötzlichen Tod des Vaters und auf die so schockierenden Umstände dieses Todes zurück. Ich war allerdings dann später schon etwas betroffen von der fast eisigen Art, wie sie meine liebevollen Bemühungen um sie und darum, die vielen Angelegenheiten nach dem Tod des Commendatore zu regeln, entgegennahm, fast als sei ihr meine Gegenwart lästig. Ich schlug ihr vor, daß wir, da wir ja nun schon zwei Jahre verlobt waren, unter den neuen Umständen und ohne Rücksicht auf ein Trauerjahr (jeder hätte das verstanden) sofort heirateten, damit sie nicht allein in dem einsamen Palazzo an der Via Giulia bleiben müsse. Beinahe hohnlachend wies sie meinen Vorschlag zurück. »Wo denken Sie hin«, sagte sie, »haben Sie noch nie etwas von Pietät gehört? Und noch dazu, bevor der Mord nicht gerächt ist?« Ich kam natürlich nicht mehr auf diesen Vorschlag zurück.

So blieb also Donna Anna allein in dem Palast, das heißt, die einzige nähere Verwandte, die sie hatte, eine Schwester ihrer Mutter, die als Nonne in einem Kloster in Anagni lebte, zog mit päpstlicher Dispens (die vorerst für ein Jahr gelten sollte) zu ihr. Nach einigen Tagen war Donna Anna dann bereit, mit mir länger zu reden. Sie empfing mich im Salon wie einen Fremden, allenfalls einen, der nicht ganz unwillkommen ist. Sie sagte, sie danke für meine Fürsorge, sie empfinde zu mir Zutrauen wie zu einem Bruder, und ich mußte feierlich – sie schleppte mich dazu sogar in die Hauskapelle – meinen Schwur erneuern, den Tod des Vaters zu rächen.

»Aber, teure Donna Anna«, sagte ich vorsichtig, als wir in den Salon zurückgekehrt waren und der Diener eine Tasse Chocolade und ein Gläschen Portwein für mich brachte (Donna Anna selber nahm nichts zu sich), »wenn ich den Mörder finden soll, müssen Sie mir schon die näheren Umstände der Tat schildern, auch wenn es Sie neuerlich erregen sollte.«

»Da ist wenig zu schildern«, sagte sie, »ich wachte davon auf, daß der Mann in meinem Schlafzimmer stand.«

»Wie sah er aus?«

»Lieber Don Ottavio: es war Nacht. Ich habe nur seine Silhouette gegen das Fenster gesehen.«

»Und dann? Was hat er getan?«

»Sie werden von einer römischen Edeldame, in deren Familie sich sieben Heilige, vier Selige und zweiundzwanzig Cardinäle finden, nicht erwarten, daß sie derart indezente Dinge auch nur schildert.«

»Ist er Ihnen«, sagte ich, und das Blut stockte mir, »zu nahe getreten? Ich meine . . . «

»Es genügt wohl, daß einer in mein Schlafzimmer kommt«, fuhr sie auf, »daß man das als *zu nahe treten* bezeichnen dürfte.«

Ich verbeugte mich leicht. »Und dann?«

»Ich habe geschrien. Ich habe mit der kleinen Schelle nach Smeraldina«, das ist ihre Zofe, »geläutet. Auf der Terrasse ist dann mein Vater gekommen – «

»Einen Moment«, unterbrach ich, »wie kamen Sie auf die Terrasse? Zerrte er Sie hinaus? Wollte er Sie entführen?«

»Ich weiß das alles nicht mehr so genau. Ich möchte auch gar nicht mehr daran denken, das werden Sie mir wohl zubilligen. Jedenfalls war ich auf der Terrasse und er auch, und dann ist mein Vater gekommen im Nachthemd, aber mit

Degen, und er hat sich dem Unhold entgegengeworfen, der tapfere alte Mann, aber – «, sie stockte.

»Sie haben gefochten?«

»Das kann man so gar nicht sagen. Denken Sie doch nur: der alte Mann und der andere, zwei Köpfe größer und jünger. Mit einem Stich hat er meinen guten Vater ...«, sie schluchzte, » ... ersparen Sie mir doch, das zu schildern.«

»Und danach?«

»Hat er sich über die Brüstung der Terrasse geschwungen, ist durch den Garten gelaufen, dort auf den Baum geklettert wie ein Eichhörnchen, vom Baum auf die Gartenmauer und drüben gegen die Tiberseite hin hinuntergesprungen.«

»Und Sie haben ihn die ganze Zeit nicht so deutlich gesehen, daß Sie ihn beschreiben könnten?«

»Ich sagte doch schon, daß es Nacht war und finster.«

»Dann wird es für mich sehr schwer sein, meinen Schwur zu erfüllen. Dennoch ... «

»Er hat sich, bevor er weg ist, vor mir verbeugt. So ganz leicht verbeugt.«

»Sehr edel.«

»Und dabei eine – eine kleine Handbewegung gemacht, den Hut gezogen – und so eine kleine Handbewegung – etwa so, sehen Sie – so ungefähr ... und dann ist er fort.«

So endete unser Gespräch. Im übrigen war sich die ganze Stadt – es wurde tagelang von nichts anderem geredet – darin sicher, daß der große unbekannte Verführer mit dem Mörder des Commendatore identisch sei.

Die Beerdigung war großartig. Am Tag danach erzählte mir Federico, der Kellner vom Caffè Greco (wo man neuerdings verkehrt), daß alles in allem achtundzwanzig Kutschen gezählt wurden, alle mit reichem Trauerflor geschmückt. Die Metzgerin in der Via Borgonona, die angeblich alles weiß – so berichtet mir Francesco –, wollte sogar von hundertfünf Kutschen gehört haben. Es sei dem, wie ihm wolle, fest steht, daß vier Cardinäle im Trauerzug mitfuhren und daß der Papst seinen speziellen Segen übermitteln ließ.

Erstaunen erregte, daß schon ein Grabmal in Form eines lebensgroßen Standbildes des Komturs in Marmor über der Gruft stand, so wenige Tage nach dem Tod. Das bedarf einer Erklärung: fern davon, daß ich dem edlen Greis irgendwelche schlechten Charaktereigenschaften nachsagen wollte, muß doch in dem Zusammenhang festgehalten werden, daß die Freigiebigkeit nicht die allererste Eigenschaft war, die einem einfiele, wenn Donna Annas Vater genannt wurde. Es lebte damals ein Bildhauer in Rom, der hieß Luigi Acquisti (für die Schreibweise verbürge ich mich nicht, könnte auch sein, er hieß Ludovico) und stammte aus Imola oder Forli oder irgendwo aus dieser Gegend. Ein englischer Lord, der eine Zeitlang in Rom als Gesandter seines Königs lebte, hatte im vergangenen Jahr diesen Acquisti beauftragt, eine lebensgroße Statue des Junius Brutus in mittelalterlicher Tracht mit seinen, des Lords, Gesichtszügen anzufertigen. Der Gesandte trug, was damals sehr selten war und eigentlich nur bei exzentrischen Engländern vorkam, einen Vollbart. So also auch Acquistis Junius Brutus. Aber noch bevor das Standbild fertig war, heiratete der Gesandte in dritter oder vierter Ehe (er war schon ziemlich betagt) eine junge Contessina Covoni, die sich weigerte, die Ehe zu vollziehen, sofern nicht der Lord sich den Bart abnehmen lasse. Der Engländer – obwohl lutherisch – nahm Recurs beim Heiligen Vater, aber Pius VI., der bekanntlich eine ausgesprochene Abneigung gegen Bärte hatte, gab der jungen Covoni recht und dispensierte sie von der Befolgung der ehelichen Pflichten, bis der Bart gefallen wäre. Aber der Lord gab nicht nach. Er recursierte weiter und bat seinen Souverän, König Georg III., beim Papst in den Angelegenheiten zugunsten seines Bartes diplomatische Schritte zu unternehmen. Zum Unglück des Lords aber war auch Georg III. *gegen* Bärte eingestellt, weil er im Geist die amerikanischen Revoluzzer alle als mit Bärten behaftet sich imaginierte. So mußte also der Bart fallen. Die Ehe wurde vollzogen, aber der Junius Brutus sah dem Lord nun nicht mehr ähnlich. Der englische Lord ließ Acquisti wissen, daß er die Arbeit einstellen könne. Acquisti haderte mit seinem Schicksal. Er prozessierte und verlor natürlich. Das Gericht machte den streitenden Parteien einen Vorschlag zur Güte: Acquisti solle den Bart weghauen. Acquisti mußte das ablehnen, weil – statisch gesehen – einzig der gewaltige Vollbart den dünnen Kopf mit dem großen Helm hielt. Ohne Bart wäre der Hals gebrochen. Der Lord sagte: er nähme die Statue auch ohne Bart nicht mehr ab, denn es widerspreche seinen englischen Prinzipien, jemandem etwas zu bezahlen, der gegen ihn prozessiert habe. Außerdem wurde der Lord bald darauf als Gesandter abgelöst, und Acquisti stand da mit seinem bärtigen Lord Junius Brutus.

Acquisti ärgerte sich eine Zeit lang, dann hörte er sich aber um, und er erfuhr, daß es dazumal einen einzigen römischen Adeligen gab, der einen Vollbart trug: den Commendatore, Donna Annas Vater. Der Papst redete ihn zwar jedesmal dumm an, wenn er ihn sah, aber der Commendatore verwies darauf, daß er ein Großneffe mütterlicherseits des Papstes Innozenz XII. Pignatelli sei, des letzten Papstes mit Bart. Dagegen konnte auch der Heilige Vater nicht gut etwas einwenden. Zu dem Commendatore also begab sich Acquisti und bot ihm gegen den bloßen Ersatz der Marmorkosten die Statue als Grabdenkmal an. Der Komtur rechnete aus, daß er nie mehr so billig zu einem lebensgroßen Monument kommen würde, zumal er dem armen Bildhauer noch drei Prozent Sconto und die Verpflichtung abhandelte, kleine Ähnlichkeitskorrekturen vorzunehmen. Im übrigen gab es kein großes Problem mit der Ähnlichkeit: einer mit Vollbart und Helm schaut mehr oder weniger aus wie der andere. Wichtig war nur, daß Acquisti Schärpe und Insignien des Constantinischen St. Georgsordens von Parma nachträglich einarbeitete, denn dessen Komtur in Rom war Donna Annas Vater. So beschaffte sich der Commendatore preiswert, wenngleich unter ängstlicher Hintanstellung des Aberglaubens, daß man sich zu Lebzeiten kein Grabmal errichten lassen solle, die Statue. (Hätte das Beispiel Papst Julius' II. den Komtur warnen sollen?)

Es sei wiederum, wie dem wolle. Das Monument stand im Quatriporticus von San Clemente, als der Commendatore dort beerdigt wurde.

Der Trauerzug, wie erwähnt, war imponierend. Eine der reichsten, auffallendsten Kutschen gehörte einem Fremden, der damals in Rom weilte. Es wurde gemunkelt, er sei der illegitime Sohn des Königs von Spanien und einer Mohrenprinzessin. Er hieß Don Juan Tenorio und trug immer eine weiße Feder am Hut, zur Beerdigung allerdings ausnahmsweise eine schwarze. In Rom nannte man ihn Don Giovanni. Er war höflich und zurückhaltend, gebot offenbar über unbegrenzte Geldmittel und interessierte sich fast ausschließlich für Architektur. Er hatte den kleinen Palazzo Gentileschi (der heute nicht mehr steht) neben dem Palazzo Fiano am Corso nahe San Lorenzo in Lucina gemietet. Er machte zwar seine übliche Aufwartung bei den benachbarten und den wichtigsten entfernter wohnenden Nobili, ging danach aber selten in Gesellschaft.

Meine Nachforschungen nach dem Mörder meines Schwiegervaters (ich dachte damals noch, daß er das posthum einmal werden sollte) zeitigten keine Erfolge. Wie sollten sie auch. Ich schickte Francesco und auch andere Diener herum und ließ in der Via Giulia jeden, der dort wohnte, fragen, ob er in der betreffenden Nacht irgend etwas Auffallendes wahrgenommen hatte. Das gleiche unternahm ich bei den Leuten, die hinten am Tiberufer wohnten. Ein so mühevolles wie fruchtloses Unterfangen. Ich versuchte auch des vielgerühmten, vielberaunten Dissoluto der Dienstmädchen habhaft zu werden oder wenigstens herauszufinden, wer sich hinter dem versteckte. Aber seltsam, so sehr sich Mädchen, Frauen und sogar Damen auch rühmten, seine Gunst genossen zu haben: direkt danach gefragt, leugneten sie alle und wußten von nichts. Es war wie bei den Gespenstern: jeder kennt einen, der angeblich eins gesehen hat, und wenn man den fragt, sagt er: nein, er selber habe keins gesehen, nur kenne er einen ... und so fort. Die Gespenster verflüchtigen sich nach hinten.

Mit der fruchtlosen Suche vergingen mehrere Tage. Der November kam, es begann zu regnen, der Schlamm auf den Straßen wurde unpassierbar.

Um diese Zeit, es kann sogar noch vor dem Mord an dem Commendatore gewesen sein, kam eine Dame, eine Doña Elvira Martorell, entfernte Verwandte des Herzogs von Almenara Alta, aus Burgos in Spanien nach Rom. Sie war jung und fiel durch ihre etwas griesgrämige Miene auf und ging immer in Schwarz wie eine Witwe. Vom Sekretär der Spanischen Gesandtschaft, der gelegentlich bei uns verkehrte und mit meinem Vater Pharao spielte, erfuhren wir, daß diese Dame Martorell ihren, mit Verlaub gesagt, davongelaufenen Gatten suchte. Obwohl dieser Gatte bei seinem Verschwinden nicht unbeträchtliche Geldsummen aus ihrem Vermögen mit sich genommen hatte, war ihr genug geblieben, um ihrem Ungetreuen durch die halbe Welt nachzureisen. Sogar in Mexico war sie schon gewesen deswegen, aber er war bisher immer schon schneller weg als sie da. Vielleicht ist es nicht ganz unverständlich, daß man bei solcher Lage der Dinge griesgrämlich wird. Nun hatte sie von irgendwoher erfahren, daß er sich in Rom aufhalten solle, und kam also hierher.

Da ihre Cousine eine Schwägerin des erwähnten Gesandtschaftssekretärs war, kam sie einmal – es war kurz nach dem Tod des Komturs – zum wöchentlichen Jour fixe zu uns in die Via Sistina (sie hatte nicht weit weg – in der Via Margutta – eine Wohnung gemietet) und lernte hier Donna Anna kennen. Die gemeinsame, wenngleich aus so verschiedenen Quellen stammende Trauer verband die beiden, und bald war es so, daß Doña Elvira fast jeden Tag für ein paar Stunden im Palazzo Castri in der Via Giulia weilte. Die beiden stickten gemeinsam auf Stramin, meist aber weinten sie.

Der durchgebrannte Gatte hatte sich in Burgos Don Christóbal Rodriguez genannt. Er behauptete, aus Madrid zu stammen, seiner Sprache nach aber, meinte Doña Elvira, sei er wohl eher ein Sevillano. Nachforschungen in Sevilla, auch in Madrid, waren ergebnislos geblieben. Nähere Prüfungen der Heiratsdokumente hatten ergeben, daß alles ohnedies nur ein Schwindel gewesen war. Sowohl der Priester als auch der Notar waren verkleidete Spelunkisten, die gegen ein paar Doublonen die Rollen gespielt hatten. Der angebliche Don Christóbal hatte der Doña Elvira die Jungfräulichkeit und dann soviel von ihrem Vermögen entwendet, wie er in der Eile locker machen konnte, und war nach vier Tagen aus Burgos verschwunden. Die vier Nächte, vertraute sie Donna Anna an, seien von nahezu überirdischen Verzückungen gewesen, und hauptsächlich trage sie, Doña Elvira, dem Ungetreuen nach, daß er durch seine Treulosigkeit die Erinnerung an diese Nächte vergiftet habe. Auch mir gegenüber erwähnte sie: »Ich werde ihm alles verzeihen, wenn er zurückkehrt.« Natürlich müßte in diesem Fall die Hochzeit rechtswirksam nachgeholt werden.

Die Monumentalfigur des Commendatore, deren Anfertigung sonst ein gutes Vierteljahr gedauert hätte, war, wie erwähnt, schon vorhanden. Es brauchte nur ein Sockel in Auftrag gegeben zu werden, was ich übernahm, und dann konnte die Statue aufgestellt werden. Die Grabinschrift erlaubte ich mir zu entwerfen: »Dell'empio, che mi trasse al passo estremo, qui attendo la vendetta.« Als ich Donna Anna diese entworfenen Zeilen zeigte, schenkte sie mir – selten in der letzten Zeit – einen zärtlichen Blick.

Die Herstellung des Sockels und die Aufrichtung der Statue waren keine große Angelegenheit. Am Festtag des heiligen Papstes Leo war es soweit, und ich begleitete Donna Anna zu einer kleinen, würdigen Totenfeier nach San Clemente. Auf dem Rückweg begegneten wir Don Giovanni Tenorio. Es war, nach dem Regen zu Anfang November, ein sonniger, milder Spätherbsttag. Tenorio flanierte vor Cosmedin herum und schäkerte mit den Verkäuferinnen des Fischmarkts. Er lud eben eine proletarische Hochzeitsgesellschaft in seinen Palast ein, wo er, zum Gaudium der Leute natürlich, sie mit Chocolade und Caffee zu bewirten versprach. Als er unserer Kutsche ansichtig wurde, kam er her, zog seinen Hut mit der weißen Feder und sagte, er habe gehört, daß Donna Anna auf so schändliche Weise ihren geliebten Vater verloren habe, drückte sein Mitgefühl aus und erklärte, daß auch *sein* Degen zur Verfügung stünde, um die ruchlose Tat zu rächen. Dann verabschiedete er sich mit einer eleganten Handbewegung und verschwand.

Donna Anna erstarrte.

Ich fragte sie, was sie habe.

»Jetzt weiß ich«, sagte sie, »wer mir die Ehre geraubt hat. Don Giovanni Tenorio. Ich habe die Handbewegung wiedererkannt.«

»Die Ehre – ?« fragte ich, »die *Ehre* geraubt?«

»Ich meine: den Vater, das Glück. Das gehört auch zur Ehre.«

Ich lehnte mich in den Sitz zurück und gab den Befehl,

weiterzufahren. »Eine Handbewegung«, sagte ich, »ist noch kein Beweis für das Gericht.«

»Das ist mir klar. Aber es ist ein Beweis für mich. Und: was wir schon seit einigen Tagen vermutet haben, wir, das heißt Doña Elvira und ich – er ist auch der Betrüger Doña Elviras. Sie hat mir die gleiche Handbewegung geschildert.«

»Das läßt sich eher beweisen«, sagte ich.

Donna Anna beugte sich nach vorn und rief dem Kutscher zu, daß er sofort zur Via Margutta fahren solle.

Hat sie *nur* die Handbewegung geschildert? dachte ich.

Die Ereignisse überstürzten sich. Ich begleitete Donna Anna nicht zur Wohnung Doña Elviras hinauf. Sie wollte den Besuch allein abstatten. Ich fuhr nach Hause, wo mich abends eine Überraschung erwartete: Don Giovanni. Er ließ sich melden, als ich gerade dabei war zu überlegen, ob ich schlafen oder noch auf eine Partie Whist ins Caffè Greco gehen sollte.

»Welche späte Freude«, sagte ich und dachte: »Steht hier der Mörder meines Schwiegervaters vor mir? Wieviel ist auf eine Handbewegung zu geben, die eine Frau wiederzuerkennen glaubt?«

»Die Ehre ist meinerseits«, sagte Don Giovanni.

»Darf ich Ihnen ein Glas Champagner anbieten?« Ich klingelte.

»Mit Vergnügen«, sagte Don Giovanni, »mit heißem Kopf lebt es sich leichter.«

Wir tranken also ein Glas, tauschten die üblichen nichtssagenden Redensarten über das Wetter, die Gesellschaft und die Stadt, bis so viel davon angesammelt war, daß er es nicht mehr als unhöflich empfand, auf den Punkt zu sprechen zu kommen, der ihn zu mir geführt hatte.

»Es ist mir peinlich, Don Ottavio«, sagte er endlich, »aber ich muß Ihnen unumwunden gestehen, daß ich in Geldverlegenheiten bin. Nur vorübergehend, versteht sich.«»Aha«, dachte ich, »mit seinen angeblich unbegrenzten Mitteln scheint es nicht so weit her zu sein.«»Mein Wechsel aus Spanien ist nicht eingetroffen. Ich warte jeden Tag. Auf der Gesandtschaft vertröstet man mich. Das Postschiff, sagt man, wurde von Piraten bei Sardinien ausgeraubt.«

»Na ja«, sagte ich, »mit Ihrem Wechsel werden die Piraten nicht viel anfangen können.«

Er lachte. »Ja, ja. Sie haben recht. Aber ich bin hier – einige unerwartete Verpflichtungen, dann mein Leichtsinn, eine hübsche Venus zu kaufen ...«

»Eine hübsche Venus?«

»Aus Marmor, antik. Der Abbate Castoldi, ein Kenner, hält sie für echt. Und ich muß die Miete für den Palazzo ... Sie verstehen. Kurzum: können Sie mir mit 900 Zechinen aushelfen? Sie haben das Geld am Ersten Advent wieder. Parole d'honneur.«

»Neunhundert Zechinen sind viel Geld«, sagte ich.

»Doch nicht für Sie«, sagte er.

»Sagen Sie, etwas anderes: kennen Sie eine Doña Elvira Martorell aus Burgos in Spanien?«

»Wie? Was? Nie gehört. Ist die in Rom?«

»Ja, sie ist in Rom. Die Dame ihrerseits behauptet, sehr wohl von Ihnen gehört zu haben. Sie erwähnte sogar, daß sie mit Ihnen verheiratet sei.«

»Ah, haha«, er lachte, aber, wie mir scheint, es klang nicht sehr frei, »eine arme Irre. Aus Burgos. Ja, ja, ich erinnere mich. Sie ist unglücklich in mich verliebt. Passiert mir öfters. Sowas kennen Sie wohl auch, Don Ottavio, haha. Ja. Sie hat Wahnvorstellungen. Verrückt vor Liebe – aber! ich bitte Sie, ein Ehrenmann nützt sowas nicht aus. Ich habe ihr gesagt, teuere Emilia – «

»Elvira – «

»Elvira? Ja richtig, *Elvira*. Sie sehen, wie wenig sie mich kennen kann, wenn ich nicht einmal ihren Namen genau weiß. Teuere Elvira, habe ich also gesagt, sehen Sie: man ist füreinander bestimmt, respektive nicht füreinander bestimmt, habe ich gesagt, und da ich als Ehrenmann keine Frau berühre, sofern mich nicht, habe ich gesagt, ernstere Absichten bewegen – «

» – haben Sie gesagt – «

»Wie bitte? Ach so, ja, ja, – habe ich gesagt, ernstere Absichten bewegen, muß ich Sie leider bitten, von Ihrer weiteren geschätzten Zuneigung für mich abzusehen, habe meinen Hut gezogen und mich empfohlen.«

»Doña Elvira stellt das etwas anders dar.«

»Kann mir schon denken. Das verrückte Huhn. Kommen Sie einmal näher her, junger Freund, darf ich doch sagen zu Ihnen, junger Freund, unter Männern. Diese Doña Elvira – also, ich hatte ja doch schon Gelegenheit, so ganz... Sie verstehen... also... schon sehenswert in ihrer Art. Sie verstehen?«

»Ich verstehe.«

»Nicht gerade wie meine Venus, die ich eben, wie ich schon erwähnte, leichtsinnigerweise gekauft habe, aber doch ... wenn die Vorhänge nicht zu weit offen sind. Eine gewisse schwellende... et cetera... kurzum, ich mache Ihnen einen Vorschlag. Sie geben mir 900 Zechinen auf, sagen wir, 6 Prozent bis zum Ersten Advent, oder, sagen wir, bis Sylvester, und ich mache mit Doña Elvira ein Rendezvous aus, und – ich arrangiere das schon, das heißt, mein Diener ist da sehr geschickt, blitzschnell tauschen wir uns aus, und wenn es ganz finster ist, sind Sie es, der ins Bett steigt...«

Ich sagte gar nichts.

»Der Vorschlag gefällt Ihnen nicht?«

»In unseren Kreisen, Don Giovanni«, sagte ich langsam, »ist es üblich, um eine Dame zu werben, nicht sie zu kaufen. Sofern es eine *Dame* ist, und Doña Elvira ist, wie ich mich überzeugen konnte, eine Dame.«

»Na ja... werden Sie nicht gleich so förmlich. Es war ja nur ein Vorschlag. Wenn er Ihnen nicht gefällt...«

Ich stand auf. »Ganz und gar nicht.«

Da *ich* aufstand, blieb ihm nichts anderes übrig, als auch aufzustehen. Mit einer gewissen Genugtuung bemerkte ich bei dieser Gelegenheit, daß er gut einen halben Kopf kleiner war als ich.

»Der Darlehensfrage«, sagte er, »wollen Sie dann ... nicht ... nähertreten ... ?«

»Ich danke für Ihren Besuch«, sagte ich, »und ich hoffe, daß Sie mir bald wieder das Vergnügen machen.«

Schon am nächsten Tag unterrichtete ich den Gouverneur. Es ist ein Elend mit unseren römischen Behörden. Der Gouverneur – ein Vetter meiner Mutter – wand sich hin und her. Zwar: der Mord an einem Patrizier und Komtur war keine Kleinigkeit, aber! Dieser Don Giovanni oder Don Juan Tenorio ... möglicherweise ein natürlicher Sohn des spanischen Königs, und wo man gerade jetzt gewisse diplomatische Rücksichten auf die spanische Krone nehmen müsse und so weiter und so fort und vor allem: Beweise! Beweise? Wo sind Beweise? Ich merkte: der Gouverneur wollte die Angelegenheit verzögern und hoffte, daß Don Giovanni ehestens aus Rom verschwinden und die Erinnerung an den Mord versanden würde.

»Ich sage Dir, lieber neveu«, sagte der Gouverneur, »so ein raffinierter Mörder, der ist so gut wie nicht zu finden. Und wenn man ihn findet: da kann man ihn seiner Tat nicht überführen. Das alte Lied. Freilich, ich verstehe: Deine Braut ist untröstlich. Ich mache Dir deshalb einen anderen Vorschlag: wir lassen diesen Don Giovanni Tenorio auf sich beruhen, und zum Ausgleich dafür könnte man ja die Seligsprechung des Komturs einleiten. Hat er nicht grad noch, bevor er gestorben ist, irgendetwas gesagt? Irgendwas, was darauf hindeutet, daß er vielleicht ... ich meine, daß man ihn so gewissermaßen auf Märtyrer hindrehen könnte?«

»Ich glaube«, sagte ich, »dazu ist er nicht mehr gekommen.« Wieder ein Vorschlag. Ich dankte und ging. Wir waren auf uns selber gestellt.

Die Hoffnung des Gouverneurs erfüllte sich nicht. Don Giovanni blieb. Mein Diener Francesco erfuhr den Grund. Ich weiß nicht, wie es in anderen Städten ist, in Rom jedenfalls ist es so, war es jedenfalls damals so, daß die herrschaftlichen Domestiken, also alle diejenigen – Haushofmeister, Stallmeister, Jäger, Zofen, Köche –, die in geistlichen und adeligen Häusern dienten, eine eigene, durch Bekanntschaft, wechselnde Dienste, Verwandtschaft zusammenhängende Schicht der Bevölkerung waren. Sie hingen wie ein Netz unter der Welt der Paläste und Klöster, und die Nachrichten liefen dort schneller und sicherer hin und her, als wenn sie mit Läufern befördert worden wären. Wahrscheinlich war eine Cousine der Schwägerin Francescos das Patenkind eines Kutschers, der im Haus Don Giovannis diente, oder etwas in der Art. Jedenfalls erfuhr Francesco den Grund, der Don Giovanni in Rom hielt. Don Giovanni hatte sich mit unerwarteter Heftigkeit in eine Färberstochter aus der Via del Moro verliebt. Obwohl diese Färberstochter – sie hieß Zerlina – eben mit dem Sohn eines Wirtes, der seine Taverne neben San Apollonia hatte, verheiratet worden war, stellte der Wüstling dem Mädchen mit krasser Unverfrorenheit nach, nahm den Wirtssohn in seinen Dienst als Koch (den Lohn blieb er ihm schuldig) und schickte ihn weiß der Himmel wohin in die Campagna und in die Albaner Berge, um Fleisch und Käse einzukaufen, um in der Zwischenzeit bei der jungen Frau freie Hand zu haben. Nicht genug damit, bemühte sich Don Giovanni gleichzeitig um eine Zofe namens Marianna, nicht ahnend, daß diese Zofe ausgerechnet bei Doña Elvira in der Via Margutta in Dienst stand.

Francesco erfuhr auch weiteres: Doña Elvira ertappte

Don Giovanni in der Kammer der Zofe. Er war so frech gewesen, vorher eine Serenade vor dem Haus zu singen, so daß Doña Elvira zunächst verärgert aufwachte und dann mit wachsender Neugier die Szene verfolgte. Sie stellte, wie sie erzählte, den Don Giovanni gerade noch rechtzeitig, um die Tugend ihrer Zofe zu retten, aber Don Giovanni floh unter Hinterlassung seiner Schuhe über den Balkon und das Dach des Nachbarhauses. (Wenn ich den Schilderungen Doña Elviras vom Zustand der Zofe Glauben schenken darf, so war sie, die Zofe, nicht abgeneigt gewesen, ihre Tugend ungerettet zu lassen.)

Doña Elvira ließ nun den Koch kommen, den Mann der Zerlina, und erklärte ihm alles. Der Koch, ein dummer Lümmel mit Namen (wenn ich mich recht erinnere) Tommaso Menta, wollte zunächst gar nicht glauben, daß der edle Herr, der ihn und seine junge Frau mit solchen Wohltaten überschüttete (wenngleich den Lohn schuldig blieb; aber die Verköstigung im Haus Tenorios war glänzend, die blieb er bei den Lieferanten schuldig), solche unedlen Absichten habe. »*Absichten*«, sagte Doña Elvira, »ist gut. Wenn er *Absichten* hätte, dann wäre das weiter nicht schlimm. Schlimm ist, daß er sie längst verwirklicht hat.« Menta, der Koch, war wie vom Blitz gerührt, als ihm Doña Elvira erzählte, was mit Zerlina vorging, während Menta aus Rom fortgeschickt worden war. Menta sprang auf und wollte unverzüglich seine Frau verprügeln. Mit Mühe konnte er davon überzeugt werden, daß er nicht seine Frau, sondern Don Giovanni verprügeln solle.

Aber auch Don Giovanni hatte davon Wind bekommen, daß sich etwas gegen ihn zusammenbraute. Er zeigte sich nur noch selten in der Stadt, und wenn, dann in Begleitung seines Dieners Leporello, der eine Horde gedungener Schläger anführte.

Wir schmiedeten daher ein Komplott. Marianna lockte Don Giovanni zu einem fingierten Stelldichein auf den

Monte Pincio hinter der Villa Medici. Wir – ich mit meinen Dienern und Tommaso (oder Tommassetto) Menta mit einigen Freunden – legten uns in den Hinterhalt. Tatsächlich gelang es Marianna, den Dissoluto von seiner Leibgarde weg- und in ein weiter abgelegenes Boskett zu locken. Die weiße Feder an seinem Hut leuchtete im Mondschein. Daran erkannten wir ihn. Ich trat vor und sagte: »Wenn Sie kein Schurke sind, dann stehen Sie und ziehen Ihren Degen.« Gleichzeitig trat mein Francesco mit einer Laterne hervor und leuchtete dem Gauner ins Gesicht: es war sein Diener Leporello, mit dem er die Kleider getauscht hatte. Was blieb uns anderes übrig, als den Kerl laufen zu lassen.

Später erfuhren wir, daß es Don Giovanni seinerseits gelungen war, den Tommassetto von seiner Gruppe wegzulocken. Er hatte sich (in Kleidern Leporellos) als sein eigener Diener ausgegeben und so getan, als habe er, der angebliche Diener, auch noch eine Rechnung bei seinem Herrn zu begleichen, sei also quasi auf unserer Seite. Der dumme Massetto glaubte das und folgte dem falschen Leporello in finstere Gegenden. Plötzlich blieb der falsche Leporello stehen und sagte: »Dort – die weiße Feder! Schieß!«

Aber Massetto sah nichts. »Wo?«

»Dort!«

»Ich seh' nichts?!«

»Gib her, dann schieß ich!«

Der blöde Kerl gab Don Giovanni seine Pistole. »Hast Du noch eine?«

»Ja, hier.«

»Und eine dritte?«

»Nein.«

»Sicher nicht?«

»Wenn ich es sage – warum schießt Du nicht?«

Da zog Don Giovanni dem waffenlosen Massetto eins mit dem Pistolenkolben über den Kopf, aber Massetto bekam, obwohl er halb betäubt war, den Don Giovanni zu fassen und verprügelte ihn so, daß der gar nicht zum Schießen kam, bis es dem feinen Herrn gelang, sich loszureißen und davonzulaufen.

Don Giovanni brüstete sich am nächsten Tag mit diesem Abenteuer, dessen Verlauf er aber in seinen Erzählungen insoweit abänderte, als er behauptete, nicht Massetto habe ihn, vielmehr habe er Massetto verprügelt. Tatsache aber ist, daß Don Juan Tenorio mehrere Tage lang nicht sitzen konnte.

Wiederum durch Francesco erfuhr ich, daß nun – es war inzwischen Ende November geworden – Don Giovanni doch zur Abreise rüstete. Offenbar wurde ihm das Pflaster in Rom zu heiß.

Doña Elvira fuhr, als sie davon hörte, nach heftigem innerem Ringen allein in den Palazzo Don Giovannis, um, wie sie Donna Anna vorher anvertraute, in einem ernsten, würdigen Gespräch zwischen erwachsenen Edelleuten das Gewissen dieses Mannes wachzurütteln. »Beim Anblick meiner Tränen, die ihm zeigen müssen, welche Gefühle mich trotz allem für ihn bewegen, kann er doch nicht ungerührt bleiben.« Sie halte ihn, sagte sie, nicht eigentlich für schlecht, nur für verleitet. Den Mord, glaube sie, habe er sicher nicht begangen.

Es kam, wie es meiner Meinung nach kommen mußte. Don Giovanni empfing Doña Elvira in seinem Salon und ließ sie erst einmal reden und weinen. Dann sagte er: »Darf ich Ihnen ein frisches Taschentuch holen?«, ging hinaus und kam nicht wieder.

Doña Elvira wartete mehr als eine halbe Stunde, dann wurde sie ungeduldig, zog an einer Klingelschnur, die sich neben der Tür fand, und es erschien der obgemeldete, schon mehrfach erwähnte Diener Leporello, der unwillig die Auskunft gab, sein Herr sei ausgeritten.

»So«, sagte Doña Elvira, »und hält das sein Herr für eine

Art, eine Dame im Salon sitzen und warten zu lassen?«

»Weiß nicht«, sagte Leporello.

»Ein Lümmel ist sein Herr, ein Schurke von noch nie dagewesenem . . . «

»Sie brauchen nicht weiterzuschimpfen. Ich weiß alles.«

»So! Er weiß alles.«

»Ich bin schließlich seit vier Jahren sein Diener. Immer muß ich alles ausbaden. Immer schickt er mich vor, wenn es brenzlig wird.«

»Und mit welchem Auftrag schickt er Ihn heute vor?«

»Ich soll Sie beruhigen, hat er gesagt.«

»So. Und wie?«

»Das hat er nicht gesagt.«

»Und wie gedenkt Er sich seines Auftrags zu entledigen? Wie, wie, wie?! Wie will er mich beruhigen?«

»Sie brauchen gar nicht so zu schreien. Kennen Sie dieses Büchlein?«

»Nein, was soll das?«

»Ich bin auch der Sekretär meines Herren. Als solcher habe ich die Aufgabe, alle seine . . . wie soll ich schicklicherweise sagen, damit Sie nicht wieder zu schreien anfangen . . . alle seine . . . «

» . . . sag'es nur: alle seine Eroberungen!«

»Ja. Die muß ich alle aufschreiben.«

Er faltete das Buch auseinander. »In Italien: 640. Die Sechshunderteinundvierzigste sollte Ihre Zofe Marianna sein. Ist noch nicht soweit. Ungefähr hundert in Frankreich, einundneunzig in der Türkei, aber in Spanien natürlich sind es am meisten. Tausendunddrei. Wollen Sie Ihre Nummer wissen?«

»Ich! danke!«

»Sie sind nach Ländern gegliedert, aber auch nach Haar- und Augenfarbe, nach Rang, Alter . . . «

»Ich sehe: sein Herr ist nicht nur ein Wüstling, er ist darüberhinaus ein Pedant.«

Wir, Donna Anna und ich, hofften, daß nach diesem Besuch Doña Elvira endgültig von ihrer Liebe geheilt sei. Anfänglich schaute es auch so aus. Wir beschlossen nun, eine Gelegenheit zu nutzen, um gemeinsam in den Palast Tenorios zu gelangen, und ich hoffte, ihn zu stellen und auf Ehre zu fordern. Immerhin war er ja unbezweifelbar ein Edelmann, und ich rechnete darauf, daß er einen Rest Ehre im Leib haben werde.

Wir erfuhren, daß er am 3.Dezember ein Abschiedsfest für seine Sauf- und Zechkumpane in seinem Palast geben würde. Zu dritt ließen wir uns hinfahren. Von weitem tönte Musik aus den hell erleuchteten Fenstern. Es war gegen Mitternacht. Das Fest strebte offenbar seinem Höhepunkt zu. Ich verhehle nicht, daß es mir mulmig war, praktisch allein, nur in Begleitung zweier schwacher Damen, mich unter die Kumpane dieses Dissoluto zu mischen, aber es war möglicherweise die letzte Gelegenheit, und so hielt ich meinen Degen fester und überprüfte meine beiden Pistolen. Die Damen hatte ich mitgenommen, weil ich darauf rechnete, daß ein ungeladener Mann nicht, wohl aber zwei ungeladene junge Damen von diesem Don Giovanni zu seinem Fest Zutritt finden würden. Ich verrechnete mich nicht.

Wir stiegen aus. Der Schlamm war ziemlich schlimm, wir mußten bis zum gepflasterten Eingang hüpfen. Wir setzten, obwohl nicht Carneval war und somit eigentlich verboten, Masken auf und klopften. Oben schaute jener Leporello herunter, sah die Damen und schrie gleich: »Nur herein, was Brüste hat.«

Tatsächlich ging das Fest auf seinen Höhepunkt zu. Das Chaos war unbeschreiblich. Drei ordinäre Musikkapellen spielten gleichzeitig, aber verschiedene Stücke. Auf jedem Sofa oder auch darunter lagen besoffene ... ich gebrauche hier nur aus Höflichkeit den Ausdruck: Herren. Weibliche Personen, denen nach meinem Gefühl die Bezeichnung

Damen nicht zukommt, liefen mit schamlos derangierten Kleidern, manche halb-, manche... es sträubt sich die Feder... ganz in statu naturae purae herum. Was sich in dunkleren Ecken abspielte, entzieht sich dem, was ein Cavalier und Malteserritter zu beschreiben imstande ist.

Im großen Salon stand Don Giovanni auf dem Tisch, sichtlich angetrunken, und gröhlte. Leporello drückte jedem von uns ein Glas Champagner in die Hand. Don Giovanni brachte – immer noch auf dem Tisch stehend – einen Toast aus und hielt dann eine in ihren logischen Zusammenhängen nicht mehr ganz einwandfreie Rede, die in dem Ruf gipfelte: »Es lebe der Wein, es leben die schönen Frauen – es lebe die Freiheit!« Und dieses schrie er bestimmt vier, fünf Mal: »Viva la libertà!«

Ich nahm meine Maske ab, zog meinen Degen und sagte so ruhig wie möglich: »Ich bin Don Ottavio Romaldi. Ich bezichtige Sie des Mordes an meinem Schwiegervater in spe. Wenn Sie ein Ehrenmann sind, dann steigen Sie vom Tisch herunter, knüpfen Ihre Hose zu und folgen mir in den Garten. Ich hoffe, daß zwei der hier anwesenden Herren gerade noch in der Lage sein werden, uns als Sekundanten zu dienen.«

Ich hatte das Gefühl, Don Giovanni werde auf den Schlag nüchtern. Er stieg vom Tisch herunter, nestelte unter verlegenem Grinsen an seiner Hose und sagte dann: »Selbstverständlich, selbstverständlich... Sie wollen Satisfaction. Ja, ja. Hem, hem. Wo ist bloß mein Degen? Leporello! mein Degen.«

»Sie haben ihn umhängen«, sagte ich.

»Wie? Ach so – ha, ha. Aber das ist nur ein Zierdegen. Einen Augenblick, ich bin gleich wieder da.«

»Das kennen wir«, sagte ich, zog eine meiner Pistolen und stellte mich so, daß ich möglichst Rückendeckung hatte. »Sie sind schon einmal verschwunden, als Sie etwas holen wollten.«

Als er die Pistole sah, sagte er: »Vorsicht! Vorsicht mit dem Ding. Es geht womöglich los. Bedenken Sie, daß ich erst siebenunddreißig Jahre alt bin . . . im besten Alter. Halten Sie die Pistole doch nicht so direkt . . . wie schnell ist ein Unglück passiert . . .«

»Der Diener soll den Degen holen.«

»Leporello«, stöhnte Don Giovanni und duckte sich hinter einem Cembalo, »hörst Du: den Degen.«

Was ich nicht wußte – wie sollte ich sowas wissen – war, daß hinter dem Cembalo eine Tapetentür war. Ich wendete nur einen Augenblick den Kopf, weil ich ja auch die ganze andere dubiose Gesellschaft beobachtete, die mit deutlich feindseliger Miene in allerdings gehöriger Entfernung stand. Donna Anna schrie auf, die Tür klapperte, Don Giovanni war weg. Ich stürzte hin, aber die Tür war versperrt. Wohl hatte er hinter sich den Schlüssel umgedreht. Es gelang mir, mit einigen Tritten die Tür aufzubrechen. Sie führte in einen finsteren Gang – der Gauner war natürlich längst über alle Berge.

Das heißt: über alle Berge nicht. Nur über ein paar Mauern oder vielleicht auch nur in einem Versteck in seinem Dachboden. Aber ich faßte sofort einen neuen Plan. Ich winkte den Damen, steckte meinen Degen ein, hielt aber die Pistole zur Vorsicht vor mich und sagte: »Dann wünsche ich für den Rest des Festes gute Unterhaltung«, und wir gingen.

Am nächsten Vormittag war ich wieder beim Gouverneur. Ich zeigte Don Giovanni abermals an – diesmal aber nicht wegen des Mordes, sondern wegen seines Toastes. »*Viva la libertà* hat er in öffentlicher Gesellschaft gesagt, hat es vier-, wenn nicht fünfmal wiederholt. Wollen Sie immer noch nicht einschreiten, verehrter Herr Onkel? Muß ich die Inquisition unmittelbar verständigen?«

Der Gouverneur wurde bleich: ». . . viva la . . . ?! Ungeheuer. Können Sie das bezeugen?«

»Und auch Donna Anna sowie Doña Elvira.«

»Dann allerdings«, sagte der Gouverneur, stand auf und klingelte.

Es wäre alles gelungen, wenn nicht diese hysterische Gans dazwischengefahren wäre. Ich meine Doña Elvira. Leider weihten wir sie ein, meinend, wie gesagt, sie sei endgültig von ihrer verderblichen Liebe zu dem nichtswürdigen Don Giovanni geheilt. Wir täuschten uns.

Eile war geboten. Es war uns in jener Nacht im Palazzo Tenorios bei San Lorenzo in Lucina nicht entgangen, daß überall halb bepackte Koffer und Truhen herumstanden. Die Nachricht, daß der saubere Edelmann Rom zu verlassen gedenke, stimmte also. Die Orgie, der wir beizuwohnen wenigstens für eine kurze Zeit das zweifelhafte Vergnügen hatten, war ja auch als Abschiedsfest deklariert.

Auch der Gouverneur war durchaus bereit, schnell zu handeln. Bei *solchen* Delikten wie dem von mir angezeigten hätte er sich womöglich selber in den Verdacht der Freigeisterei gebracht, wenn er gezögert hätte. Er rief also sofort einen Schreiber, setzte ein Protokoll auf, das ich in gebührender Form beschwor.

Die Geschichte des Mißerfolges ist schnell erzählt. Ich ging, begleitet von Donna Anna, Doña Elvira und einigen Bedienten – mein treuer Freund Francesco war dabei, aber auch jener Koch Tommaso Menta und seine Frau – und vor allem von mehreren Sbirren in Uniform unter dem Kommando eines Polizeisergeanten, noch am Abend dieses Tages, also am Abend nach jenem Fest, zum Palast des Don Giovanni und begehrte im Namen der Justiz Einlaß.

Im Gegensatz zum Vorabend war der Palast still und dunkel. Nur eine funzelige Laterne brannte über dem Eingang. Auf unser Klopfen öffnete niemand. Der Palast schien wie ausgestorben. Der Polizeisergeant befahl, das Tor aufzubrechen, aber der Koch Tommassetto führte uns zu einem Nebeneingang, den man durch eine finstere Gasse hinter San Lorenzo erreichte, und dieser Nebeneingang war ganz leicht mit einem Nachschlüssel zu öffnen. Wir durchsuchten den Palast. Das Nest war leer. Der Vogel war ausgeflogen. Nur im Speisezimmer steckte der Diener Leporello zitternd unter einem gedeckten Tisch (die Speisen halb aufgegessen) und jammerte. Der Kerl stammelte irgend etwas von einem entsetzlichen steinernen Gast, der gekommen sei: das Grabmal des Komturs. Der sei plötzlich erschienen und habe nach einem kurzen Gespräch (er, Leporello, habe gar nicht gewagt, zuzuhören) Don Giovanni zur Hölle geschickt. Flammen hätten aus dem Boden gezüngelt, draußen sei ein Gewitter niedergegangen (von dem wir auf dem Weg hierher nichts wahrgenommen hatten), es habe nach Pech und Schwefel gestunken, er, Leporello, habe sich unter dem Tisch versteckt, habe das Tischtuch heruntergezogen und die Augen zugemacht. Allmählich habe der Gestank nachgelassen, und sowohl Don Giovanni als auch der steinerne Gast seien verschwunden gewesen.

Wer's glaubt.

Später erzählte Doña Elvira unter Tränen, daß auch sie den steinernen Gast gesehen habe. Dabei kam heraus, daß sie, bevor sie mit uns und den Sbirren zum Palast gegangen ist, schon einmal dort war: um ihrem ungetreuen Mann die letzte Chance zu geben, seine Seele zu retten. Diese unverbesserliche Person hat also Don Giovanni bewußt oder aus Dummheit gewarnt.

Der Gouverneur tat so, als glaube er die Geschichte unbedingt. (Das enthob ihn weiterer Nachforschungen.) Er setzte ein neues Protokoll auf und legte den Fall befriedigt zu den Akten.

Doña Elvira reiste wenige Tage später ab in ihre Heimat mit der Absicht, in ein Kloster einzutreten. Leporello begab sich auf den Domestiken-Markt und suchte sich einen neuen Herrn. Der Vermieter des Palazzo konnte seine ausstehenden Mietforderungen in den Kamin schreiben. Das, was Don Giovanni in den Räumen des Palazzo zurückgelassen hatte, war nicht das Schwarze unter dem Nagel wert. Der Erlös deckte gerade die Reinigungskosten.

Auch Donna Anna beschloß, sich für das restliche Trauerjahr in ein Kloster zurückzuziehen, um Erholung von den durchgestandenen Schrecken zu finden. Zu Weihnachten des folgenden Jahres, stellte sie in Aussicht, sollten wir uns dann endlich ehelich verbinden. Sie wählte das Kloster Santa Cecilia in Trastevere, zu dem ihre Familie vielfache Beziehungen hatte. Die Familie hatte dort mehrere Stiftungen errichtet, und einige Groß- und Urgroßtanten waren Äbtissinnen dieses Klosters gewesen.

Schön und gut – man hat ja Verständnis für Pietät, und das Trauerjahr ist eine Selbstverständlichkeit. Daß es darüberhinaus unbedingt auch noch ein Trauerjahr in einem Kloster sein mußte, leuchtete mir nicht ein, aber ich akzeptierte natürlich auch das. Ob ich sie, dachte ich, in ihrem Palazzo an der Via Giulia besuche – wo vielleicht auch allzuviel schmerzliche Erinnerungen an den Vater wie Spinnweben herumhingen – oder im Klostergarten, ist letzten Endes gleichgültig. Aber das mit den Besuchen war nicht so einfach, wie ich es mir vorgestellt hatte. Ich war gewohnt, Donna Anna täglich eine Aufwartung zu machen. So hatten wir es die ganze Zeit unseres Verlöbnisses gehalten. Als ich den dritten Tag hintereinander ins Kloster kam, bat mich die Äbtissin zu sich und raunzte, kaum die Höflichkeit wahrend, daß so häufige Herrenbesuche im Kloster äußerst ungern gesehen würden.

»– jedenfalls hier in Santa Cecilia«, sagte die Äbtissin und fügte spitz hinzu: »Es mag sein, daß es in anderen Klöstern anders ist. Das wissen Sie als . . . hm . . . weltgewandter Cavalier, ich weiß es nicht. Bei *uns* ist es nicht so.«

»Ich bin nicht so weltgewandt, wie Sie meinen, ehrwürdige Mutter, aber bedenken Sie: Donna Anna ist meine Braut.«

»Braut hin oder Braut her . . . sie ist hier im Kloster. Sie ist schließlich freiwillig gekommen.«

»Wie oft erlauben ehrwürdige Mutter, daß ich . . .«

»Jeden ersten Samstag im Monat. Da wird ohnedies der ganze Fußboden gescheuert, es ist immer ein großes Durcheinander, und da kommt es dann auf Ihren Besuch auch nicht mehr an.«

Ich dankte und ging. Überflüssig zu sagen, daß sich Donna Anna widerspruchslos den Anordnungen der Äbtissin beugte, zumal sie schon bei meinem Besuch am ersten Samstag im März nicht mehr ihre Kleider, sondern Novizinnentracht trug. Am ersten Samstag im September eröffnete sie mir, daß sie beschlossen habe, endgültig den Schleier zu nehmen und für immer im Kloster zu bleiben.

»Ist das nicht eine Freude!« schrie die Äbtissin, die wie zufällig dahergeschossen kam, hinter einem Busch hervor, »ich gratuliere herzlichst!«

»Wie man's nimmt«, sagte ich.

»Sie betet«, sagte die Äbtissin leise, »jeden Tag für die arme, sündige Seele des Bösewichtes.«

»Welches Bösewichtes?« fragte ich.

Donna Anna senkte den Kopf.

»Nun ja«, sagte die Äbtissin, »des Spaniers, dieses Don Sowieso, den . . .«, sie bekreuzigte sich, ». . . die gerechte Strafe ereilt hat.«

»Ach«, sagte ich, »sie betet für Don Juan Tenorio? Aber wenn ihn die *gerechte* Strafe ereilt hat, dann braucht sie ja nicht zu beten.«

»Für *jede* Seele soll man beten«, sagte die Äbtissin streng.

»Betet sie auch für mich?«

»*Sie* leben ja noch, und außerdem hat *er* es wohl notwendiger als Sie.«

Ich verbeugte mich vor der Äbtissin, ich verbeugte mich vor Donna Anna und ging. Daheim unterrichtete ich meinen Vater davon, daß ich dem Malteserorden beizutreten und die Weihen als geistlicher Ritter zu nehmen entschlossen sei. Ich begann sogleich, die Papiere für die Ahnenprobe zusammenzustellen.

Die Jahre sinken hinab. Wie tief unten liegt dieses eine Jahr. Ich kann es fast nicht mehr erkennen. Mühsam muß ich diese Ereignisse an einer Wende meines Lebens aus dem Schutt darüberliegender, wahllos in die Grube geschütteter, unwichtiger Erinnerungen herauswühlen. Ob diesen Don Giovanni Tenorio damals wirklich der Leibhaftige geholt hat? Oder ob das alles nur ein Schwindel, eine geschickt eingefädelte Flucht war? Selbst dann ist er aber heute vermutlich tot, wäre ja sonst mehr als hundert Jahre alt. Donna Anna ist längst gestorben, nur ich lebe noch und mit mir der Verdacht. Ja, – der Verdacht, *mein* Verdacht. Ich hatte den Verdacht damals schon, gleich in der Nacht, in der ich zum Palast des Komturs gerufen wurde. Ich habe den Verdacht zurückgedrängt, zeitweilig – während des Jahres, das ich auf Donna Anna gewartet habe – mit Gewalt zurückgedrängt, habe ihn nicht wahrhaben wollen, habe nicht wahrhaben wollen, daß in mir so ein Verdacht entstehen könnte. Der Verdacht war stärker. Heute wehre ich mich nicht mehr dagegen. Die Zahl der Dinge, die einem gleichgültig sind, nimmt im Alter zu.

Ist sie im Kloster geblieben, weil sie mir etwas zu verbergen hatte, was ich in der Brautnacht hätte bemerken müssen? Stimmt es, daß eine Frau, ob sie will oder nicht, denjenigen in ihrem Herzen unvergänglich liebt, der bei ihr der *Erste* war? Auch wenn er sie mit Gewalt, mit List, genommen hat? *Hat* sie sich überhaupt gewehrt? Hat sie gefürchtet, daß spätere Lust – mit mir, mit einem, der nur *ich* bin, kein Don Giovanni – die unaussprechlich süße Erinnerung an jene Lust überdecken, auslöschen, verblassen machen könnte? War ihre keusche Trauer im Kloster ein Bewahren der verbotenen Erinnerung, die nur ihr gehörte?

Ich fürchte, ich werde zu deutlich. Ich breche ab. Der Verdacht tut nicht mehr weh. Ich habe Donna Anna geliebt, ja, aber es wäre unsinnig zu sagen, daß ich sie noch liebe. Ich liebe überhaupt niemanden mehr. Die Anzahl der Personen, die man liebt, schmilzt im Alter zusammen. Bei mir ist schon der Punkt gekommen, daß nur noch eine Person übriggeblieben ist, die ich liebe: i c h. So bin ich längst nicht mehr eifersüchtig auf den Don Juan. Aber wissen würde ich es doch gern.

So habe ich also den ganzen Tag geschrieben. Ich lege diese Blätter zusammen zu einem Stoß. Den morgigen Tag werde ich ja wohl noch erleben, und da werde ich dann diesen Stoß Blätter in ein großes Papier einschlagen und versiegeln und einen Vermerk darauf anbringen, daß das alles mit mir begraben werden soll. Jetzt aber nehme ich meine Krücken und gehe in den Garten. Es ist sechs Uhr vorbei. Die Sonne steht über dem Gianicolo. Der Dunst des Abends liegt grau über der Stadt. Ich werde mich auf die Bank unter dem Lorbeerbaum setzen, und zwischen seinen Zweigen sehe ich die Kuppel der Peterskirche glänzen. Ich sitze oft so da, bis es Nacht und dunkel wird. Die Welt wird immer häßlicher. Man muß versuchen, dorthin zu blicken, wo sie *noch* schön ist.

DER UNDRAMATISCHE, ABER EDLE DON OTTAVIO

Zur Tenorpartie in Mozarts ›Don Giovanni‹

Mozarts große Opern haben ganz unterschiedliche Wirkungsgeschichten erfahren, die für den Geist der jeweiligen Epochen bezeichnend sind. ›Titus‹ geriet in Vergessenheit, am ›Idomeneo‹ versuchten sich zahllose Bearbeiter (bis in unser Jahrhundert: Richard Strauss und Wolf-Ferrari), und der naheliegende Gedanke, diese Oper so aufzuführen, wie sie komponiert ist, kam erst spät wieder auf. Die ›Zauberflöte‹ wurde zur Oper deutscher Innerlichkeit stilisiert, ›Figaro‹ wurde die wohl meistgespielte Oper überhaupt. ›Cosi fan tutte‹ galt als geschmacklos und ihr laszives Sujet als eines Mozart nicht würdig. Mit keiner Oper aber setzten sich die Geister so oft und so gern auseinander wie mit dem ›Don Giovanni‹. Der Weg von der Apperzeption zur Interpretation und bald zur Überinterpretation war bald abgeschritten. Da Ponte, vor allem aber Mozart würden heute staunen, wenn sie von Wolf Rosenberg erführen, was sie mit der Oper alles gemeint haben.

Der Umstand, daß die Entstehungsgeschichte des ›Don Giovanni‹ nur ganz spärlich aus Quellen belegt ist, ermuntert natürlich die Interpretation. Wir wissen lediglich aus Lorenzo Da Pontes Memoiren, daß sich der Komponist und der Textdichter 1783 oder 1784 im Haus von Mozarts Gönner Baron von Wetzlar kennengelernt haben. Da Ponte schrieb für Mozart den Text des ›Figaro‹, der im Mai 1786 in Wien ohne Erfolg, im Dezember 1786 in Prag aber mit großer Freude vom Publikum aufgenommen wurde. Das veranlaßte den Impresario des Prager Stände- (also: Bürger-) Theaters, Pasquale Bondini, Mozart den Auftrag für eine neue Oper zu geben. Das Honorar betrug 100 Dukaten. Der Kontrakt dürfte im Dezember 1786 oder Januar 1787 geschlossen worden sein. (100 Dukaten = 250 Gulden, nach vorsichtiger Umrechnung in heutige Kaufkraft: 7500 DM.)

Der Vorschlag des Don Juan-Stoffes für diese Oper stammte, wenn man seinen Memoiren glauben darf, von Da Ponte, der dazumal drei Libretti für drei verschiedene Komponisten gleichzeitig schrieb: ›Tavar‹ für Salieri, ›L'arbore de Diana‹ für Martin y Soler und ›Don Giovanni‹ für Mozart. Leider gibt Da Ponte in seinen Erinnerungen kaum jemals Daten an, so daß wir nicht wissen, wann Mozart am ›Don Giovanni‹ zu arbeiten begann. Es dürfte im Frühjahr 1787 gewesen sein, denn in den wenigen aus diesem Jahr erhaltenen Briefen klagt Mozart über viel Arbeit, ohne im übrigen einzelnes dazu zu sagen. Aus der Beschaffenheit der Autographen ist zu schließen, daß Mozart mehrere Teile der Oper (die Ouvertüre, die Masetto-Arie, das zweite Finale) erst in Prag geschrieben hat (er verwendete dort Notenpapier anderen Formats). Am 1. Oktober 1787, einem Montag, reiste Mozart aus Wien nach Prag ab. Die Uraufführung sollte am 14. Oktober sein, wurde allerdings mehrfach verschoben. Ein Ereignis, das eigentlich mit der Uraufführung gefeiert werden sollte – die Durchreise der Erzherzogin Theresia auf ihrer Fahrt zur Eheschließung mit dem Herzog Anton von Sachsen –, fand jedenfalls ohne ›Don Giovanni‹ statt. Stattdessen wurde der ›Figaro‹ (unter Mozarts eigener Leitung) gegeben. Über die Intrigen um diese Aufführung schreibt Mozart in seinen Briefen aus Prag mehr als über die Vorbereitungen der ›Don Giovanni‹-Uraufführung.

Am 29. Oktober 1787 ging endlich der ›Don Giovanni‹ über die Bühne. Mit dem großen Erfolg war Mozart zufrieden. Da Ponte, der auch nach Prag gekommen war, mußte vorzeitig abreisen, da ihn ein Brandbrief Salieris – wie er berichtete – nach Wien zurückrief. Wahrscheinlich wohnte Casanova, von dem angeblich einige Textveränderungen stammen, der Uraufführung bei. Am 4. November 1787 berichtete Mozart seinem Freund Gottfried von Jacquin nach Wien in einem Brief von der Uraufführung wenig Konkretes: die Oper sei »mit dem lautesten beyfall« in Szene gegangen, und: » – vielleicht wird Sie doch in Wien aufgeführt?«

Das ist alles an Quellenmaterial, was zur Entstehungsgeschichte dieser Oper vorliegt. Eine Eigeninterpretation Mozarts fehlt, auch eine seitens Da Pontes, mit der einen Ausnahme: Da Ponte erzählt (allerdings über dreißig Jahre später) in seinen Memoiren, daß er am Textbuch des ›Don Giovanni‹ nachts geschrieben und dabei an Dantes ›Inferno‹ gedacht habe.

Als Nachtstück im romantischen Sinn wurde dann die Oper sehr bald gedeutet. E.T.A. Hoffmann und Kierkegaard machten den Anfang. Der Umstand, daß im Mai 1787, während Mozart höchstwahrscheinlich schon am ›Don Giovanni‹ schrieb, in Salzburg Mozarts Vater starb, erschien den Deutern wichtig; sie stilisierten den Komtur zur Vaterfigur Mozarts. Schicht auf Schicht an Deutung und Interpretation wurde auf den ›Don Giovanni‹ gehäuft, bildet heute eine Kruste, durch die man das Werk schon fast nicht mehr erkennt. Es besteht nicht nur der Verdacht, es ist schon viel eher eine Gewißheit, daß neun von zehn Dingen, die in diese Oper hineingeheimnist werden, nicht von Da Ponte und schon gar nicht von Mozart gemeint waren.

Das Werk ist weder eine tragische noch eine komische Oper. Mozart nennt sie in seinem »Verzeichnüß meiner Werke« zwar eine »Opera Buffa«. Über der Partitur aber steht »Dramma giocoso«. Der eigentliche Titel ist nicht ›Don Giovanni‹, sondern ›Il Dissoluto Punito‹: der bestrafte Wüstling. Don Giovanni ist der Wüstling. Daß er zuletzt zur Hölle fährt, soll ein befriedigender Schluß sein. Für die Behauptung, Mozart habe Don Giovanni mehr Sympathie entgegengebracht als Don Ottavio, gibt es keine Anhaltspunkte. Solche Überlegungen sind reine

Spekulation. Der sichtliche Sympathieträger der Oper sollte Don Ottavio sein, so war es von den Autoren gemeint; er ist schließlich der Tenor. Die schönsten lyrischen Stellen und eine der schönsten lyrischen Arien, die Mozart je für eine Männerstimme geschrieben hat (»Il mio tesoro intanto...«), gehören Don Ottavio. Für die spätere Aufführung in Wien hat Mozart eine weitere lyrische Perle dem Don Ottavio in den Mund gelegt: »Dalla sua pace...« Das Thema des Allegros der Ouverture ist aus der Don Ottavio-Partie – nicht aus der Don Giovannis – entnommen.

Aber selbst wenn man sich in das Gebiet der Spekulation hineinbegibt und dort mitsingt, ergeben sich Pluspunkte für den geschmähten Don Ottavio. Er ist edel und gut – so einer tut sich immer schwer gegen den glänzenden Dissoluto. (Ist es im ›Siegfried‹ anders? Es sind nicht die Schlechtesten, denen der Baß Hagens lieber ist als der vorlaute junge Schreier.) Im übrigen ist der dissolute Don Giovanni gar nicht so glänzend, er wird es meistens nur durch die Inszenierungen, die ihn so elegant herausputzen. Von Da Ponte war er als charakterloser Rüpel angelegt, der sogar seinen eigenen, treuen Diener auf die mieseste Art prellt und der unappetitlich frißt (»...quel bocconi da gigante...« im zweiten Finale!). Wahrscheinlich steht er kurz vor dem Konkurs, und wirklichen erotischen Erfolg hat er nur bei den Dienstmädchen. Freilich: Don Ottavio kommt zu spät in der ersten Szene, um seinem Schwiegervater in spe beizustehen und ihn vielleicht zu retten. Er kommt zu spät, vermutet E.T.A. Hoffmann, weil er sich erst schön machen muß. Das ist ungerecht, denn erstens steht das nirgendwo im Text, und zweitens wohnt er ja nicht im Komtur-Palast, sondern womöglich weit weg, in einem ganz anderen Stadtteil Sevillas. Es ist ihm hoch anzurechnen, daß er überhaupt kommt. Die große Stunde Don Ottavios aber schlägt im Finale des ersten Aktes. Da betritt er allein (nur in Begleitung zweier ängstlicher Damen) das Schloß Don

Giovannis, von dem er inzwischen weiß, daß dieser ein kaltblütiger Mörder ist. Und das Schloß ist voll von einer Bande, der Don Giovanni ein Fest gibt. Wer so wie hier Don Ottavio allein in die Höhle des Löwen geht, ist ein mutiger Mann. Und es wird komischerweise auch immer übersehen, daß nicht Don Ottavio bei der folgenden Konfrontation davonläuft, sondern Don Giovanni. Der ist also auch noch feige. Daß er gleichzeitig mit dem Hasenpanier gleich noch eine Domestikin ergreift, ist freilich ein Zug von erfrischendem Zynismus, sympathischer wird er aber eigentlich dadurch nicht.

Aber die Sympathieverteilung – entgegen den Intentionen der Autoren – ist auch wieder verständlich. Selbst wenn man meiner Interpretation folgen sollte und in Don Ottavio einen edlen, mutigen und liebenswürdigen, allerdings etwas glanzlosen Menschen sieht, muß man zugeben, daß der andere, der schäbige Wüstling, eben schlichtweg interessanter ist. Don Ottavio ist undramatisch, Don Giovanni quirlt. Publikum, Sänger und Regisseure sind für nichts so dankbar als für eine Figur, durch die sich etwas rührt, und das ist ohne Zweifel die des Don Giovanni; man verwechselt Dankbarkeitsgefühl mit Sympathie.

VERDI UND SEINE LIBRETTISTEN

Die Oper ihrer Zeit und der italienische Patriotismus

Verdi war in mehrfacher Hinsicht ein Jahrhundertmensch. Er war nicht nur – was ja wohl keinem Zweifel mehr unterliegt – eine der herausragenden Figuren der Musikgeschichte des 19. Jahrhunderts und eine der bedeutendsten Persönlichkeiten Italiens überhaupt, er hat auch mit seinem Leben fast das ganze Jahrhundert umspannt. Als er am 10. Oktober 1813 geboren wurde, zog sich Napoleon auf Leipzig zurück, wo er acht Tage später das erste Mal entscheidend geschlagen wurde. Die Zeit vor der Revolution schien wiedergekommen. Aber Verdis Geburtsort Roncole bei Busseto gehörte noch zu Frankreich. Während der Französischen Revolution und nach den Feldzügen Napoleons in Italien hatten sich hier einige kurzlebige Republiken konstituiert mit seltsamen Namen: Parthenopäische Republik (Neapel), Ligurische Republik (Genua), Cisalpinische Republik (Mailand), das Gebiet aber südlich des Po von Parma flußaufwärts, also auch das Städtchen Busseto, wurde 1802 von Frankreich annektiert und gehörte später, als sich Napoleon zum Imperator machte, zum Französischen Kaiserreich direkt, nicht einmal zum Königreich Italien, dessen König Napoleon im übrigen auch war. Verdi wurde, staatsrechtlich gesehen, als Franzose geboren, und die Eintragung im Geburtsregister der Gemeinde Busseto, Dept. Au-Dela des Alpes lautete auf *Joseph Fortunin François.*

Als 1839 in der Scala von Mailand Verdis ›Oberto‹, sein Erstling, uraufgeführt wurde, war der napoleonische Spuk vorbei. Mailand war österreichische Provinzhauptstadt, auf dem Domplatz promenierten k. u. k. Feschaks, und im Castello Sforzesco residierte der Gouverneur des Kaisers in Wien. Im Jahr der Uraufführung von Verdis erstem nachhaltigem Welterfolg, dem ›Rigoletto‹ in Venedig 1851, waren eben die ersten unglücklichen Versuche gescheitert, Italien zu einigen. Garibaldi war aus Rom vertrieben, Karl Albert von Sardinien war von Radetzky geschlagen, Papst Pius IX. – im Jahr seiner Wahl 1846 als erster nationaler, liberaler Papst begrüßt – hatte sich zum Reaktionär gewandelt, die Österreicher waren nach Mailand und Venedig zurückgekehrt. Die Morgenröte der Italianità war verloschen. Aber schon zwanzig Jahre später – die ›Aida‹ wurde uraufgeführt – war das erreicht, woran schon niemand mehr geglaubt hatte: Italien war vom Gardasee bis Sizilien ein einheitlicher Staat, allerdings nicht, wie Verdi gehofft hatte (und viele wie er), eine Republik. Die Erwartungen, die die Staatsgründung Cavours und Garibaldis geweckt hatten, die Erwartungen auf ein lateinisch-liberales, überlegen-luzides Staatsgebilde humaner Art, die auch Verdi gehabt hat, hat das Italien nach 1870 nicht eingelöst. Als Verdi 1901 starb, war das savoyardische Königreich ein etablierter Zentralstaat, ungeliebt, korrupt, die ungeübte Demokratie auf dem Weg in die Diktatur.

Nicht nur durch die Daten, sondern auch durch sein Wesen, seine tiefsten Überzeugungen und natürlich nicht zuletzt durch seine Musik ist Verdi mit der Geschichte Italiens im Zeitalter seiner Einigung verbunden. Es ist zwar nur ein Zufall, aber symbolträchtig, daß in Verdis Namen die Abkürzung der damals unter österreichischer Herrschaft noch hochverräterischen Parole *V*ittorio *E*manuele *R*è *D'I*talia versteckt war, was auch von der irredentistischen Proganda – nicht zum Schaden von Verdis Ruhm – weidlich ausgenutzt wurde. Etwas überspitzt kann man sagen: Verdi, Garibaldi und Cavour waren die Revolution Italiens. Und so hat sich Verdi, der Zeit seines Lebens ein politisch denkender Mensch war, auch verstanden.

Es ist hier nicht möglich, die auffällige Parallele der Blütezeit des italienischen Belcanto mit dem Risorgimento (der italienischen nationalen Einigung) mit Fakten zu belegen. Federico Fellini hat in seinem Film ›La nave va...‹ durch die Macht des italienischen Gesanges, des Belcanto, ein russisches Schlachtschiff versenken lassen. Warum die deutsche Synchronisation aus dem russischen ein österreichisches Schiff gemacht hat, ist rätselhaft. Eine andere Waffe als den Gesang, hieß es in dem Film, haben die Italiener nicht. Im Zeitalter der knochenharten Reaktion nach 1815 und der Verzweiflung nach 1848 haben wohl viele Italiener so gedacht, und während der größte Teil Italiens unter fremder Herrschaft aufgeteilt und bevormundet, macht- und rechtlos war, hat der Belcanto die Welt erobert. Als sich die Italiener doch noch aufrafften und die Einigung erzielten, starb der Belcanto ab, wurde durch den Verismo, die psychologische Musik, abgelöst, die zwar auch ihre Meriten hat (wer wollte Puccini missen), aber keine so sympathische Waffe von alles wohlig niederwalzender Kraft mehr ist.

Verdi hat die patriotische Oper und die Oper mit patriotischen Zügen nicht erfunden, die gab es schon vor ihm. Bei Rossini (›Guillaume Tell‹), bei Donizetti waren Ansätze da, besonders aber bei Bellini (›Norma‹). Der Textdichter von Bellinis ›Norma‹ war auch der Textdichter von Verdis zweiter Oper ›Un giorno di regno‹: Felice Romani. Romani (1788-1865) war ein schwärmerischer Romantiker und leidenschaftlicher Patriot, der 1816 die Ehre ausschlug, »poeta caesareo« in Wien zu werden, indes war er kein Republikaner, sondern ein Anhänger des Königs von Sardinien, von dem er die Befreiung Italiens erhoffte. In Turin – der Hauptstadt des Königreichs Sardinien – gab Romani eine Zeitung heraus, die das Sprachrohr seiner politischen Meinung war. Eine Zeitlang hatte Romani in Mailand gelebt, hatte im Kreis der Gräfin Clarice Maffei verkehrt und dort Verdi kennengelernt, auch den Grafen Arrivabene, den Dichter Cammarano, Clarices Mann, Conte Andrea

Maffei (später Mitautor des Librettos für Verdis Oper ›Macbeth‹) und den Revolutionär Mazzini, der allerdings der republikanischen Fraktion der Patrioten angehörte, der auch Verdi, wie aus vielen seiner Briefe hervorgeht, zuneigte. Der Geist Vincenzo Montis (allerdings ein schillernder Geist), auch der Geist des Feuerkopfes, Dichters, Säufers und Kraftgenies Ugo Foscolo, der 1827 im englischen Exil starb, war in den Mailänder patriotischen Salons noch nicht verraucht, als Verdi in den dreißiger Jahren hier ankam. Romani verfaßte übrigens hauptsächlich Gedichte, auch eine – unvollendet gebliebene – Geschichte Italiens; Libretti schrieb er nur nebenher, allerdings deren 85.

Neben Romani arbeitete auch der Librettist Temistocle Solera für Verdi. Schon das mißglückte Libretto für ›Oberto‹ hatte er verfaßt, 1842 schrieb er ›Nabucco‹ und in den folgenden vier Jahren noch drei weitere Bücher für Verdi. Solera (1815-1878) war auch ein heftiger Patriot, allerdings von der pragmatischen Sorte. Zunächst begann er mit feurigen und romantischen Gedichten, dann komponierte er selber Opern (›Ildegonda‹ 1840), mit denen er kaum Erfolg hatte; mehr Erfolg brachten ihm seine Libretti für andere. 1846 verließ er Mailand und ging nach Spanien, wo seine Frau Teresa Rossmini als Sängerin engagiert war, wurde Kabinettsekretär und (vermutlich) Liebhaber der Königin Isabella, kehrte 1859 nach dem Abzug der Österreicher nach Mailand zurück, wurde der Geheim-Kurier zwischen Graf Cavour und Napoleon III., später Polizeipräsident, wurde vom Khediven von Ägypten engagiert, um eine ägyptische Polizei aufzubauen, ging dann als Antiquitätenhändler nach Paris und starb – wie nach dem abenteuerlichen Leben nicht anders zu erwarten – verarmt.

Der Erfolg des ›Nabucco‹ beruhte nicht zuletzt auf dem patriotischen Gehalt des Stückes. Solera und Verdi verstanden es, die Fabel von der babylonischen Gefangenschaft der Juden als Schlüsselgeschichte für die österreichische Unterdrückung zu fassen. Der unverhohlene, wenngleich äußerlich unverdächtige Patriotismus gipfelte in dem berühmten Gefangenen-Chor: »Va pensiero . . .«, der zum geheimen Hymnus Italiens wurde. Auch in den weiteren Werken Verdis und Soleras: ›Giovanna d'Arco‹, ›Ernani‹, ›Attila‹ finden sich freiheitlich vaterländische Züge, die allerdings keinen so eruptiven Ausdruck fanden wie der erwähnte Gefangenen-Chor.

Das erste Libretto, das Francesco Maria Piave für Verdi schrieb, war 1843 ›Ernani‹ nach Victor Hugo. Piave, ein Venezianer (1810-1876), mußte aus finanzieller Not Libretti schreiben, eigentlich hätte er lieber Kurzgeschichten verfaßt. Piave, der einen feinen Theaterinstinkt besaß, elegante Verse zu schreiben verstand, ein Patriot wie Verdi war (allerdings ein venezianischer, kein italienischer, was ihm Verdi gelegentlich vorwarf), war kein Genie, was Verdi auch erkannte, was ihn aber nicht hinderte, mit dem guten Handwerker Piave bis zu dessen Tod freundschaftlich zu verkehren. Piave schrieb von 1843 bis 1862 insgesamt zehn Libretti, darunter ›Rigoletto‹ und ›Traviata‹, von denen allerdings Verdi zwei – ›Macbeth‹ und ›La forza del destino‹ – von anderen Autoren überarbeiten ließ, ›Macbeth‹ durch den eben erwähnten Conte Maffei, der in das Libretto einen bei Shakespeare selbstverständlich nicht vorhandenen und dramatisch auch äußerst unpassenden schottischen Patriotismus einbaute. Auch das sollte als Parabel für die Unterdrückung Italiens verstanden werden.

Im Kreis der Gräfin Maffei verkehrte auch, wie oben erwähnt, Salvatore Cammarano (1801-1852), ein gebürtiger Neapolitaner aus einer alten Malerfamilie und selbst ursprünglich Maler. Seit 1835 schrieb er Libretti für Donizetti (darunter ›Lucia di Lammermoor‹) und hatte wegen des unverkennbar aufmüpfigen Tones in ›Poliuto‹ Bekanntschaft mit der – notorisch reaktionären – neapolitanischen Polizei gemacht. 1841 schrieb Cammarano das erste Libretto für Verdi: ›Alzira‹, ein denkbar krauses Stück, dessen Sinn sich auch bei mehrfachem Hören nicht erschließt. Im aufgeregten Jahr 1848 schrieb Cammarano für Verdi das Libretto ›La battaglia di Legnano‹, das sich insofern von den bisherigen patriotischen Opern Verdis unterscheidet, als es einen direkten Bezug auf die italienische Geschichte nimmt, keinen bloß parabolischen. Bei Legnano, einem kleinen Flecken in der Lombardei, besiegte 1176 das Heer des oberitalienischen Städtebundes den deutschen Kaiser Friedrich Barbarossa derart nachhaltig, daß der Kaiser gezwungen war, die Freiheiten der italienischen Städte anzuerkennen. (Daß dadurch letzten Endes für die in Verdis und in allen patriotischen Augen so verhängnisvolle Duodez-Herrschaft in Italien der Grundstein gelegt wurde, konnte oder wollte Verdi nicht bemerken.)

Eine Oper wie diese, in der der Freiheitskampf des italienischen Volkes unverblümt besungen wurde, hätte vor 1848 die Zensur nicht passiert, auch die im freiheitlicheren Turin nicht, denn die Oper ist nicht nur patriotisch, sondern republikanisch. Der Held der Oper ist das Volk, kein Fürst. Besiegt und gedemütigt wird nicht nur ein Deutscher, sondern ein Kaiser. Die Oper wurde am 27. Januar 1849 im Teatro Argentina in Rom uraufgeführt, zu einer Zeit, als in der Stadt die Revolution herrschte und wieder einmal, wie so oft, halb theatralische, halb ernsthafte Volkstribunen aufstanden, wie seit Tiberius Gracchus Zeit einige Dutzend Male. Im November 1848 wurde einer dieser Tribunen, der Graf De Rossi, auf der Treppe der Cancelleria ermordet, worauf die Stadt in Aufruhr geriet. Der Papst floh nach Gaëta und begab sich unter neapolitanischen Schutz. Daß aber die traditionsgemäß im Dezember beginnende Opern-Saison durch so etwas wie eine Revolution hintangestellt worden wäre, kam nicht in Frage. Am 27. Januar wurde ›Legnano‹ gegeben. Daß wenige Tage später, am 6. Februar, die Römische Republik ausgerufen wurde, ist, wenn man die Wirkung der Musik auf die Italiener bedenkt, vielleicht nicht ohne Zusammenhang.

Verdi war 1848, nach der Aufführung der französischen Fassung der ›Lombardi‹ (unter dem Titel ›Jérusalem‹), in Paris, eilte aber sofort, als er von den Vorgängen in Mailand erfuhr, nach Hause. An Piave schreibt Verdi am 21. April 1848: »Ehre sei ganz Italien, das in diesem Augenblick wahrhaft groß ist! Die Stunde seiner Befreiung hat geschlagen, davon sei überzeugt. (...) Ja, jawohl, noch ein paar Jahre, vielleicht ein paar Monate, und Italien wird frei sein, vereint, republikanisch. Wie könnte es anders sein? Du sprichst nur von Musik!! Was ist in Dich gefahren? (...) Es gibt, es darf nur eine Musik geben, die den Ohren der Italiener von 1848 gefällt: die Musik der Kanonen!«

Das war nicht wörtlich zu nehmen. Verdi war schließlich Italiener. Selbstverständlich schrieb er Musik – eben die ›Battaglia di Legnano‹ und im Oktober 1848 einen patriotischen Hymnus ›Suona la tromba‹ auf den Text eines byronischen Freiheitsdichters, Goffredo Mameli, der ein Adjutant Garibaldis war und bei der vergeblichen Verteidigung Roms gegen die aus Civitavecchia heranrückenden Franzosen im Juli 1849 fiel. Verdi sandte den vertonten Hymnus an Giuseppe Mazzini und schrieb dazu: »Möge dieser Hymnus zwischen der Musik der Kanonen bald in der lombardischen Ebene erklingen!«

Aber Verdis und der italienischen Patrioten Optimismus wurde enttäuscht. Die Filzläuse der Reaktion überzogen noch einmal das Land. Auch Verdi verkroch sich. Es ist sicher kein Zufall, daß er sich gerade um diese Zeit mit einem Stoff wie dem ›Lear‹ beschäftigte, einem Stoff voll Trauer und Resignation und ohne politische Komponente. Cammarano sollte das Libretto schreiben. Es gibt einen langen Brief Verdis an Cammarano vom 28. Februar 1850, in dem Verdi eine genaue Szenenfolge des ›Rè Lear‹ entwirft und aus dem hervorgeht, daß er zwar das grundlegende Motiv der Tragödie: die Verstoßung Cordelias als »etwas kindisch« betrachtet, daß ihn aber die Figur des Narren und die Szene auf der Heide faszinierten. Warum aus dem Plan nichts wurde, ist nicht ganz geklärt. Der Tod Cammaranos (1852) kann nicht der einzige Grund gewesen sein. Es war übrigens nicht die erste Beschäftigung Verdis mit dem Learstoff. Schon ganz früh, 1843, hatte Verdi einen ›Rè Lear‹ erwogen, stattdessen sich aber für ›Hernani‹ von Hugo (›Ernani‹ bei Verdi) entschieden. In den Copialettere, Verdis BriefEntwurfheften, in denen er auch Pläne notierte, stand an erster Stelle ›König Lear‹, danach ›Hamlet‹ und ›Der Sturm‹. Verdi äußerte einmal, daß er alle großen Dramen Shakespeares (den er in seinen Briefen »Papà« nennt) vertonen wolle.

Nach Cammaranos Tod beschäftigte Verdi weiterhin den braven Francesco Maria Piave, der bis einschließlich ›La forza del destino‹ (uraufgeführt 1862 in St. Petersburg) alle Libretti schrieb, mit Ausnahme der französischen Oper ›Les Vêpres Siciliennes‹ und ›Un ballo in maschera‹, die beide im wesentlichen von dem wohl fruchtbarsten und versiertesten Libretto-Schreiber und Dramatiker des französischen 19. Jahrhunderts, Eugène Scribe, stammten. Eugène Scribe (1791-1861), ursprünglich Jurist, warf Libretti wie ein Kaninchen Junges. Grove's Enzyklopädie zählt fast 140 Libretti aus seiner Feder auf, und unter den Komponisten, die Scribe vertonten, sind Rossini, Meyerbeer, Auber, Bellini, Donizetti, Halévy, Offenbach, Verdi und sogar noch Suppé und Cilea. ›Les Vêpres Siciliennes‹ vertonte Verdi in französischer Sprache, erst später wurde das Libretto ins Italienische übersetzt, ›Un ballo in maschera‹ (bei Scribe noch ›Gustave III‹) übersetzte vor der Komposition Antonio Somera ins Italienische, und Verdi komponierte es in seiner Muttersprache. Antonio Somera (1809-1865) war Anwalt und Nebenerwerbsdichter, für Verdi arbeitete er später nicht mehr; Verdi beschäftigte auch ihn vorher mit der Fortsetzung des ›Rè Lear‹-Planes, der nie realisiert wurde.

Nach ›La forza del destino‹ schrieb Verdi den ›Don Carlos‹. Das Arbeitstempo des Meisters verlangsamte sich, allerdings nicht, weil die Inspiration zu versiegen begonnen hatte, sondern weil das vorbei war, was Verdi seine »anni di gallera« nannte, und weil er noch kritischer und schwieriger (auch sich selbst gegenüber) wurde. Während Verdi in den zehn Jahren von 1839 bis 1849 vierzehn Opern schrieb (Zweitfassungen nicht mitgerechnet) und von 1849 bis 1859 immerhin noch sieben, schrieb er in seinen restlichen fast noch fünfzig Lebensjahren nur noch fünf Opern. Die Gründe sind vielfältig und zum Teil bekannt: den schwer nachtragenden Meister kränkten Kritiken selbst inferiorer Geister, der Opernbetrieb widerte ihn an, mit den Aufführungen war er fast nie zufrieden, und Geld hatte er inzwischen genug, und zwar schon längst. Verdis eigene Äußerungen gerade in diesem Punkt müssen mit äußerster Vorsicht betrachtet werden. Er liebte es, auch hier zu dramatisieren. Verdi stammte – im Gegensatz zu vielen Legenden, die zum Teil auf ihn selber zurückgehen – keineswegs aus ärmlichen, sondern aus durchaus wohlhabenden Verhältnissen. Wirkliche Geldsorgen hatte er nie, am wenigsten in seinen »Galeerenjahren«. Schon 1848/49 kaufte er einen Palazzo in Busseto und Ländereien in Sant' Agata. Ende der 50er Jahre war er vielfacher Millionär und Großgrundbesitzer.

Die politischen Ereignisse von 1859 – das Verbleiben Venedigs bei Österreich, die Haltung Frankreichs, die Verdi als Verrat empfand – trafen die politischen Hoffnungen Verdis neuerdings tief. Dennoch ließ er sich, auf Drängen des von ihm bewunderten Minister Cavour, 1861 als Abgeordneter für San Donnino (heute: Fidenza, Busseto gehörte zu dem Bezirk) ins neue italienische Parlament (Sitz in Turin) wählen, beteiligte sich auch anfänglich eifrig an den Sitzungen, verlor aber dann bald das Interesse und gab das Mandat 1865 auf.

Eine sehr komische, selbstironische Schilderung seiner politischen Karriere gibt Verdi in einem Brief vom 8. Februar 1865 an Piave, der in dem Satz gipfelt: »Die 450 (Deputierten) sind in Wahrheit 449, weil es den Abgeordneten Verdi nicht gibt.« So politisch Verdi sein Leben lang dachte, so wenig sagte ihm *direkte* Politik zu. Der Weg, den die italienische Einigung sichtbar einschlug, der Weg nämlich in ein savoyardisches Königreich behagte ihm nicht. Als Verdis »Traum von zwanzig Jahren«, nämlich, daß Rom Hauptstadt eines geeinten Italien werde, endlich am 20. September 1870 in Erfüllung ging, distanzierte sich Verdi förmlich. Es gibt einen Brief vom 30. September dieses Jahres an Contessa Maffei, in dem er wörtlich sagt: »Die Geschichte mit Rom ist eine große Sache, aber sie läßt mich kalt.« Im gleichen Brief sagt Verdi mit erschreckend genauer politischer Prophetie den Ersten Weltkrieg voraus: »Wir werden dem europäischen Krieg nicht entgehen, und er wird uns verschlingen. Er wird nicht morgen kommen, aber er kommt.« Sein letzter großer Freund und Librettist Arrigo Boito mußte ihn noch erleben.

Die Wahl Verdis zum Senator des Königreiches (1874) war nur ein Ehrentitel. Es heißt, daß Verdi keiner Sitzung des Senats beigewohnt habe. Nicht nur Verdis Leben – dessen Chronologie sich bis dahin über viele Jahre hinweg wie ein Kursbuch der eben gebauten Eisenbahnen ausnimmt, mit der er von Premiere zu Premiere eilte, Sänger beschimpfte, mit Journalisten stritt, Dirigenten verunsicherte und Geld kassierte – nicht nur Verdis Leben, auch seine Musik nahm für das letzte Vierteljahrhundert, in dem nur noch zwei Opern entstanden, einen Weg ins Private, wofür nicht zuletzt die späten geistlichen Werke Zeugnis geben.

Nach Piaves Tod fand Verdi zunächst in Antonio Ghislanzoni, dann in Arrigo Boito neue Librettisten. Ghislanzoni (1824-1893), Sänger, Journalist, Impresario, kannte Verdi schon vom Kreis der Gräfin Maffei aus den vierziger Jahren her. Er schrieb für Verdi die italienische Übersetzung des ›Don Carlos‹ und dann das Buch zur ›Aida‹. Boito (1842-1918) war ein ganz erstaunliches Doppeltalent für Musik und Literatur, eine der eigenartigsten und sympathischsten Figuren der neueren italienischen Geistesgeschichte. Verdi war auf den jungen Mann halbpolnischer Herkunft 1862 aufmerksam geworden, als er für die Weltausstellung in London einen Text für den ›Inno delle nazioni‹ suchte. Später entfremdeten einige literarische Äußerungen Boitos – die Verdi allerdings mißverstanden hatte – die beiden; erst 1880 ließ sich der nachtragende Meister zu einer Versöhnung herbei, die dann zur Zusammenarbeit führte, wobei Boito ganz selbstlos auf die Realisierung eigener Pläne verzichtete. Boito schrieb für Verdi zunächst die Neufassung für ›Simon Boccanegra‹, dann ›Otello‹ und zuletzt ›Falstaff‹. Verdi war klar, daß er mit diesen Libretti das Glück hatte, literarische Kunstwerke von Rang vor sich zu haben. Nach dem ›Falstaff‹, uraufgeführt 1893, im Jahr von Verdis 80. Geburtstag, befaßte sich Verdi noch einmal mit dem Plan zu einem ›Rè Lear‹, und Boito schrieb sogar ein Szenario und Teile des ersten Aktes. Ob Verdi schon daran komponierte, weiß man nicht. Es steht fest, daß von den Erben Verdis (der Familie Carrara-Verdi, abstammend von seiner Stieftochter) nie veröffentlichte Autographen zurückgehalten werden, die den ›Rè Lear‹ betreffen und offenbar umfangreicher sind, als bisher angenommen. Aus welcher Zeit seiner ›Lear‹-Beschäftigung diese Skizzen stammen, ist unbekannt. Jedenfalls aber schrieb Verdi weder den ›Lear‹ noch, was Boito danach vorschlug, ›Antonius und Cleopatra‹. »Er ist zu alt und zu müde«, sagte Giuseppina Verdi.

Seine Werke bis einschließlich ›Un ballo in maschera‹ nannte Verdi einmal – etwas ungerecht – »Opern mit

Arien«, die Werke danach »Opern mit Ideen«. Von der mehr als hanebüchenen Handlung der ›Forza del destino‹ kann man eigentlich gar nicht sagen, ob sie irgendwelche patriotischen Restbestände in sich birgt, eher wohl nicht. ›Don Carlos‹ enthält – selbstverständlich schon bei Schiller vorgeformt – Verdis Bekenntnis zu Liberalität und freiem Geist, und die Tatsache, daß eine der ergreifendsten Melodien, die Verdi überhaupt je erfunden hat (und das will etwas heißen), jene Stimme vom Himmel singt, deren Leib eben gräßlich martervoll von der Inquisition, also der katholischen Kirche, verbrannt wurde, spricht für sich. Auch in der ›Aida‹ läßt Verdi an den Priestern Ägyptens seinen Haß gegen deren katholische Kollegen aus. (Zu dem Punkt wäre anzumerken, daß Verdi nie aufgehört hat, ein gläubiger Katholik – nicht nur Christ – zu sein, aber strikt antiklerikal eingestellt war.) Verdis politisches Engagement zieht sich, wie man sieht, ins Allgemeine, Private zurück. Im ›Otello‹ endlich sind kaum und im ›Falstaff‹ sind keine Reste patriotischer, politischer Bekenntnisse mehr vorhanden. Beide Opern gehören auch nicht mehr der Epoche an, die man unter der des Belcanto versteht. Verdi hat das auch gewußt. Die Zeichen der neuen Zeit waren unüberhörbar. 1884 wurde Puccinis Erstling ›Le Villi‹ uraufgeführt, schon 1876 Ponchiellis ›La Gioconda‹, 1896 Giordanos ›Andrea Chenier‹, 1876 schrieb Leoncavallo seinen ›Chatterton‹. ›I pagliacci‹ wurde 1892 (ein Jahr vor ›Falstaff‹) uraufgeführt, und zwei Jahre vorher Mascagnis ›Cavalleria rusticana‹, alles Werke geistiger Söhne Verdis: ihre Musik ohne Verdi nicht denkbar, und doch schon in einer anderen Welt, der des Verismo, lebend. Von Politik keine Spur mehr, wohl gelegentlich Nationalismus, Italianità, Volksleben, aber kein Patriotismus Garibaldis. Das Risorgimento hatte ja gesiegt, das einige Italien hatte sich etabliert, der Belcanto war als eisern festgehaltenes, einzig zusammenhaltendes Selbstverständnis der Italiener nicht mehr notwendig und verkümmerte wenig betrauert.

Vieles in Giuseppe Verdis Leben ist seltsam symbolträchtig, so auch seine letzten komponierten Zeilen. Im Juli 1900 wurde in Monza König Umberto I. von einem anarchistischen Koch erschossen. Die Königin Margherita verfaßte unter dem Eindruck des Todes ihres Mannes ein Gedicht, das Verdi zufällig in die Hände fiel. Verdi nannte das Gedicht: ». . . in seiner hohen Schlichtheit wie von einem Kirchenvater geschrieben.« Im Oktober 1900 – drei Monate vor seinem Tod, fast neunzig Jahre alt – raffte er sich auf, das Gedicht zu komponieren. Es sind nur einige Notenzeilen, dann bricht das Manuskript ab. Der Text lautet: ». . . sacrificò la vita al dovere ed al bene della patria . . . «: ». . . ich opferte das Leben der Pflicht und dem Wohl des Vaterlandes.« Es war Verdis Lebensdevise.

ARRIGO BOITOS WEG ZU GIUSEPPE VERDI

Von den Schwierigkeiten einer einmaligen Partnerschaft

Die Oper war und ist in Italien immer eine nationale Angelegenheit. Das war besonders in der Zeit des Risorgimento deutlich, also in den Jahrzehnten der politischen Einigung des Landes, die man vom Ende der napoleonischen Ära um 1813 bis zum Einmarsch Garibaldis in Rom am 22. September 1870 zählt. Daß in dem ersten wilden Aufbegehren der italienischen Patrioten in der Lombardei der Name Verdi als politisches Schlagwort gebraucht wurde, ist zwar Zufall, weil man in dem Namen die Abkürzung für »*V*ittorio *E*manuele *R*é *d'I*talia« sehen konnte, ist aber für die nationale Bedeutung der Oper symptomatisch. Es gab selbstverständlich eine Fülle von patriotischer Literatur: Gedichte, Romane, Theaterstücke. Am wirksamsten aber waren Operntexte, weil sie für die Zensur (die päpstliche, die bourbonische, die habsburgische) schwerer faßbar waren als gesprochenes und gedrucktes Wort.

Nun ist der Operntext ja nur die Hälfte des Werkes; was der Text scheinbar harmlos darstellte, füllte die Musik mit patriotischem Gehalt auf. Das vermochte die Musik auch wirklich zu leisten, denn das Aufkommen des Belcanto fiel – wahrscheinlich auch rein zufällig, so wie Verdis Name paßte – zeitlich mit dem Beginn des Risorgimento zusammen. Dieser Umstand führte zu einer Rückkoppelung: Belcanto – Italianità, oder: hohes C – politische Einigung. Eine Konstellation von ungeheurer Schlagkraft. Wenn in einer Oper ›all'erta!‹ geschmettert wurde, so identifizierte das Publikum die Feinde, gegen die die Waffen erhoben werden sollten, unverzüglich mit Österreichern oder Bourbonen, mochten sie auf der Bühne dargestellt sein, als was sie wollten. Bezeichnend in dem Zusammenhang ist die Adaption des ›Macbeth‹ durch Verdis damaligen Librettisten Andrea Maffei 1847; er fügte ein bei Shakespeare nicht vorhandenes schottisch-patriotisches, gegen die Engländer gerichtetes Handlungselement ein, wobei natürlich mit den Schotten die italienischen Patrioten, mit den Engländern die habsburgische Besatzung in Mailand gemeint waren. Andrea Maffei gab im Kreis der intellektuellen Revolutionäre in Mailand der 30er und 40er Jahre den Ton an, ein Kreis zu dem auch Mazzini und Graf Cavour gehörten. Das eigentliche Herz des patriotischen Salons war aber Maffeis Frau Clara, die in späteren Jahren mit den Brüdern Boito befreundet war und die die erste Begegnung Verdis mit Boito herbeiführte.

Arrigo Boito, 1842 in Padua geboren, wuchs im Spannungsfeld des Risorgimento auf. Aber seine Herkunft trennte ihn von den Patrioten reinen Wassers, was für seinen künftigen Lebensweg, seine literarischen und musikalischen Werke, für Verdi und für die italienische Oper überhaupt von Bedeutung werden sollte. Als Arrigo Boito geboren wurde, war Padua österreichische Provinzstadt. Auch Venedig war österreichisch, als die Familie Boito zwei Jahre nach Arrigos Geburt dorthin zog. (Getauft war Boito auf den Namen Enrico. 1860 änderte er ihn in Arrigo um, warum, weiß man wohl nicht. Beide, Arrigo und Enrico, sind Entsprechungen des deutschen Namens Heinrich. Vielleicht fand Boito den Arrigo eleganter. Einige Jahre später ein umgekehrter Vorgang: der Arrigo getaufte Caruso änderte seinen Vornamen in Enrico, weil er Arrigo ordinär fand.)

Nur Boitos Vater war Italiener: ein aus Belluno – nahe der deutschen Sprachgrenze – stammender Miniatur-Porträtist, ein Abenteurer, Säufer und Raufbold. Auf einer Reise durch Nordeuropa lernte er die verwitwete polnische Gräfin Józefa Radolinska kennen, heiratete sie und bekam zwei Söhne von ihr: Camillo (1836–1914), der später Architekt wurde (unter anderem war er Erbauer des von

Verdi gestifteten Sänger-Altersheimes in Mailand), und eben Enrico-Arrigo. 1851 verschwand der Vater, 1856 erreichte die Familie die Nachricht, daß er bei einer Rauferei umgekommen sein sollte. Zu der Zeit war Józefa Boito (die sich in Italien Giuseppina nannte) in das ebenfalls österreichische Mailand übergesiedelt. Dort erhielt der nahezu mittellose Enrico Boito eine Freistelle am Konservatorium. Seine Erfolge waren allerdings ziemlich bescheiden. Sein Lehrer Lauro Rossi attestierte ihm Faulheit. Dennoch wurde 1858 eine Symphonie Boitos mit Beifall am Konservatorium aufgeführt.

Die Resignation der italienischen Patrioten nach den fehlgeschlagenen Aufständen von 1830 und den erfolglosen Jahren 1848 und 1849 hatte Boito noch überhaupt nicht oder nur als Kind erlebt. Nach dem ersten österreichisch-italienischen Krieg und der vernichtenden Niederlage des sardinisch-savoyardischen Heeres bei Custozza (25. Juli 1849) waren die alten (fremden) Herren und die alten Verhältnisse zurückgekehrt. Die Reaktion war grausam, die Patrioten (auch aus Verdis Briefen geht das hervor) empfanden den Zustand als Friedhofsruhe. Nur ungern wurde dabei zugegeben, daß hauptsächlich die Uneinigkeit der divergierenden Richtungen in den patriotischen Strömungen, ihre Eifersüchteleien, ihr Neid und ihre Kleinkariertheit die Ursache für das Scheitern oder vielmehr das Nichtzustandekommen einer großen Revolution waren. Viel anders war das auch 1859 nicht, als der neue savoyardisch-sardinische König Victor Emanuel II. nochmals versuchte, die Österreicher aus Oberitalien zu vertreiben. Es gelang ihm nur zum Teil, und das auch nur mit französischer Hilfe. Daß er für diese Hilfe Nizza und das uralte savoyardische Stammland südlich des Genfer Sees an die Franzosen verschacherte, hören patriotische Italiener auch heute noch nicht gern. Jedenfalls besiegten Franzosen und Italiener 1859 bei Magenta und Solferino die Österreicher. Der

Doppeladler mußte die Lombardei und damit Mailand räumen. Zur Enttäuschung der Patrioten war der savoyardische König (der sich seit 1861 König von Italien nannte) damit einverstanden, daß Venetien bei Österreich verblieb.

Boito, nun 17 Jahre alt, fühlte sich als italienischer Patriot – ma non troppo. Er komponierte (nun schon: Arrigo) zusammen mit seinem Freund Franco Faccio die Kantate ›Il Quattro Giugno‹ zur Verherrlichung des Sieges von Magenta. Seine Muttersprache war zwar italienisch – also: seine Vatersprache –, aber er beherrschte Deutsch, Französisch, Englisch und Polnisch, Deutsch offenbar fast so gut wie Italienisch. Französisch war ihm so geläufig, daß er sowohl aus dem Französischen ins Italienische als auch umgekehrt übersetzen konnte. Aus dem Deutschen übersetzte er in den siebziger Jahren unter anderem den ›Freischütz‹-Text, die Wesendonck-Lieder sowie die Texte zu ›Rienzi‹ und ›Tristan und Isolde‹. Aus dem Englischen übersetzte er 1888 für Eleonora Duse, von der im Zusammenhang mit Boito noch die Rede sein wird, ›Anthony and Cleopatra‹. Boito war eher Weltbürger als Patriot, jedenfalls kein engstirniger Patriot, was von Verdi – so muß man leider sagen – nicht behauptet werden kann. Boito entging es auch nicht, daß die neue savoyardische Herrschaft in Mailand nicht viel besser war als die abgelaufene habsburgische. Aber das berührte ihn vorerst nicht, denn 1861 erhielt Boito ein Stipendium nach Paris. Dort lernte er Rossini und durch die Contessa Maffei Giuseppe Verdi kennen. Boito war 19, Verdi 48 Jahre alt.

Verdis damals letzte Oper war ›Un ballo in maschera‹ gewesen, die Partitur der ›Forza del destino‹, ein Auftrag aus St. Petersburg, lag vollendet, aber noch unaufgeführt vor. Es waren die Jahre, in denen der – entgegen der Legende – auch im Alter immer unstet herumreisende Verdi sich fast öfter in Paris als in Italien aufhielt. Verdi bat den jungen Boito um einen Text für einen Hymnus, den er für die Weltausstellung 1862 in London schreiben sollte. Die Ausstellungsverwaltung hatte bei verschiedenen Komponisten solche Hymnen bestellt (oder angeregt): bei Meyerbeer einen deutschen Hymnus, bei Auber einen französischen, bei Sterndale Bennett einen englischen und eben bei Verdi einen italienischen. Verdi unterzog sich dieser Aufgabe murrend und ungern, und was dabei herauskam, ist auch nicht gerade einer Sternstunde verdischer Inspiration entsprungen. Daß Verdi den jungen Boito mit dem Text dieses ›Inno delle nazioni‹ beauftragte, war daher auch keine Auszeichnung, fast eher eine Abwertung.

Die Lebenswege des alternden Musikers und des jungen Literaten trennten sich auch sofort wieder für fast zwanzig Jahre, und zwar – so möchte man sagen – entschieden. Boito reiste 1862 nach Polen und Deutschland und kehrte erst Ende dieses Jahres nach Mailand zurück. Obwohl er 1861 seine Abschlußprüfung am Konservatorium gemacht hatte, beschäftigte ihn jetzt in erster Linie die Literatur. Es entstanden in den folgenden Jahren bis 1867, die Boito in Mailand verbrachte, der ›Libro dei versi‹ (Gedichte), die Fabel ›Rè Orso‹, die Komödie ›Le madri galanti‹ (die 1863 in Turin durchfiel) und das Libretto ›Amleto‹ nach Shakespeare für Franco Faccio, das bei der Uraufführung der Oper am 30. Mai 1865 mehr gelobt wurde als Faccios Musik. Vor allem aber betätigte sich Boito als Theater- und Konzertkritiker und Musikschriftsteller (u. a. mit einem Essay ›Mendelssohn in Italia‹) und gab selber eine Zeitlang mit Emilio Praga zusammen eine Wochenzeitschrift mit dem prätentiösen Titel ›Figaro‹ heraus. Boito, nicht viel mehr als zwanzig Jahre alt, gehörte der ›Scapigliatura‹ an, einer Mailänder literarischen Spezialität, die mit Künstlergesellschaft nur höchst ungenau umschrieben ist. Carlo Righetti (1830-1874), selber einer der Scapigliaturisti, bezeichnete sie als »eine Art mystischen Consortiums ratloser exzentrischer Genies«. Die Namen und Werke der Scapigliaturisti – mit Ausnahme Boitos – sind selbst in Italien heute allesamt vergessen: Praga, Camerana, Tarchetti, Rossi, Rovarei; höchstens Antonio Ghislanzoni (1824 -1893) hat sich als einer der Librettisten Verdis einen gewissen Nachruhm bewahrt. Die Scapigliaturisti waren junge Wilde (oder taten so), propagierten freie Sexualität, Drogengebrauch und Mystik. (Einige von ihnen starben im Suff oder an Schwindsucht.) Vor allem aber waren sie antikirchlich, antibürgerlich, antimonarchistisch, überhaupt anti-, und weil sie als Anti-Traditionalisten die herkömmliche, als bedeutend geltende Literatur (eines Manzoni, Leopardi, Foscolo) ablehnten, deren Inhalt der italienische Nationalstolz war, fühlten sie sich als anti-patriotische Weltbürger. Diese Haltung kam dem Halb-Polen Boito entgegen. Auf der Premierenfeier von Faccios Oper ›Profughi fiamminghi‹ (Text nicht nur von Boito, sondern vom Scapigliaturista Emilio Praga) trug Boito eine ›Sapphische Ode mit dem Glas in der Hand: All'arte italiana!‹ vor, in der die Rede »vom befleckten Altar der italienischen Musik« war, und es gab auch einen ziemlich obszönen Vergleich des Zustandes dieser Musik mit dem einer besudelten Bordellwand. Die Rede machte Skandal, das Tabu des Patriotismus und gleichzeitig des Belcanto war verletzt. Verdi kam das zu Ohren. Er war beleidigt.

Als 1866 der dritte österreichisch-italienische Krieg ausbrach, meldeten sich Boito, Emilio Praga und Faccio zu Garibaldis Freischaren. Es war ein typisch italienischer Krieg: die Schlachten wurden verloren, der Krieg gewonnen. Die Sänfte, in der sich Garibaldi in den Kampf tragen ließ, wurde von den Kaiserjägern erbeutet und steht heute im Berg-Isel-Museum. Boito und seine Freunde blieben drei Monate bei den Freischaren, an irgendwelchen Kampfhandlungen teilzunehmen fanden sie keine Gelegenheit. Im Frieden von Wien trat Österreich ganz Venetien an Italien ab, allerdings gegen die Zahlung von 35 Millionen Gulden.

Im Jahr darauf reiste Boito das zweite Mal nach Polen. Dort schrieb er eine Reihe von Novellen, unter anderem die Arbeit, die als sein Meisterwerk gilt: ›L'alfier nero‹ (›Der schwarze (Schach-) Läufer‹). Gleichzeitig wandte er sich wieder seiner Musik zu. In relativ kurzer Zeit entstand ›Mefistofele‹, eine eigenwillige musikalische Adaption von Goethes ›Faust‹, der ja Boito in der Originalsprache zugänglich war. Boito komprimierte die Prologe und ›Faust I‹ auf drei Akte und ›Faust II‹ auf den vierten Akt und einen Epilog. Boitos Hauptperson war nicht Faust, sondern, wie der Titel sagt, Mephisto. In der ursprünglichen Fassung war Mephisto ein Tenor, Faust ein Bariton. Es entsprach Boitos melancholischem, pessimistischem Naturell, daß ihn der negative Held mehr interessierte: was später auch beim Jago und beim Falstaff durchscheinen sollte. Auch die Oper ›Otello‹ sollte nach Boitos Vorstellung ursprünglich den Titel ›Jago‹ tragen.

Boito war ein scharfer, klarer Geist. (Die mystische Scapigliatur befriedigte ihn nur kurze Zeit; als er 1868 aus Polen zurückkehrte, war die Gruppe ohnehin zerbrochen, ihr Aufbegehren verblaßt.) Die Herkunft aus zwei Nationen, die mühelose Beherrschung mehrerer fremder Sprachen (unter Italienern eine Seltenheit) schliffen Boitos Intellekt, gleichzeitig aber auch seine Selbstkritik. Er erkannte den Grund unter den Dingen, vor allem unter den herrschenden Ideologien – ob sie Risorgimento oder Belcanto hießen. Ein so geschärfter, weitblickender Verstand mußte zu Zweifeln, wenn nicht Verzweiflung neigen, und vor dem Wahnsinn schützte er sich dadurch, daß er sich auf die Seite der Negation schlug. Es ist nicht ohne Bedeutung, daß Boito sowohl physische Drogen genommen hat (nur kurze Zeit) als auch eine psychische: diese hieß Wagner. Daß er gerade den ›Tristan‹, die Oper der Todessehnsucht, übersetzt hat, ist kein Zufall. Auch in den Ton seines ›Mefistofele‹ floß seine Beschäftigung mit Wagner ein. Der Anfang seines vierten Aktes ist schierer ›Tristan‹, allerdings durch italienische Mentalität gefiltert. Daneben finden sich Töne (die Arie der Margherite ›L'altra notte in fondo al mare‹), die an den späten Verdi erinnern – 1868, noch bevor der späte Verdi den späten Verdi schrieb.

Die Uraufführung des ›Mefistofele‹ am 5. März 1868 war ein Skandal. Publikum und Presse merkten, daß da ein junger Mann (Boito war 26) an den gesicherten Grundfesten der italienischen Oper, also an die Basis des nationalen Selbstverständnisses rührte. Und das zu einer Zeit, als die endliche Einigung Italiens in greifbare Nähe rückte. Was man einem etablierten Meister wie Verdi verzieh, sah man dem jungen Spund nicht nach. Die Presse schrie: das Werk sei zu intellektuell, zu lang und – da kommt der verfemende Begriff – »wagnerissimo«. Boito war tief getroffen. Neun Jahre lang schrieb er nichts mehr unter seinem Namen; wenn er etwas veröffentlichte – etwa 1876 das Libretto ›La Gioconda‹ für Amilcare Ponchielli – tat er es unter dem Anagramm Tobia Gorrio. Er schrieb in den Jahren an einer Oper, ›Ero e Leandro‹, vollendete sie aber nicht und überließ den Text Giovanni Bottesini (der heute nur noch als Komponist virtuoser Kontrabaßkonzerte bekannt ist). Teile von ›Ero e Leandro‹ übernahm Boito in die Neufassung des ›Mefistofele‹. Er änderte dabei – leider – auch die Rollenverteilung: Mefistofele wurde der Bariton, Faust der Tenor.

1875 wurde die neue Fassung in Bologna aufgeführt. Sie befriedigte Boito nicht, also änderte er weiter: die dritte Fassung erklang im Mai 1876 in Venedig, fünf Jahre später (25. Mai 1881) kehrte der geänderte ›Mefistofele‹ an die Scala zurück, unter Boitos eigener Regie (was man damals so darunter verstand) und unter Franco Faccios Stabführung – ein später Triumph, eine Genugtuung. Danach hat das Werk das Repertoire erobert: in Turin, Padua, (also in Boitos Heimat), Ancona, Genua, 1877 dann in Rom, 1880 in Brüssel. Es gehörte von da an zum festen Bestand der (neuen) italienischen Oper für einige Jahrzehnte.

Noch während der Umarbeitungen des ›Mefistofele‹ begann Boito ein neuer Opernplan zu beschäftigen. Das Sujet war – höchst bezeichnend – der denkbar negativste Held, das sozusagen akademisch anerkannte historische Scheusal: Nero. Schon zu Anfang der 70er Jahre lag das Libretto fertig vor. Verdi kannte zweifellos zwar den ›Mefistofele‹, daß er von Boitos ›Nero‹-Plan etwas wußte, ist unwahrscheinlich. So ist es eine eigenartige Koinzidenz, daß Verdi um eben diese Zeit den Wunsch nach einem ›Nero‹-Libretto äußerte. Giulio Ricordi, der inzwischen auch Boitos Verleger geworden war, wußte aber von Boitos ›Nerone‹ und fragte bei ihm an, ob er bereit wäre, das Libretto Verdi zu überlassen. Boito wäre einverstanden gewesen, denn er bewunderte Verdi grenzenlos. Die Kränkung, die er damals in jugendlicher Weinlaune (vielleicht, ja: sehr wahrscheinlich ganz unbeabsichtigt) Verdi zugefügt hatte, hatte er, Boito, längst vergessen... Verdi nicht. Die Zeit der Versöhnung war noch nicht gekommen. Verdi wandte sich vom ›Nerone‹ ab und komponierte ›Aida‹.

1879 – Verdi war 66, Boito 37 Jahre alt – kam es zur entscheidenden Begegnung. Verdi dirigierte sein Requiem in Mailand, Boito und Faccio hatten die Aufführung vorbereitet, publizistisch unterstützt, der Erfolg war gigantisch. Verdi konnte Boitos ehrliche Ergebenheit nicht mehr übersehen, der alte Löwe knurrte nur noch ein wenig, es klang schon wie Schnurren. Mit äußerster Vorsicht nahm er Boitos Skizzen zu einem ›Jago‹-Libretto entgegen. Der Meister war nicht abgeneigt. Das Wichtigste aber: die Meisterin des Meisters, Giuseppina Verdi, fand Boito sympathisch und unterstützte den Plan. Aber noch zierte sich Verdi. Als quasi eine Probearbeit sollte Boito die Textneufassung für die Umarbeitung des über zwanzig Jahre alten

›Simon Boccanegra‹ besorgen. Boito tat es zur Zufriedenheit Verdis 1879 und 1880. Dann begannen sieben Jahre seltsamer Komödie. Boito schrieb mehrere Textfassungen, Verdi sagte zu zu komponieren, sagte wieder ab; schlug Boito vor, er solle den Text selber vertonen, komponierte ihn aber heimlich doch, leugnete es und war dann wieder beleidigt, als eine Äußerung Boitos über den ›Jago‹-Plan verstümmelt und mißverständlich von einer Zeitung kolportiert wurde. »Soll ich doch komponieren?« schrieb Verdi scheinheilig an Ricordi, und eines Tages war die Oper plötzlich fertig, hieß allerdings jetzt ›Otello‹. Bis in das Jahr 1886 hinein hatte Boito immer wieder zusätzliche Szenen und Änderungen geliefert. Am 5. Februar 1887 fand die Uraufführung in Mailand statt. Der Begriff Erfolg war keine Kategorie mehr für das Werk; die staunend bewundernde Musikwelt nahm in sozusagen stehender Ovation das Geschenk des greisen Meisters entgegen. Dabei übersah sie, daß das ein völlig anderer Verdi war als der der ›Aida‹. Verdi hingegen erkannte, daß er in Boito den optimalen Librettisten gefunden hatte.

Noch vor der Uraufführung des ›Otello‹ – 1885 – begegnete Boito Eleonora Duse. Sie wurde seine Geliebte, blieb es, bis die flatterhafte, nervöse, so eingebildete wie selbstzerstörerische Diva zu dem glänzenderen (und jüngeren) D'Annunzio überlief. Boito schrieb für sie, wie erwähnt, eine Übersetzung von ›Anthony and Cleopatra‹ und damit eine Glanzrolle (Uraufführung in Mailand 1888). Boito, nobel und zurückhaltend, trug der Duse ihr Überlaufen zu D'Annunzio nicht nach, blieb ihr in Freundschaft bis zu seinem Tod verbunden. Der Abschied Boitos und der Duse voneinander war übrigens so stilvoll wie tränenreich: am 24. November 1898 im Hotel Haßler-Villa Medici in Rom.

Die Entstehungsgeschichte des ›Falstaff‹ ist weniger kompliziert als die des ›Otello‹. Es scheint, daß sich diesmal Verdi schon im Jahr nach der Uraufführung des ›Otello‹

dazu entschlossen hat, sich nun endlich den schon – nach seinen eigenen Worten – vierzig Jahre lang gehegten Wunsch nach einer komischen Oper zu erfüllen. Als Librettist kam jetzt nur noch Boito in Frage. Im Oktober 1889 liefert Boito die beiden ersten Akte, im November den Rest. In den Briefen finden sich fast keine Wünsche Verdis für Änderungen oder Ergänzungen. Einmal fragte er, ob Windsor auf der ersten oder zweiten Silbe betont ist. »Wíndsor«, schrieb Boito zurück. Im Frühjahr 1891 ist die Partitur beendet, am 9. Februar 1893 wird der ›Falstaff‹ in Mailand uraufgeführt. Boitos Leistung als Librettist ist nicht hoch genug anzusetzen: er hat aus Shakespeares wohl schwächster Komödie ein musikalisches Lustspiel höchsten Ranges gemacht (wobei er außerordentlich geschickt Elemente aus den Falstaff-Szenen der Königsdramen einarbeitete), hat aus dem primitiven Dickwanst, der Sir John bei Shakespeare ist, eine Figur von menschlicher Komik und sogar Tragik geformt, die sich zuletzt mit alles wegwischender Heiterkeit (»Tutto nel mondo e burla . . .«) über die ihm angetane Schmach als wahrer Sieger aus der Niederlage erhebt (wie Italien nach Custozza von 1866).

Nach dem ›Falstaff‹ versuchte Boito, Verdi mit einem weiteren Opernplan zu locken, wählte Verdis Lieblingsidee ›King Lear‹, legte ihm noch 1893 eine Skizze für ein Libretto und sogar eine Ausarbeitung der Anfangsszene vor, aber Verdi lehnte nun endgültig ab, rät Boito, an seinen eigenen Ruhm zu denken und sich der Arbeit an seinem ›Nerone‹ zuzuwenden. Boito blieb in Verbindung mit Verdi, besuchte ihn oft, namentlich nach dem Tod Giuseppinas 1897. In der Nacht vom 26. auf den 27. Januar 1901 wachte er mit Giacosa (dem Librettisten Puccinis) im ›Grand Hôtel de Milan‹ in Mailand an Verdis Sterbebett, war dabei, als der größte Meister der italienischen Oper die Augen für immer schloß.

Die restlichen Jahre, die Boito verblieben, arbeitete er

am ›Nerone‹, der nie vollendet werden sollte. Im übrigen betrachtete er sich als künstlerischer Nachlaßverwalter Verdis. Äußere Ehrungen sind zu verzeichnen: 1912 wurde er Senator des Königreichs Italien, 1915 gab er im Senat seine Stimme für den Kriegseintritt Italiens gegen Österreich und Deutschland ab. 1917 besuchte er die Front und war erschüttert über die Niederlage der Italiener bei Caporetto. Seine Angina pectoris verschlimmerte sich. Er kam in eine Klinik in Mailand, von dort aus schrieb er noch einige Briefe an die Duse, unter anderem (am 19. Mai 1918), daß er bald gesund sein werde und dann binnen zweier Monate den ›Nerone‹ zu beenden hoffe. Am 10. Juni 1918 ist er tot. (Bei ihm hält Toscanini die Totenwache.) Den gewonnenen Krieg Italiens nach den militärischen Niederlagen hat Boito nicht mehr erlebt.

Belcanto kann definiert werden als die absolute Herrschaft der Melodie über die übrige musikalische Gestalt und auch über die dramatischen Gegebenheiten der Oper. (Belcanto außerhalb der Oper gibt es fast nicht; die Romanzen für Singstimmen und Klavier der Belcantisti gehören dazu und einige Kirchenmusik. Für all das gilt Entsprechendes wie für die Oper.) Die Verbindung des patriotischen Inhalts oder zumindest patriotischer, nationalistischer Momente in Partikeln bei auffallend vielen Belcanto-Opern ist wahrscheinlich nicht zwingend und ein Ergebnis zufälliger zeitlicher Koinzidenz. Allerdings ist die Vermutung nicht ganz von der Hand zu weisen (man muß aber vorsichtig sein mit derlei historischer Musikpsychologie), daß die politische Gesinnung ein intellektuelles Alibi der besseren Belcanto-Komponisten war; denn die haben sehr wohl die sonstige Dürftigkeit der Libretti erkannt. Aber wie dem auch sei – als sich der Belcanto einmal mit dem Risorgimento verbunden hatte, blieb er mit ihm verknüpft und teilte sein ferneres Schicksal. Die Blütezeit beider waren die Jahre zwischen 1815 und 1848, als nach dem Ende der napoleonischen Herrschaft sich die wilde Hoffnung des ›Jungen Italien‹ in vielen geistigen und realen Strömungen über das Land ergoß. Es war Rossinis, Donizettis und Bellinis große Zeit. Als Verdi 1847 den ›Macbeth‹ geschrieben hatte, verlangte er, daß nicht schön, sondern wahr gesungen würde. Nach 1830 und mehr noch nach 1848/49 machten sich nach den gescheiterten Revolutionen Lähmung und Trauer breit. Der Parteienhader – italienisches Urübel – hatte den Sieg verhindert. Es war klar, daß die Italiener aus sich heraus das Risorgimento nicht würden verwirklichen können. Der savoyardische König, also eine etablierte Instanz, stellte sich an die Spitze der patriotischen Bewegung – eine Perversion.

Als 1870 mit dem Einmarsch Garibaldis in Rom die Einigung Italiens wenigstens vorläufig vollendet war (es fehlten nur noch Istrien, das Trentino und die italienische Schweiz), war klar, daß nicht Italien geeint war, sondern vielmehr der savoyardisch-piemontesische Duodezfürst die anderen italienischen Duodezfürsten nur verdrängt hatte. Zu dieser Zeit waren die älteren Meister des Belcanto längst tot. Verdi hatte seine Belcanto-Zeit hinter sich. Es traten die Avveniristi auf den Plan: Ponchielli, Faccio, Boito, Smargelia, Catalani, Giordano, schließlich Puccini. Sie knüpften bewußt an den mittleren Verdi an, nämlich an jenen Verdi nach ›Macbeth‹, der das Wahr-Singen über das Schön-Singen stellte. Sie studierten und absorbierten aber auch Wagner, vor allem dessen Harmonik und Orchestration. Boitos ›Mefistofele‹ 1868 und 1875, Ponchiellis ›La Gioconda‹ 1876, Filippo Marchettis ›Ruy Blas‹ 1869 waren die ersten Signale. Den Übergang zum reinen Verismo Puccinis bildeten Arbeiten wie Catalanis ›Loreley‹ 1890.

Der Belcanto hatte abgedankt – das Risorgimento auch. Das alles erlebte Verdi noch; er galt den Avveniristi und den Veristi zwar als großes Vorbild, aber auch als überholter Klassiker; man wollte ihm nicht zu nahe treten und kategorisierte ihn daher mit seinem eigenen Wort: »nè passato, nè avvenire« oder seinem »Torniamo all'antico, e sarà un progresso« (deutsch: »weder Vergangenheit noch Zukunft« und »Wenden wir uns dem Alten zu, und es wird ein Fortschritt sein.«). Das ist falsch. Mit ›Otello‹ und ›Falstaff‹ hat Verdi, und dies durch die Mithilfe von Boito und nur möglich durch dessen Mithilfe, zwei Werke geschrieben, die sowohl den Belcanto als auch die patriotisch-nationalistische Gesinnung des Risorgimento hinter sich gelassen haben. Nicht die jungen Avveniristi haben das dauerhafte Denkmal an den Anfang der neuen italienischen Oper gesetzt, sondern der alte Löwe, der noch einmal zu zwei mächtigen Tatzenschlägen ausgeholt hat – assistiert von einem frechen, unbekümmerten Junglöwen. Der hieß Arrigo Boito.

WEM GEHÖRT DAS RHEINGOLD?

Zivilrechtliche Probleme in Wagners Nibelungen-Ring

Als 1968 das richtungsweisende Werk von Ernst von Pidde »Richard Wagners ›Der Ring des Nibelungen‹ im Lichte des deutschen Strafrechts« erschien, bedauerte mit mir jeder Freund der Jurisprudenz, daß sich Pidde, dieser bedeutende Wagnerologe, versagt hatte, den ›Ring des Nibelungen‹ auch im Lichte des deutschen Zivilrechts zu betrachten.

Da mir das Zivilrecht weit näher steht als das – zugegebenermaßen sensationellere, aber auch gröbere – Strafrecht, wage ich hier zwar nicht den Versuch, eine umfassende Würdigung des ›Rings‹ in zivilrechtlicher Sicht, das würde zu weit führen, aber einige ausgewählte Probleme vorzutragen, zumal ja Ernst von Pidde leider nicht mehr unter den Lebenden weilt und von ihm, dem Berufensten, die zivilrechtliche Ergänzung seiner Arbeit also nicht mehr zu erwarten ist.

Eines der schwierigsten privatrechtlichen Probleme erschien mir immer schon das ›Rheingold‹ – nicht die Oper, sondern das Gold, der Schatz, den die Rheintöchter hüten. Über die nicht ganz klare Eigentumslage gibt Flosshilde Auskunft:

»Der Vater sagt es, / und uns befahl er / klug zu hüten / den klaren Hort, / daß kein Falscher der Flut ihn entführe ...«

Eigentümer ist also offenbar der sonst in der ganzen Tetralogie nicht auftretende Vater Flosshildes, der wohl auch der Vater Wellgundes und Woglindes ist, da Flosshilde sie als ›wilde Geschwister‹ bezeichnet. Ob man unter dieser Bezeichnung ›wild‹ eine allgemein-menschliche Charakterisierung zu verstehen hat, oder ob etwa damit gemeint sein soll, daß die beiden Flosshildes illegale Schwestern sind, Fehltritte des möglicherweise sittlich nicht gänzlich gefestigten Vaters entsprungen, mag dahingestellt bleiben, denn erbrechtliche Probleme treten hier nicht auf.

Verhältnismäßig einfach ist die Frage zu beantworten: *Wer* ist dieser ominöse Vater? Da Flosshilde und ihre Schwestern in Wagners Personenverzeichnis als ›Rheintöchter‹ apostrophiert sind, kann es sich nur um den *Rhein* handeln.

Der also ist der Eigentümer des Rheingoldes, und er hat es in die Obhut seiner Töchter gegeben. Es besteht also zwischen Herrn Rhein auf der einen und den Damen Flosshilde, Wellgunde und Woglinde Rhein auf der anderen Seite ein Verwahrungsvertrag (§§ 688 ff BGB), und da die Töchter die Verwahrung offenbar unentgeltlich übernommen haben – jedenfalls ist aus dem Text nichts anderes zu entnehmen –, so gilt § 690 BGB, das heißt: die Rheintöchter haften für den Verwahrungsgegenstand nur unter dem Gesichtspunkt der diligentia quam in suis, § 277 BGB, was bedeutet, daß sie gegenüber Herrn Rhein für den Verlust nur bei Vorsatz und grober Fahrlässigkeit haften.

Bekanntlich bringt der Zwerg Alberich bereits in der ersten Szene des ›Rheingolds‹ das Gold an sich, und zwar durch Gewalt. Ernst von Pidde nimmt nur Diebstahl an (§ 242 StGB), ich neige dazu, eher Raub anzunehmen, aber auch das mag hier dahingestellt bleiben, denn ohne Zweifel erwirbt Alberich damit kein Eigentum am Rheingold (§§ 929 ff BGB). Die Prüfung der Frage, ob Vater Rhein einen Schadensersatzanspruch gegenüber seinen Töchtern hat, führt zu der Überlegung, ob die Rheintöchter grob fahrlässig gehandelt haben. Das ist meiner Meinung nach zu verneinen, denn es war für die Töchter nicht zu erwarten, daß der sich zunächst schwimmunkundig stellende Alberich – der und dessen baritonale Tücke den Rheintöchtern bis zur ersten Szene ›Rheingold‹ offenbar unbekannt war – sich in unfreundlicher, ja krimineller Absicht nähert. Außerdem war die Körperbehinderung Alberichs den Rheintöchtern offensichtlich; Wellgunde: »Pfui! du haariger / höckriger Geck!...« Daß dieser Körperbehinderte sich plötzlich todesmutig und goldgierig in die Flut stürzen würde, war bei zumutbarer Sorgfalt der Überlegungen nicht zu erwarten. Anderseits ist natürlich nicht zu verkennen, daß die Rheintöchter Alberich geneckt und gereizt, seinen Ehrgeiz förmlich angestachelt haben. Aber darin ist – angesichts der sattsam bekannten Leichtlebigkeit der Damen, die ja in verschiedenen, neueren Inszenierungen sogar nackt auftreten – höchstens leichte Fahrlässigkeit zu sehen, für die sie ja, wie erwähnt, nicht haften. Es erhebt sich allerdings die Frage, ob eine grobe Fahrlässigkeit der Verwahrerinnen darin zu sehen ist, daß sie das materiell wie ideell außerordentlich wertvolle Verwahrgut für jeden des Schwimmens Kundigen zugänglich (zuschwimmlich) auf einer Felszacke und nicht in einem Safe deponierten. Aber auch dies ist den Rheintöchtern nicht anzulasten, denn das Rheingold dient, wie dem Schluß der ersten Szene zu entnehmen ist, auch der Beleuchtung der Rheintiefen, was bei Deposition in einem Banksafe ausgeschlossen wäre.

Im übrigen kann die Haftungsfrage ungelöst bleiben, denn Vater Rhein macht – soweit dem Text zu entnehmen ist – keine Ansprüche gegen seine Töchter geltend.

Man könnte nun allerdings aber auch die Meinung vertreten, die leichtlebigen Nixen hätten mit dem ›Vater (Rhein)‹ nicht ihren natürlichen Vater gemeint, sondern, was ja bei dem allgemein eher allegorischen als realistischen Gehalt der ›Ring‹-Dichtung nicht abwegig wäre, eine symbolische Figur ohne juristische Faßbarkeit. Möglicherweise meinten die Nixen damit, daß das Rheingold eine Rechtspersönlichkeit per se wäre, also eine Stiftung (§§ 80 f BGB). In vom Gesetz vorgesehener analoger Anwendung der §§ 26, 27 usw. BGB wären die Damen Flosshilde, Wellgunde und Woglinde somit Stiftungsvorstände. Die Suche nach einem Stiftungszweck jedoch erweist sich in

Wagners Text als schwierig. Es kommt eigentlich dafür nur die Beleuchtung der Rheintiefen in Frage. Ein etwas abwegiger Stiftungszweck, wenn man bedenkt, daß zu Zeiten der Rheintöchter – also zur Zeit, als die Burgunder an dem Fluß hausten – noch nicht einmal die Siedlungen am Rheinufer öffentliche Beleuchtung hatten. Das Problem der Stiftung mag also auch hier vernachlässigt werden, zumal von einer Registrierung und Genehmigung der Stiftung (§ 80 BGB) im Bundesinnenministerium nichts bekannt ist.

Zurück zu Alberich: aus der dritten Szene des ›Rheingoldes‹ wissen wir, daß der tückische Zwerg das Gold in seiner eher düsteren Souterrain-Behausung zum Teil aufbewahrt, zu einem gewissen Teil von seinem – gutgläubigen? – Bruder Mime aber zu verschiedenen Gegenständen hat verarbeiten lassen. Seinerzeit hat Alberich das Gold mit zwar »furchtbarer Gewalt« aus dem »Riffe« gerissen, aber er konnte es unschwer bei sich tragen und damit sogar rasch entfliehen. Sehr viel konnte es also nicht gewesen sein. Nunmehr aber, in Alberichs Höhle, ist es offenbar auf Grund von Wagner nicht näher erläuterter, dem Gold innewohnender Eigenschaften aufgequollen. Um es zu transportieren, braucht es – dritte Szene, vor dem neuerlichen Auftritt Alberichs – eine größere Menge Nibelungen, die schwer bepackt sind.

Mit der Verarbeitung des Rheingoldes – wobei es rechtlich gesehen keine Bedeutung hat, daß sich Alberich dazu eines Gehilfen, nämlich Mimes, bedient – erwirbt Alberich trotz des illegitimen Erwerbes gem. § 950 BGB wirkliches Eigentum. Daß der Wert der Verarbeitung (§ 950 Satz 1 BGB) erheblich hinter dem reinen Materialwert zurückbleibt, ist nicht anzunehmen, da sich unter den verarbeiteten Stücken der bekannte Tarnhelm befindet und der die Macht über die Welt verleihende Ring, der darüberhinaus der ganzen Tetralogie den Namen gegeben hat. Offenbar aber – so ist es jedenfalls aus verschiedenen Inszenierungen zu entnehmen – blieb ein Teil des Goldes unbearbeitet. Alberich hat nur Barren gießen lassen. Daß das bloße Umgießen in Barren keine Bearbeitung nach § 950 BGB ist, ist ohne weiteres klar. Die Eigentumslage spaltet sich also auf: soweit sie den Ring, den Tarnhelm (der eigentlich eine Art Haarnetz zu sein scheint) und eventuell anderes Geschmeide betrifft, ist Alberich Eigentümer, für den Rest bleibt es Vater Rhein. Selbstverständlich richten sich für ersteres gegen Alberich die Ersatzansprüche des Vaters Rhein gem. § 951 BGB, deren Bezifferung schwierig sein dürfte und hier zu weit führen würde.

Wotan und Loge steigen, wie wir aus der 2. und 3. Szene wissen, in Alberichs Höhle hinunter. Loge überwindet Alberich durch List, führt ihn – 4. Szene – in die offenbar unmittelbar darüber gelegener Dachterrasse der Götterfamilie, und Wotan erzwingt gegen Alberichs Freilassung von diesem die Übergabe des gesamten Rheingoldes, bearbeitet sowohl wie in Barren. Was die Barren betrifft, wissen wir, daß ein rechtswirksamer Eigentumsübergang nicht erfolgen kann, er scheitert am § 935 BGB. Im übrigen ist Wotan nicht gutgläubig, denn aus Loges Erzählung (2. Szene) weiß er von dem Raub, ja es scheint so, als hätten sich die Rheintöchter selber bei Wotan beschwert und dieser versprochen, daß er den Räuber (Alberich) zur Rechenschaft ziehe. Loge erinnert Wotan an sein Versprechen, und auch daß er »das Gold dem Wasser / wieder gebst / und ewig blieb es ihm Eigen.« Ob Wotans Versprechen juristisch etwas bedeutet und wenn ja was, mag dahingestellt bleiben. Er hat es nicht erfüllt, und Loge, sonst gut informiert, irrt, wenn er meint, die Rheintöchter wären Eigentümerinnen des Rheingoldes gewesen. Aber vielleicht meint Loge in der üblichen Begriffsunsicherheit der juristischen Laien mit »ihr Eigen« nicht Eigentum, sondern nur den Besitz, und dann hätte er recht.

Aber es kommt ja alles ganz anders. Wotan erzwingt, wie gesagt, die Eigentumsübertragung durch Alberich. Soweit es die unbearbeiteten Barren betrifft, ist diese rechtlich unwirksam, wie wir gesehen haben, soweit es die Geschmeide betrifft, schwebend unwirksam, da erzwungen. Alberich könnte diese Eigentumsübertragung gem. § 123 BGB anfechten, allerdings nur binnen eines Jahres (§ 124 BGB), was er offenbar nicht getan hat. Daß bis zum Anfang des ›Siegfried‹ mehr als ein Jahr vergeht, ergibt sich ohne weiteres aus der Handlung. (Es vergehen, wenn man postuliert, daß Siegfried hier mindestens achtzehn Jahre alt ist, sogar fast 20 Jahre.) Wotan überträgt sogleich, um seine Schuld aus dem Werkvertrag zu erfüllen, den Nibelungenhort, also das ehemalige Rheingold, noch in der gleichen 4. Szene an die Riesen Fafner und Fasolt, die gemeinsam zu gleichen Teilen Eigentümer werden, allerdings nur des Geschmeides, nicht der Barren, denn hier steht wieder § 935 BGB entgegen, eventuelle Gutgläubigkeit nützt den Riesen nichts. Der Eigentumsübergang des Geschmeides ist zwar zunächst schwebend unwirksam, wird aber, da Alberich von seinem Anfechtungsrecht keinen Gebrauch macht, spätestens nach einem Jahr sanktioniert.

Nun wissen wir aus Szene 4 des ›Rheingoldes‹, daß die Riesen – bei denen es sich offenbar um ein Brüderpaar handelt – über die Realteilung an dem eben Erlangten in Streit geraten: »Halt du Gieriger! / Gönne mir auch was! / Redliche Teilung / taugt uns beiden.« Fafner erschlägt Fasolt, sackt das Ganze ein und verschwindet.

Daß sich durch diese dramatisch kurze, aber juristisch äußerst komplizierte Szene die Rechtslage nicht gerade vereinfacht, läßt sich denken. Was die Barren anbelangt, bleibt es beim alten, da kann Fafner kein Alleineigentum erwerben; die ideelle andere Hälfte des übrigen, an dem die Brüder rechtlich einwandfreies Eigentum erworben haben, erlangt Fafner durch Erbgang. Da in der ganzen Ring-

Dichtung nicht davon die Rede ist, daß Fasolt etwa verheiratet war, Kinder oder aber ein Testament hinterlassen hat, ist Fafner (§ 1920 BGB) gesetzlicher Erbe Fasolts, auch wenn er als dessen Mörder erbunwürdig ist (§ 2339 BGB), was aber keine Wirksamkeit entfaltet, da keine Anfechtung nach § 2340 BGB erfolgt. (Diese Anfechtung etwa in der Tötung Fafners durch Siegfried im 2. Akt ›Siegfried‹ zu sehen, wäre abwegig, denn erstens ist für die Anfechtung die zwingende Formvorschrift des § 2342 BGB (Anfechtungsklage) gegeben, und zweitens ist Siegfried, da nicht präsumptiver Erbe, gar nicht anfechtungsberechtigt (§ 2341 BGB).) Siegfried nimmt – ›Siegfried‹ 2. Akt, 2. Szene – offensichtlich ohne jeden Gedanken über die Rechtslage –, nachdem er Fafner getötet hat (über die Problematik, ob die Tötung eines in einen Drachen, also ein Tier, verwandelten Menschen ein Mord ist: vgl. Pidde, S. 46 f), nur einen Teil des Nibelungenhortes – vormals Rheingold – mit, nämlich Ring und Tarnhelm, also die Teile, an denen Fafner unzweifelhaft Eigentum erworben hat. Die Goldbarren läßt er zurück. Wem gehören Ring und Tarnhelm? Dem Siegfried nicht, denn die Wegnahme ist schlichtweg mindestens Diebstahl. Wenn der Waldvogel in der 3. Szene des 2. Aktes ›Siegfried‹ singt: »Hei! Siegfried gehört / nun der Helm und der Ring«, so zeugt das von völliger Verkennung der Rechtslage. Fafner hatte – jedenfalls ist dem Text nichts anderes zu entnehmen – keine Verwandten. Sofern er, was wahrscheinlich ist, kein Testament hinterlassen hat, ist der gesetzliche Erbe (§ 1936 BGB) der Fiskus. Aber wer war der Fiskus? Da sich, was erst in der ›Götterdämmerung‹ klar wird, zumindest vom ersten Akt ›Siegfried‹ an, die Ring-Tetralogie auf dem Hoheitsgebiet des Burgunderkönigs Gunther abspielt, ist nicht von der Hand zu weisen, daß der burgundische Fiskus von nun ab Eigentümer der verarbeiteten Teile des Rheingoldes geworden ist. Daß Gunther seine Rechte nicht reklamiert, ist wahrscheinlich darauf zurückzuführen, daß er erstens – weil ohnedies etwas dümmlich – die Rechtslage nicht zu durchschauen vermag, und daher zweitens von der ganzen Sache nichts weiß.

Merkwürdig ist, daß Alberich, der ja die Tötung Fafners beobachtet hat, und dem nicht entgangen sein kann, daß Siegfried nur Ring und Tarnhelm weggenommen hat, die von Siegfried zurückgelassenen Goldbarren nicht wieder an sich nimmt. Offenbar hat sich Alberich inzwischen juristisch beraten lassen und erfahren, daß er kein Eigentum an den Barren erworben hat. Folgerichtig streitet er mit Mime auch nur um das Eigentum an Ring und Tarnhelm. Die Goldbarren bleiben in der Fafner-Höhle liegen.

Eine neue Wendung tritt in der 1. Szene des 3. Aktes ›Götterdämmerung‹ ein: Siegfried trifft auf die Rheinnixen, die – offenbar ebenfalls juristisch beraten – wissen, daß der Ring nicht mehr ihrem Vater und damit zum Verwahrgut gehört. Sie wollen Siegfried den Ring durch Schmeicheleien abluchsen, fast gelingt es, Siegfried will ihnen den Ring geben, aber da werden sie – laut Regie-Anweisung – »ernst und feierlich«, und Flosshilde singt: »Behalt ihn, Held, / und wahr ihn wohl, ...«, was allerdings rechtlich keine Bedeutung hat, denn auch Nixen können nichts verschenken, was ihnen nicht gehört.

Nach Siegfrieds Tod nimmt Brünnhilde den Ring an sich – vom Tarnhelm ist merkwürdigerweise überhaupt nicht mehr die Rede – und schreitet, wie bekannt, zur Selbstverbrennung. Aus der Asche retten ihn die Rheintöchter und nehmen ihn wieder mit in die Tiefe. Der Kreis der Eigentumsverschiebungen scheint sich zu schließen, aber das trifft nur in dramatischer und möglicherweise moralischer Hinsicht zu. Juristisch gesehen ist das Vorgehen der Rheintöchter nicht korrekt. Zwar könnte man argumentieren, daß ja noch immer – sofern nicht verjährt, die Verjährungsfrist beträgt bei Ansprüchen nach § 951 BGB

30 Jahre – der Ersatzanspruch Vater Rheins besteht und daß bei Undurchsetzbarkeit des Ersatzanspruchs infolge Mangels an germanischem Geldverkehr – in der ›Ring‹-Welt herrscht offenbar noch Naturalwirtschaft – er sich direkt gegen die Sache, also den Ring richten könnte. Aber der Ersatzanspruch richtet sich nur gegen Alberich, allenfalls noch gegen Wotan, und dann Fafner, wenn man annimmt, daß sie mit Erwerb des Eigentums stillschweigend die Übernahme auch des Ersatzanspruches konzediert haben. Nicht aber kann sich der Ersatzanspruch gegen Siegfried richten, noch weniger gegen Brünnhilde, gegen die – als Nicht-Eigentümer – nur der sachenrechtliche Herausgabeanspruch besteht. So bleibt also der Ring Eigentum des burgundischen Fiskus. Den Burgunderkönigen bleibt vorzuwerfen, daß sie nichts getan haben, um ihr Recht geltend zu machen.

Dies also waren ein paar Probleme, die aus zivilrechtlicher Sicht im ›Ring des Nibelungen‹ auftauchen. Es sind natürlich längst nicht alle. Höchst interessant zum Beispiel sind die baurechtlichen Fragen im Zusammenhang mit dem Werkvertrag Wotan mit der Baufirma Fafner & Fasolt, die Abnahme, die Bezahlung durch eine lebende Göttin usf., die hier zu behandeln den Rahmen sprengen würden. Es ist nicht zu verkennen, daß es Richard Wagner gelungen ist, durch seine ›Ring‹-Dichtung eine Fülle privatrechtlicher Probleme aufzuwerfen; leider muß aber auch festgestellt werden, daß er durch ungenaue Darstellung, die ihm eigene raunende Redeweise – oft durch Stabreime zusätzlich verfinstert – und durch unlogische Handlungsführung in der Mehrzahl der Fälle die endgültige Lösung der Probleme mangels stichhaltiger Tatbestandsschilderung gänzlich unmöglich gemacht hat.

WAGNERS VERHÄLTNIS ZU LUDWIG II. UND ZU MÜNCHEN

Wie es zur Uraufführung des halben Nibelungen-Rings kam

»— Sein Wagen kam allzu gewagt euch vor, / da triebt ihr den Wagner aus dem Thor —«, dichtete Ernst von Wolzogen 1900 (auf der Insel Rügen). Es ist die große Strafpredigt des Kunrad an die Stadt München und ihre Bürger aus dem Operntext ›Feuersnot‹, und um gleich klarzustellen, wer das Libretto vertonen würde, und überhaupt um die Fronten abzustecken, fährt Wolzogen (oder Kunrad) fort: »den bösen Feind, den triebt ihr nit aus – / der stellt sich Euch immer auf's Neue zum Strauß.«

Geschichte, auch Kulturgeschichte, Musikgeschichte, scheint immer zu griffigen Legenden gerinnen zu wollen, um so im Gedächtnis der Nachwelt zu überleben. Die Zeitgenossen tun oft das Ihrige dazu. Fast jeder hat einen Grund zur Verdunklung, und namentlich ideologische Auseinandersetzungen erfordern Vereinfachungen. Im Kampfgeschrei behält nur derjenige die Oberhand, dessen Meinung sich in einem Satz ausdrücken läßt. Zur Zeit, als Wolzogen das – pro-wagnerisch tendenziöse – Libretto zur ›Feuersnot‹ schrieb und Richard Strauss die Musik komponierte, in den Jahren 1900 und 1901, war das Kampfgeschrei der Neudeutschen hier und der Traditionalisten dort noch ganz lebhaft. Wagner war noch keine zwanzig Jahre tot, Brahms noch keine fünf Jahre. Einesteils galt München als Hauptstadt der neudeutschen Musikbewegung (der Anklang an einen braunen Ehrentitel der Stadt ist beabsichtigt), da hier ihre Häupter Alexander Ritter, Ludwig Thuille, Robert Louis lebten; anderseits hing der Stadt eben jenes Odium an, daß ihre Bürger in borniertem Kunstfeindlichkeit oder: in falschem Kunstverständnis den Wagner zum Tore hinaustrieben, wovon einige Jahre später die tiefste Provinzstadt Bayreuth profitieren sollte. Lagen die Dinge so einfach?

Die Stadt München und ihr Musikleben spielten für Wagner bis zu seinem fünfzigsten Lebensjahr keine Rolle. Nicht so umgekehrt. Wagner war in München früh kein Unbekannter mehr. Am 12. August 1855 ging – mit großem Aufwand, Dirigent war Franz Lachner – ›Tannhäuser‹ in Szene. Wagner – in Deutschland immer noch steckbrieflich gesucht – weilte um die Zeit mit Minna in Seelisberg am Vierwaldstätter See zur Kur, kehrte um den 15. August nach Zürich zurück, von wo aus er an Liszt schrieb: »–alle meine Berührungen mit der Außenwelt sind nur verstimmend und beängstigend.« Noch in Seelisberg hatte Wagner mit der Reinschrift der ›Walküren‹-Partitur begonnen. Am 28. Februar 1858 folgte am Hof- und Nationaltheater ›Lohengrin‹, wieder unter der Leitung Franz Lachners. Wagner war um diese Zeit von Zürich nach Paris gereist, hatte dort Berlioz und auf der Rückreise in Epernay als Gast des Weinhändlers Chandon den Champagner kennengelernt. Für beide behielt er zeitlebens eine dezidierte Vorliebe. Anfang Februar begann Wagner, den ersten Akt ›Tristan‹ zu instrumentieren, bald danach kam es zum bekannten Skandal im Hause Wesendonck.

Dem damals knapp dreizehnjährigen Kronprinzen Ludwig gestatteten es seine Eltern nicht, einer ›Lohengrin‹-Aufführung beizuwohnen. Ludwig hatte es sich sehnlichst gewünscht, weil er schon im Jahr zuvor Wagners Schriften ›Das Kunstwerk der Zukunft und Zukunftsmusik‹ nicht gelesen, sondern förmlich verschlungen hatte. Warum König Max II. und Königin Marie ihrem Sohn das Vergnügen nicht gönnten, ist nicht überliefert. Vielleicht erschien dem königlichen Paar eine Oper, in der eine Brautnacht und ein Brautgemach eine entscheidende Rolle spielen, für einen Dreizehnjährigen als zu pikant. ›Lohengrin‹ blieb einige Jahre auf dem Spielplan. Am 16. Juni 1861 gastierte der berühmte Tenor Ludwig Schnorr von Carolsfeld in der Titelrolle am Hoftheater, und nun durfte der inzwischen sechzehnjährige Kronprinz die Aufführung besuchen. Es war keine Offenbarung mehr für ihn, sondern die Bestätigung seiner Offenbarungen, daß die Welt Wagners auch seine, Ludwigs, Welt war. Weitere drei Jahre später, am 21. Februar 1864, wurde die offenbar abgespielte alte ›Lohengrin‹-Inszenierung durch eine Neueinstudierung ersetzt, die dritte Produktion eines Wagner-Werkes auf einer Münchner Bühne. Im gleichen Monat steuerten Wagners Verhältnisse – der Komponist, nun schon von Minna getrennt, wohnte seit einiger Zeit in Wien – dem finanziellen Zusammenbruch zu. Die erhoffte ›Tristan‹-Aufführung, an der Oper in Wien wurde endgültig vom Plan gestrichen. Wagner mußte Wechsel ausstellen, die zu Protest gingen. Er mußte seine letzten Wertsachen verkaufen. Um der Schuldhaft zu entgehen, floh er nach Westen: am 25. März 1864 kommt er zum ersten Mal nach München.

Inzwischen ist König Max II. gestorben, der eben achtzehnjährige Ludwig II. folgt ihm auf dem Thron. Wagner, der immer noch nicht recht weiß, wo er sich hinwenden soll, streift durch die ihm fremde Stadt. Es ist Karfreitag mit trübem, regnerischem Wetter. Schwarz gekleidete Menschen ziehen in Trauer von Kirche zu Kirche. In einem Schaufenster sieht Wagner das Portrait des neuen Königs, »welches mich mit der besonderen Rührung ergriff, die uns Schönheit und Jugend in vermuteter ungemein schwieriger Lage erweckt.« Dieser Satz aus Wagners Autobiographie ›Mein Leben‹ ist rätselhaft. Wer war in »ungemein schwieriger Lage«? Wohl Wagner selber, aber das wußte er, brauchte er nicht zu vermuten. Wähnte er den jungen König in Schwierigkeiten? Oder projizierte er schon sich in den König? (›Mein Leben‹ diktierte Wagner etwa ein Jahr später Cosima – da noch Frau von Bülow – in die Feder). Jedenfalls ahnte Wagner nicht, daß er nur wenige Schritte – er wohnte im Bayerischen Hof – zur Residenz hätte zu gehen brauchen und seinen Namen zu nennen. Wie ein Zauberwort hätte der alle Türen geöffnet, und Wagner wäre gerettet gewesen. Ebensowenig ahnte der junge König, daß der verehrte, ja geliebte Meister, nach dem er in Wien und Zürich schon suchen ließ (der Befehl dazu war praktisch seine erste Regierungshandlung gewesen), in so unmittelbarer, greifbarer Nähe war. Wagner floh weiter, zunächst nach Zürich, dann nach Stuttgart.

Die Vorgänge zeigen, wie ungerecht es ist, sich über Wagners Schuldenmacherei aufzuhalten. Von den Aufführungen seiner Werke in München bekam er keinen Pfennig Tantieme; vielleicht wußte er nicht einmal davon. Während seine Opern – und sei es wegen der Skandalumwitterung – die Theater füllten (nicht nur in München), während die Kassen der Opernhäuser klingelten, die Sänger, Dirigenten, Musiker Geld verdienten, mußte der Autor, versteckt vor den Gerichtsvollziehern, von Stadt zu Stadt fliehen. Wahrscheinlich hätte er nicht einmal in eine Vorstellung gehen dürfen, weil er von den Gläubigern erkannt worden wäre. Und was sollte er anders tun als Schulden machen, wenn er seine Werke schreiben wollte, die dann jeder aufführte, ohne dafür zu bezahlen? Wagner war der Schuldner einiger Zeitgenossen, sicher; aber die Musikwelt war die – durchaus finanzielle – Schuldnerin Wagners, nur daß es keinen juristischen Titel gab, der Wagner gestattet hätte, diese Schuld einzutreiben.

Am 26. März verließ Wagner München, hielt sich etwa einen Monat bei Eliza Wille in Mariafeld bei Zürich auf (Eliza Wille, eine Hamburger Reederstochter, vier Jahre älter als Wagner, war eine Freundin Mathilde Wesendoncks), dann kam Frau Willes Mann von einer Reise zurück. Wagner reiste ab, fuhr über Basel nach Stuttgart, wo ihn ein alter Freund, der Kapellmeister Eckert aufnahm. Das war am 28. April. Am 2. Mai abends ließ sich ein Herr bei Eckert melden, gab seine Karte ab, die ihn als Sekretär des Königs von Bayern auswies, und begehrte Wagner zu sprechen. Wagner erschrak, fürchtete das Schlimmste (die Gläubiger) und ließ sich verleugnen. Aber der Kabinettssekretär von Pfistermeister – um ihn handelte es sich – ließ nicht locker. Er suchte am nächsten Tag Wagner in dessen Gasthof auf. Wagner seufzte und ließ den Herren bitten, der statt der befürchteten Handschellen ein Photoportrait des Königs, einen Ring, einen Brief und eine mündliche Botschaft huldvollster Art überbrachte.

Wagner war gerettet. Es ist sehr bezeichnend, daß sofort, als sich dieses Wunder herumgesprochen hatte, der Stuttgarter Intendant, Herr von Gall, bei Wagner erschien, die Aufführungsrechte für den ›Lohengrin‹ kaufte und das Geld gleich mitbrachte. Auch ein anderes Ereignis kreuzte sich – symbolträchtig wie vieles im Leben Wagners, jedenfalls in seinen Augen – mit dieser wunderbaren Errettung aus tiefster Not. Kurz bevor Wagner noch am Abend des 3. Mai mit Pfistermeister aus Stuttgart nach München abreiste, erfuhr er, daß am Tag zuvor Meyerbeer gestorben war.

Am 4. Mai 1864 nachmittags standen sich in der Münchner Residenz der König und der Meister zum erstenmal gegenüber. »Er ist leider so schön und geistvoll, seelenvoll und herrlich, daß ich fürchte, sein Leben müsse wie ein flüchtiger Göttertraum in dieser gemeinen Welt zerrinnen«, schrieb Wagner an Eliza Wille.

Es ist hier nicht der Ort und der Raum, die Einzelheiten der ereignisreichen beiden Jahre 1864/65 darzustellen. Wagner lebte zunächst in München am Englischen Garten (im steten Umgang mit dem König), dann im Haus Pellet in Kempfenhausen am Starnberger See (der König wohnte im Schloß Berg), reiste zweimal nach Wien, um seine finanziellen Verpflichtungen zu regeln, hielt sich zeitweise in Füssen auf, weil Ludwig in Hohenschwangau residierte, nahm dann Wohnung im Haus Brienner Straße 21 (nicht identisch mit dem Haus heutiger Numerierung). Am 26. September berichtete Wagner dem König von seinem Entschluß, alle anderen Arbeiten zurückzustellen und seine ganze Kraft der Vollendung der ›Ring‹-Tetralogie zuzuwenden. Am 7. Oktober erteilte Ludwig – eine königliche Posse – in öffentlicher Audienz Wagner den allerhöchsten Befehl, den ›Ring‹ zu schreiben. Am 18. Oktober wurde zwischen Wagner und der königlichen Kabinettskasse ein Vertrag abgeschlossen, wonach der Komponist für die bisher vom König geleistete Unterstützung, Honorare und sonstigen finanziellen Hilfen und für weitere 30.000 Gulden in bar (alles in allem nach heutiger Kaufkraft ca. 500.000 DM) die Partituren, Skizzen oder Textniederschriften der ›Feen‹, des ›Liebesverbotes‹, des ›Rienzi‹, des ›Rheingold‹, der ›Walküre‹, der ›Meistersinger‹ und diverses andere überließ. Die Summe erregte die Gemüter – erregt manche bis heute; auch das ist ungerechtfertigt, wenn man sich vergegenwärtigt, was jetzt auch nur eine Postkarte Wagners auf einer Autographenauktion einbringt. Wagner nahm übrigens keinen Anstoß daran, daß er die Partituren des ›Rheingold‹ und der ›Walküre‹ vorher schon zweimal verkauft hatte (einmal an Otto Wesendonck): auch sein Held Wotan verkauft Dinge (das Rheingold), die ihm nicht gehören.

Am 26. November 1864 beschloß der König, für die Aufführung des ›Rings‹, dessen Fertigstellung ja nun gesichert schien, in München ein Festtheater erbauen zu lassen. Schon in seiner 1862 erschienenen Vorrede zum ›Ring des Nibelungen‹ hatte Wagner für das Werk zur einzig adäquaten Aufführung ein eigenes Theater gefordert. Ludwig kannte diese Schrift wie alles, was Wagner geschrieben hatte. Auf Wagners Vorschlag wurde Gottfried Semper, der alte Revolutionsgenosse, aus Zürich gerufen, am 29. Dezember vom König in Audienz empfangen und mit dem Auftrag betraut, gleichzeitig auch mit der Errichtung eines provisorischen Festspielhauses am Glaspalast. Es war das erste große Bauprojekt des jungen Königs, und er ging damit gleich in die vollen: von der Hofgartenseite der Residenz sollte eine Prachtstraße zur Isar führen (etwa dort, wo heute die Prinzregentenstraße verläuft, die es ja damals noch nicht gab), die Isar sollte eine prunkvolle Bogenbrücke überspannen, drüben sollte eine gewaltige Treppen-, Rampen- und Terrassenanlage das Isarhochufer hinaufführen, und oben, beherrschend über der Stadt (dort ungefähr, wo heute der Friedensengel steht), sollte sich das Theater erheben.

Semper entwarf einen Bau, der zwar einerseits Wagners gesamtkunstästhetische Ideen integrierte (doppeltes Prozenium, zentral gelegener, vertiefter Orchesterraum, amphitheatralische Anordnung der Zuschauerreihen), andererseits aber vor allem das schwärmerische Repräsentationsbedürfnis des jungen Königs berücksichtigte, indem er eine Wagner selber beunruhigende Prachtentfaltung ausrollte. Im September 1865 sondierte und vermaß Semper das Terrain, im Mai 1866 (schon nach der Abreise Wagners aus München) waren die Pläne vollendet. Im Dezember 1866 präsentierte Semper ein Holzmodell (das im Zweiten Weltkrieg im Theatermuseum verbrannte), für März 1867 setzte der König die Grundsteinlegung fest. Warum es nicht dazu kam, ist nie ganz geklärt worden. Es gab keinen Bruch, keine königliche Verfügung, die Sache abzubrechen – das Projekt versickerte. Es ist oft geschrieben worden, die Münchner (was immer damit gemeint sein sollte) hätten den großzügigen Bau aus Knickrigkeit verhindert, die Bürokratie habe dem König Prügel zwischen die Füße geworfen. Das ist alles nicht nachweisbar.

Die Gründe dürften woanders liegen, nicht zuletzt bei Wagner selber, der offenbar zu der Zeit längst erkannt hatte, daß es dem König gar nicht um die Musik ging, sondern um seine Selbststilisierung. Der äußere Rahmen, der großartige Schein war dem König wichtiger als das Gesamtkunstwerk. Daß Wagner das im Augenblick seiner Rettung noch nicht gleich erkannt hat und auch gar nicht hätte erkennen wollen, ist klar. Aber mit der Zeit, in fast täglichem Umgang der ersten Monate in München, konnte Wagner Ludwigs mangelndes Verständnis für Musik – auch für die Wagners – nicht entgehen. Luise von Kobell in ihren Erinnerungen geht so weit zu sagen: »Im Grunde genommen war Ludwig nicht musikalisch;...« Leinfelder (ein anderer Zeitgenosse) trifft den Kern wohl genauer, wenn er sagt, daß es nicht die Musik Wagners war, die den jungen König begeisterte: » – es war der Dichter, welcher das träumerische Gemüt des jungen Prinzen in Bande schlug.«

Ludwig verkannte Wagners Werke als romantische Staffage seiner Träume, die er benutzte, um aus einer feindlich empfundenen Welt zu entfliehen. Aber hier hakt sich sofort der Gedanke ein: hat Ludwig Wagners Werke damit wirklich grundlegend verkannt? Ist die Musik nicht tatsächlich nur Dekoration romantischer Philosopheme – vor allem des Antisemitismus – und nur Beigabe eines Versuches der zwangsweisen Weltbeglückung? Der Zuckerguß der ohnedies für viele süßen Pillen (= Wagners Weltsicht), die der Meister der Nachwelt verordnete? Es ist nicht notwendig, das alles nochmals aufzurollen, aber es ist symptomatisch oder zumindest symbolträchtig (wie vieles im Leben Wagners), daß ausgerechnet ein Unmusikalischer als erster für seine Werke im großen Stil eintrat.

Es sei dem, wie ihm wolle: fest steht, daß Wagner – schon seit 10. Dezember 1865 nicht mehr in München – an dem gigantischen Projekt nicht mehr interessiert war. Cosima, die seit kurzem nun schon einiges zu sagen hatte in Sachen Wagner, war gegen den Plan. Am 7. September 1867 teilte die Cabinettcasse (die private Vermögensverwaltung des Königs) Semper mit, daß das Projekt fallengelassen sei. Niemand (außer vielleicht Semper) trauerte ihm nach. Vor dem geistigen Auge Ludwigs begann um diese Zeit das feenhafte Neuschwanstein aufzusteigen, das ihn weit mehr gefangen nahm als ein Theaterbau im ungeliebten München. Von Wagner schreibt Peter Cornelius noch im gleichen Jahr, er sei eigentlich gar nicht mehr an dem Münchner Festspielhaus interessiert, weil er bei dem ganzen äußeren Prunk befürchte, das Eigentliche, die Inszenierung der Werke, würde ins Hintertreffen geraten. Das und nicht ein ominöser Widerstand der Bürger oder der Presse oder der Juden – wie später von Wagneromanen stilisiert, auch von Wagner und Cosima selber – ist der wahre Grund dafür, daß Bayreuth heute nicht in München stattfindet.

Parallel zu dem romantischen Seelen-Flügelschlagen von König und Meister zum Opernhausprojekt und zur Affaire Richard-Cosima ging die ganz ernsthafte Bemühung Wagners und auch des Königs um Musteraufführungen von Wagners Werken im Nationaltheater. Sie sollten den Bühnen- und Aufführungsstil des Theaters in München reformieren und Impulse auf alle anderen Theater aussenden. Es war übrigens nicht nur an Musteraufführungen von Wagner-Opern gedacht; der König zählt in einem Brief an Wagner auf: »Shakespeare, Calderon, Goethe, Schiller, Beethoven, Mozart, Gluck, Weber . . .« (die Namen sind interessant: nur die Hälfte Musiker!). Am 4. Dezember 1864 erfolgte – in Wagners Inszenierung und unter seiner musikalischen Leitung, in der Ausstattung von Heinrich Döhl und Angelo Quaglio II. – die Aufführung des ›Fliegenden Holländer‹. Ihr folgte am 10. Juni 1865 die grandiose, skandalumtobte, hysterische Freudentaumel wie Haßtiraden hervorrufende Uraufführung von ›Tristan und Isolde‹ mit nur drei Wiederholungen, weil der Hauptdarsteller Ludwig Schnorr von Carolsfeld im Juli unerwartet starb – ein schwerer Schlag für Wagner. (Erst 1869 wurde das Werk wieder in den Spielplan aufgenommen.) Am 21. Juni 1868 folgte die Uraufführung der ›Meistersinger‹, im Jahr zuvor war (nun schon die dritte) Neuinszenierung des ›Lohengrin‹ über die Bühne des Hof- und Nationaltheaters gegangen, die zu dem bekannten Zerwürfnis zwischen dem König und Wagner führte, weil Wagner darauf bestand, daß sein alter (wirklich alter: er war 60) Freund Tichatschek die Titelrolle sang.

Ludwig musterte den Lohengrin-Tichatschek durch sein Opernglas: der Held saß greisenhaft und müde im Schwan und mußte sich an einer Stange festhalten. Außerdem vermißten Majestät einen blauen Mantel. Trotz der glanzvollen musikalischen Leistung Tichatscheks verließ der König danach wort- und grußlos seine Loge und machte den einzig überlieferten Witz seines Lebens: Tichatschek, sagte der König, solle im nächsten Jahr zur Fußwaschung in den Dom kommen, aber nicht mehr den Lohengrin singen. (Am Gründonnerstag empfing der König alljährlich zwölf besonders alte Bürger, denen er symbolisch die Füße wusch.)

Seit April 1848 arbeitete Wagner am ›Ring‹. Die Entstehungsgeschichte der Tetralogie – überlagert von der an anderen Werken – ist kompliziert, weil die Arbeit am Text, am Klavierauszug, am Particell und an der Reinschrift der Partitur nicht dem Werkablauf entsprechend aufeinanderfolgte, sondern ineinander verzahnt war. Als Wagner im Mai 1864 nach München kam – sechzehn Jahre nach der ersten Beschäftigung mit dem Stoff – war die Tetralogie noch lang nicht fertig, aber es war klar, daß es Wagners Hauptwerk werden sollte. Es sollte dem König gewidmet werden (»Im Vertrauen auf den deutschen Geist entworfen / und zum Ruhme seines erhabenen Wohltäters / des Königs / LUDWIG II. / von Bayern / vollendet von / Richard Wagner« lautete die Widmung), das Semper-Festspielhaus war als ›Ring‹-Festspielstätte gedacht. Im Mai 1864 lag vor: ›Rheingold‹ komplett (Text: 1851/52, Musik: 1853 und 1854), ›Walküre‹ komplett (Text: 1851/52, Musik: 1854 bis

1856), ›Siegfried‹ zum Teil (nämlich der vollständige Text 1851-bis Ende 1852, der erste Akt in Partitur, der zweite Akt im Entwurf). Von der ›Götterdämmerung‹ lag nur der Text vor (1848 bis 1852 mit Unterbrechungen). In München vollendete Wagner bis Dezember 1865 die Instrumentation des zweiten Aktes ›Siegfried‹; den dritten Akt und die ganze ›Götterdämmerung‹ schrieb Wagner erst – von März 1869 ab – in Tribschen; den letzten Taktstrich zog er im November 1874.

Der König, der erhabene Wohltäter und Widmungsträger, hatte also, als Wagner im Dezember 1865 aus München abreiste, lediglich ›Rheingold‹ und ›Walküren‹ in den Händen, und diese Werke wollte der König auf der Bühne sehen. Er befahl die Uraufführung des ›Rheingold‹ für den Sommer 1869. Wagner, der Bayreuth noch nicht gefunden hatte, versuchte, die Aufführung zu verhindern. Es kam zu ernsthaften Zerwürfnissen mit dem König, der drohte, die Zahlungen an Wagner einzustellen. Wagner mußte nachgeben, aber die Aufführung stand unter einem Unstern: Dirigentenwechsel, Probenpannen, technische Unzulänglichkeiten häuften sich. Wieviel davon auf Wagners (und Cosimas) Intrigen zurückzuführen war, weil sie die Aufführung doch noch verhindern wollten und nicht offen gegen den König, vom dem sie finanziell abhängig waren, vorgehen konnten, ist nicht mehr auszumachen, zumal die Literatur die Sache im nachhinein fast immer aus Wagners Blickwinkel dargestellt hat. Der wiederholt verschobenen Uraufführung am 22. September 1869 blieb Wagner demonstrativ fern. Das befürchtete (erhoffte!) Desaster aber blieb aus. Die Aufführung, die Franz Wüllner leitete, war achtbar und, wenngleich szenisch mangelhaft, recht gut.

Sogleich gab der König Befehl, nun auch die ›Walküre‹ uraufzuführen. Wagner, der an Schott in Mainz schrieb: »Sie werden's bald erfahren, daß die Sauerein des Rheingolds sich auch an der Walküre wiederholen sollen«, wurde vom König über die geplante Uraufführung überhaupt nicht mehr unterrichtet, erfuhr aber natürlich davon und bat nur untertänigst, bei den Proben dabeisein zu dürfen. Das hätte der König wahrscheinlich gestattet, wenn nicht Wagner mit seiner Bitte den Wunsch verbunden hätte, der Intendant von Perfall müsse für diese Zeit beurlaubt werden (das heißt: Wagner wollte pro tempore Intendant sein). Das lehnte der König ab. Am 15. Juni 1870, wenige Tage vor der Premiere, bat Wagner den König: »Noch einmal beschwöre ich Sie, lassen Sie die Walküre für sich aufführen, schließen Sie aber das Publikum aus.« Auch das lehnte Ludwig ab. Am 26. Juni erfolgte die Uraufführung, am 1. Juli brach der Deutsch-Französische Krieg aus, von Wagner mit Jubel und unsäglich geschmacklosen Gedichten begrüßt.

Insgesamt dreimal wurde im Juli 1870 der halbe Zyklus mit großem Erfolg in München aufgeführt. Wagner war kein einziges Mal dabei. Aber diese Aufführungen, die er als Verrat an seinem Werk empfand, ließen nun die Idee zu einem eigenen, nur nach seiner Vorstellung gebauten Festspielhaus sich in Wagner verfestigen. Um nicht auch den im Februar 1871 vollendeten ›Siegfried‹ einer, wie Wagner meinte, unangemessenen Uraufführung in München auszuliefern, verweigerte der Komponist die Übergabe des Manuskripts an den König unter vielerlei Vorwänden. Die Arbeit an der ›Götterdämmerung‹ zögerte er absichtlich hinaus, bis den Festspielen in Bayreuth nichts mehr im Weg stand. König Ludwig, nunmehr ganz von der größenwahnsinnigen Planung von Neuschwanstein, Linderhof, Herrenchiemsee und anderer – Papier gebliebener – Projekte in Anspruch genommen, insistierte nicht mehr auf Uraufführung der restlichen ›Ring‹-Teile in München. Er gewährte Wagner sogar ein Darlehen von 100.000 Taler, als zu Anfang des Jahres 1874 der Festspielfond vor dem Bankrott stand.

Am 13. August 1876 stehen Festspielhaus und Haus

Wahnfried und die gewaltige Inszenierung der vier Nibelungen-Abende. Der Vorhang hebt sich zum ersten Mal – alle Welt, die von Bedeutung ist oder sich dafür hält, ist dabei, nur nicht der König, dem das Werk gewidmet ist. Ludwig kam am 6. August nach Bayreuth im Sonderzug, ließ diesen aber nicht am Bahnhof, sondern an einem Bahnwärterhäuschen in der Nähe der Rollwenzelei (Jean Pauls Wohnhaus) halten und stieg hier aus. Am 7., 8. und 9. hörte der König – unbemerkt von den Beteiligten – den Generalproben zu, dann trat er, wiederum in der Nacht, die Rückreise nach Hohenschwangau an. Auf Wagners Drängen allerdings kam Ludwig Ende August zum dritten Aufführungszyklus nach Bayreuth zurück und erlebte die vier Abende (vom 27. bis 30. August) an Wagners Seite. »Nie wieder, nie wieder –«, erzählte Wagner später, seien seine Gedanken an diesen Abenden gewesen. Die Aufführungen in Bayreuth waren für Wagner alles andere als befriedigend. Eine Panne jagte die andere: Alberich verlor das Rheingold, Prospekte wurden zur Unzeit hochgezogen, Verwandlungen funktionierten nicht, das neue Gaslicht war falsch eingestellt, der – äußerst lächerliche – Drache erregte beim Publikum mehr Interesse als die Musik. Überhaupt hatte Wagner das Gefühl, daß das ganze Werk eigentlich noch gar nicht fertig sei. Erst als ihn in der Nacht nach der Aufführung ein leibhaftiger, wenngleich leicht exotischer Kaiser (Dom Pedro II. von Brasilien) mit seinem Besuch in Wahnfried beehrte, fand Wagner sein Gleichgewicht wieder.

Es ist eine reine Hypothese und durch keine Äußerung Wagners oder Cosimas dokumentiert: waren die mißglückten Aufführungen in Bayreuth eine Strafe für Wagners Verrat? Nicht der König hatte Wagner verraten, sondern umgekehrt. Nicht der König hatte mit der erzwungenen Uraufführung in München – zu der er jedes juristische und moralische Recht hatte – das Werk Wagners verraten,

Wagner hatte dem König das Werk, das er ihm geschenkt hatte, hinterlistig sozusagen wieder entwendet. Meinte Wagner das, als er an der Seite des Königs dachte: »Nie wieder?«, und mißglückter als die Bayreuther Inszenierungen waren die Münchner auch nicht gewesen. Eine späte Rechtfertigung für München.

DIE OPER ALS FEST — FESTSPIELE MIT OPERN

Gedanken anläßlich des Münchner Richard-Strauss-Zyklus 1988

Für viele Musikfreunde gilt die Oper als Krönung der musikalischen Kunst. Es gibt eine Reihe von hochangesehenen Meistern, die ihre kompositorische Arbeit ganz oder überwiegend der Kunstform Oper gewidmet haben: Rossini, Donizetti, Bellini, Verdi, Wagner, Lortzing, Meyerbeer, Rimsky-Korssakow, Offenbach, Bizet. Bei anderen – wie Mozart, Beethoven oder Weber – gelten die Opern als herausragende, besonders bedeutende Werke. Über den Wert dieser Meinung läßt sich streiten wie über jede Meinung. Aber der hohe Begriff von der Oper ist, sozusagen statistisch gesehen, unbestreitbar und erhellt, nicht zuletzt aus dem ungebrochenen Zuspruch, den die Institution Oper vom Publikum erfährt, aus ihrer Beliebtheit bei Schallplattenproduktionen und aus dem Ruhm der Sängerstars, die wohl an Popularität alle anderen ausübenden Musiker übertreffen. »Gute Oper zu hören, versäume nie«, rät Schumann in seinen ›Musikalischen Haus- und Lebensregeln‹; von Symphonien und Streichquartetten schreibt er das nicht.

Dennoch – oder vielleicht deswegen – wird bei keiner musikalischen Kunstform so viel von einer Krise geredet, und es ist nur wenig übertrieben, wenn man behauptet, die Geschichte der Oper sei die ihrer Krisen. Die Gründe für die wirkliche oder vermutete oder auch nur herbeigeredete Krisenanfälligkeit der Oper decken sich mit denen für ihre Beliebtheit: Sie gehört nicht nur einer, sondern drei Kunstgattungen an: der Musik, der Literatur und der bildenden Kunst; sie bezieht von diesen drei Seiten Vorteile und Schwächen. Guter Text, gute Musik, gute Bühnenwirksamkeit bedingen einander zwar nicht, schließen sich aber auch nicht aus. Die Gesetzmäßigkeiten – wenn es sie überhaupt gibt – sind undurchsichtig. Es gibt Fälle, in denen geniale Musik durch miserable Texte zugrundegerichtet wird. (›Euryanthe‹), andere, in denen sie überhaupt nicht schaden (›La forza del destino‹). Literarische Qualitäten scheinen dem Operntext eher hinderlich zu sein, was verunglückte Literaturopern erweisen. Glücksfälle, in denen Texte von hohem literarischen Rang zu erfolgreichen Opern führten (Da Ponte, Boito, Hofmannsthal), sind eher selten. Am dienlichsten dürften Libretti von starkem szenischen Einfall, von sozusagen bühnendramatischem Gebrauchswert sein, bei denen die Texte nicht übertrieben geschmacklos sind. Felice Romanis, auch Richard Wagners Libretti zeichnen sich dadurch aus. Die Kunstform Oper bewegt sich also auf einem schmalen Grat, dessen sphärisch-geometrische Dimension unsere sinnliche Vorstellungskraft übersteigt: Sie balanciert auf einem von drei Abgründen flankierten Grat. Aber aus den drei Abgründen tönt ihr der Applaus entgegen. Die schwankende, gefährdete Gestalt der Kunstform Oper, ihre – wenn die scheinbare Antinomie erlaubt ist – robuste Zerbrechlichkeit erklärt einiges von der Zuneigung des Publikums für sie, aber nicht alles.

Man muß sich vor Augen halten, daß zwei verschiedene Dinge gemeint sind, wenn der Begriff Oper gebraucht wird: die musikalisch-dramatische Kunstform Oper einerseits und die gesellschaftliche Institution gleichen Namens anderseits. Diese Doppeldeutung leitet sich aus der Entstehung der Kunstform ab. Die Spannung der Oper zwischen Musik, bildender Kunst und Literatur und zwischen Kunstform und Institution hat eine eigene Dynamik innerhalb der Kulturgeschichte mit sich gebracht. Die Oper begann – wie bekannt – Ende des 16. Jahrhunderts in Florenz unter dem Aspekt des Elitären und des Festlichen. Ein aristokratischer Künstler- und Gelehrtenkreis machte sich das Vergnügen, die Schwärmerei für das wiedergeborene Altertum durch eine Attraktion zu krönen: ein in Musik getauchtes, von ausgesuchtem Augenschmaus umkränztes Drama. Die Kombination hatte einen so durchschlagenden Erfolg wie sonst wohl keine Errungenschaft in der ganzen Kulturgeschichte. Jacopo Peris ›Dafne‹ wurde 1595 oder 1597 uraufgeführt. Mit Monteverdis ›Orfeo‹ von 1607 war die Kunstform nicht nur bereits voll ausgebildet, sondern auch in ganz Italien, bis vor der Mitte des 17. Jahrhunderts (trotz des Weltkriegs von 1618 bis 48) in fast ganz Europa etabliert. Die zeitlich kurze Entwicklungsphase ist bemerkenswert. Die Verbreitung vollzog sich über die Fürstenhöfe und Adelspalais. Die barocken Potentaten erkannten in der faszinierenden Musik-Drama-Theater-Kombination nicht nur ein hervorragendes, sondern das Mittel schlechthin, um Gottesgnadentum und Machtanspruch zu repräsentieren. Es gab nach 1600 fast keine Fürstenhochzeit, keine Taufe, kein Jubel-, Friedens- oder Siegesfest an einem Fürstenhof, ohne daß eine Oper aufgeführt worden wäre. Die Oper wurde der Ausdruck des Festes, sie stand gleichsam stellvertretend für den Anlaß der Festivität. Das Volk blieb selbstverständlich ausgeschlossen, bis auf die Lakaien, die servieren mußten.

Die Umkehr, also die Emanzipation der Oper zum Fest an sich, erfolgte auf dem Wege einer stillen, darum aber nicht weniger erstaunlichen Demokratisierung. 1637 und 1639 (nur vierzig Jahre nach der Aufführung von Jacopo Peris ›Dafne‹) eröffneten zwei Musiker – Benedetto Ferrari und Francesco Manelli, die ersten Impresarii der Operngeschichte – zwei Theater in Venedig (San Cassiano und San Giovanni e Paolo, benannt nach den Kirchensprengeln, in denen sie lagen), die nicht für die Aristokratie bestimmt, sondern öffentlich zugänglich waren. Daß sich der gesamte Betrieb der Oper, die Aufführungspraxis und natürlich auch die Kunstform dadurch änderten und daß die Institution sich nun nicht nur selber tragen, sondern für die Impresarii (Anteilshalter usw.) Gewinn abwerfen mußte, ist selbstverständlich. Die Sonderabteilung Oper für den Fürstenstand – elitär und singulär – bestand noch gut hundert Jahre nebenher. Das Werk dort wurde eigens für den Anlaß komponiert (Monteverdis ›Orfeo‹ war die Hochzeitsfeierlichkeit für Erbprinz Francesco Gonzago und Margarete von Savoyen), weitere Aufführungen danach waren unüblich. Mit der Eröffnung der Volks-Oper in Venedig aber mußte die Erfindung rationalisiert werden. Es entstand ein Repertoire, und die musikalische Erfindung konzentrierte sich auf das, was am beliebtesten und damit kassenträchtigsten an der Oper war: auf die Arie, die bis in unser Jahrhundert hinein das Rückgrat der Oper bleiben sollte.

Das alles änderte aber nichts an dem sozusagen panoptikalen Charakter der Oper fürs Volk: Ihm wurde Einblick in die Vergnügungen der Mächtigen, der Herrscher geboten. Gegen Geld konnten der Bürger und sogar der Kleinbürger sich für ein paar Stunden in dem Gefühl wiegen, sie seien die Herren. Sie waren nicht Zuschauer und Zuhörer einer Oper, sie spielten ihn vielmehr. Der Fürst nahm ein Fest zum Anlaß für eine Oper; der Bürger, der sich das fürstliche Vergnügen anmaßte, nahm die Oper als Anlaß für ein Fest. So wurde die Institution Oper ein Fest per se und ist es bis heute geblieben, wie wir an den Riten sehen, mit denen vom Publikum der Opernbesuch zelebriert wird. (Der Ritus reicht von der Kleidung bis zum Sekt in der Pause und dem Applaus oder den Buh-Rufen am Schluß.) Nicht zufällig war es Venedig, in dem das erste öffentliche Opernhaus entstand; in Deutschland war es wenig später Hamburg: In den beiden reichen Handels- und Hafenstädten hatten die Bürger mehr Geld als anderswo die Fürsten, und mit Geld kann man sich alles leisten, auch die Anmaßung eines fürstlichen Vergnügens. Ob nicht selbst bis heute ein ferner Rest des Stolzes auf diese bürgerliche Anmaßung mitschwingt, wenn das Publikum so hoch gestimmt die

Säulen des Opernportikus durchschreitet, nachdem es bezahlt hat?

Die Geschichte der Oper, wurde oben gesagt, sei – cum grano salis – die Geschichte ihrer Krisen. Diese Krisen hängen mit der Kommerzialisierung des Festes Oper zusammen, die die Ausbildung des Repertoires und die Probleme der Aufführungspraxis mit sich gebracht hat. Berlioz' ›Soirées d'orchestre‹, Mozarts und Verdis Briefe, Wagners ›Mein Leben‹ und viele andere Dokumente der Musikgeschichte schildern den Repertoire-Schlendrian durchschnittlicher Opernhäuser und Aufführungen, Ruhmsucht und Egoismus großer oder auch nur eingebildeter Primadonnen und Primi uomini, Geiz und Mißwirtschaft von Direktoren und Impresari. Das alles hat immer wieder in fast regelmäßigen Abständen Institution und Kunstform Oper in Mißkredit gebracht, wobei oft genug das Kind (Kunstform) mit dem Bad (Institution) ausgeschüttet wurde. Die Idee, solche Mißstände, wenn nicht schon generell abzuschaffen, so ihnen doch durch Musteraufführungen entgegenzuwirken, lag nahe. Richard Wagner war der erste, der diese Idee konsequent durchdacht, praktisch konzipiert und dann auch in die Tat umgesetzt hat: das Anheben des singulären Festes Oper zur Fest-Serie, zum gebündelten Fest, zu Festspielen.

Die Idee taucht bei Wagner zum ersten Mal 1850 auf, 1851 formulierte er sie in seiner ›Mitteilung an meine Freunde‹. Musikalische Festspiele waren zu der Zeit schon keine neue Erfindung mehr. In England existierten solche Feste seit dem 17. Jahrhundert. Eine andere – Wagner selbstverständlich bekannte – Tradition der musikalischen Festspiele betraf die seit Beginn des 19. Jahrhunderts beliebten deutschen Musikfeste, von denen das Niederrheinische Musikfest (seit 1817 abwechselnd in Düsseldorf, Aachen und Köln abgehalten) das berühmteste war, mit den Namen Mendelssohn, Schumann und Ferdinand Hiller verknüpft. Neu hinzu kam nun die Wagnersche Idee des Opernfestspiels und die Idee eines Festspiels für das Werk eines Komponisten. Das war mit Sicherheit nicht der schlechteste musikalische Einfall in Wagners Leben, und es darf bezweifelt werden, daß Wagners Bedeutung im musikalischen Bewußtsein der Nachwelt ohne die Festspiele in Bayreuth so hoch angesetzt würde. Das Wagnersche Gesamtkunstwerk besteht nicht aus drei, sondern aus vier Komponenten: Musik, Text, Bühne und Propaganda.

Dennoch fanden die ersten Opernfestspiele ohne Wagners Mitwirkung – wenngleich mit seinen Opern – statt, und zwar in München. In Bayreuth erfolgte 1876 die Uraufführung der kompletten ›Ring‹-Tetralogie, dann erst wieder 1882 die ›Parsifal‹-Uraufführung mit fünfzehn Folgeaufführungen, 1883 – in Wagners Todesjahr – gab es keine Festspiele. Die kontinuierliche (wenngleich häufig, nicht nur in den Kriegen, unterbrochene) Reihe beginnt erst mit den von Cosima konzipierten Festspielen ab 1884. In München aber gab es schon 1875 Festspiele. (Als Kuriosität sei vermerkt, daß ein relativ unbekannter Festspielort eine noch längere Tradition hat: Cincinnati; dort wurden seit 1873 Opern- und Konzertfestspiele – zweijährlich jeweils im Mai – ausgerichtet.) Die Opernfestspiele in der Arena von Verona werden seit 1913 abgehalten, die Festspiele in Salzburg seit 1920, der Maggio Musicale in Florenz seit 1933, die Opernfestspiele in Glyndebourne seit 1934. Die Flut der mehr oder minder bedeutenden (meist Sommer-)Festivals, Biennalen usw., die heute die Musik- und vor allem die Opernwelt beleben, setzte erst nach 1945 ein.

Wenn also, wie anfangs postuliert, die Kunstform der Oper ihrem Ursprung und ihrer gesellschaftlichen Bedeutung nach eine Festlichkeit ist, so wären Opernfestspiele gebündelte Feste, ein Reigen von Lebenshöhepunkten. Das zu empfinden, übersteigt aber nicht nur die menschliche Auffassungsgabe und Erlebnisfähigkeit, sondern auch die

Dehnbarkeit der Logik. So würde die ohnedies ständig krisengeschüttelte Institution und Kunstform Oper durch die Ballung bei Opernfestspielen nur noch viel heftiger in Frage gestellt werden, wenn nicht Opernfestspielen, über die bloße Ballung von Kunstgenüssen hinaus, tiefere Bedeutung zugrunde gelegt würde. In der Tat hatten alle Festspiele, von denen hier die Rede war, eine programmatische Idee, zumindest im Kern. In Salzburg ergab sich diese Idee sozusagen von selbst: durch die Werke Mozarts. Schon nach den ersten Jahren lag dort ein, allerdings auf verschiedene Festspielsommer verteilter, Mozart-Opern-Zyklus vor (mit Ausnahme von ›Titus‹, der erst 1949, und ›Idomeneo‹, der sogar erst 1951 zu Festspielehren kam) in mustergültigen Aufführungen, zum Teil – damals im deutschen Sprachraum noch nicht üblich – in Originalsprache. Richard Strauss war an den frühen Salzburger Festspielen entgegen landläufiger Meinung nicht als Komponist, sondern nur als Dirigent beteiligt. Erst 1926 wurde dort die ›Ariadne‹ gegeben, dann allerdings erschienen dort bis zum vorläufigen Ende der Festspiele 1944 fast alle wichtigen Strauss-Opern.

Die Festspiele in Verona standen von Anfang an im Zeichen des Belcanto, ihre offizielle Bezeichnung lautete und lautet ›Festival dell 'Opera Lirica‹. Die Werke Verdis und Puccinis bilden den Kern des Repertoires, etwa flankiert von Bellini, Donizetti, Boito und anderen italienischen Opernkomponisten. Wenig bekannt ist, daß ab und zu auch Wagner in der Arena gegeben wurde, sogar der ›Parsifal‹, der es allerdings nur auf sechs Aufführungen brachte, ›Aida‹ (bis einschließlich 1982) auf 190.

Glyndebourne war eine private Gründung des englischen Millionärs John Christie, der zunächst den ›Ring‹ und ›Parsifal‹ in seinem damals nur 311 Sitze fassenden Privattheater aufführen lassen wollte. Er schwenkte dann zu Mozart um und konnte die aus Nazi-Deutschland geflohenen

Fritz Busch und Carl Ebert als Leiter seines Unternehmens gewinnen, die bis zum Krieg die wohl vollendetsten und bis heute unerreichten Musteraufführungen von Mozart-Opern auf die Bühne stellten. Nach dem Krieg war Glyndebourne für kurze Zeit ein Benjamin-Britten-Theater (mit den Uraufführungen von ›The Rape of Lucretia‹ und ›Albert Herring‹) und dann unter der Ägide Vittorio Guis eine Stätte der Rossini-Renaissance.

Richard Wagners Konzept für seine Festspiele in Bayreuth war denkbar einfach: Er dachte an die fast private Musteraufführung seines ›Rings‹ (der, als diese Idee geboren wurde, noch gar nicht geschrieben war) für einige Freunde und Liebhaber, die der Offenbarung dieser neuen Klangwelt würdig wären. Daß er fast gleichzeitig von Massenaufführungen und totaler musikalischer Volksbeglückung träumte, erschien ihm offenbar nicht als Widerspruch. In allen Wesenszügen Wagners und in seinen Werken ist diese Kontradiktion zu entdecken: Elitarismus einerseits, Demagogie andererseits. Vielleicht ist diese Antagonie überhaupt ein Schlüssel zu seiner Musik. Die Festspiele jedenfalls glitten sofort, als Wagner nach zwanzig Jahren den Plan auszuführen begann, ins Massenspektakel, wenngleich nur für die Massen der Zahlungskräftigen. Von 1882 an gedachte er, jeweils den ›Ring‹ und ›Parsifal‹ in Bayreuth zu spielen und sonst keines seiner Werke. Das gebündelte Opernfest-Fest wurde noch um eine Stufe erhöht. Die Bezeichnung findet sich im Untertitel zum ›Parsifal‹: ein Bühnenweihfestspiel.

In München war man irdischer, wenngleich nicht weniger ehrgeizig. Die heutigen Münchner Opern-Festspiele gehen auf den 1875 – also ein Jahr vor Bayreuth – von Carl von Perfall organisierten ›Festlichen Sommer‹ mit Werken Mozarts und Wagners zurück. Seit 1901 (unter der Intendanz Ernst von Possarts) stand das nach dem Vorbild Bayreuths konzipierte Prinzregententheater zur Verfügung, in dem ›Festaufführungen‹ von den großen Opern Wagners stattfanden, dabei regelmäßig zwei oder sogar mehrere ›Ring‹-Zyklen. Felix Mottl, Felix von Weingartner, Heinrich Zumpe und später Bruno Walter waren die Dirigenten dieser Aufführungen. Daneben gab man zur gleichen Zeit im Residenztheater (also im Cuvilliés-Bau) und im Hoftheater Festaufführungen von den großen Opern Mozarts. Gelegentlich (1905) wurden diese Aufführungen als ›Sommerfestspiele‹ bezeichnet, von 1910 bis 1914 als ›Richard-Wagner- und Mozart-Festspiele‹, ab 1919 als ›Münchner Festspiele‹, wobei immer noch die Wagner-Opern im Prinzregenten-, die Mozart-Opern im Residenz- und (nunmehr) Nationaltheater gegeben wurden. Seit 1919 ergänzte man das Programm um Werke anderer Komponisten, gelegentlich sogar Sprechstücke und Ballette. 1921 erschien zum ersten Mal eine Oper von Richard Strauss im Rahmen der Festspiele, nämlich ›Ariadne auf Naxos‹. Dieses gemischte Programm, das keine zyklischen Intentionen erkennen läßt, blieb so bis zum Krieg und auch nach dem Neubeginn der Festspiele 1951, wenngleich die Werke Mozarts, Wagners und nun Richard Strauss' traditionsgemäß den Kern des Programmes bildeten.

Einen Zyklus ausschließlich mit Werken eines Komponisten hat es aber noch nie gegeben. Bei den Festspielen 1988 werden sämtliche Bühnenwerke von Strauss (mit Ausnahmen des Balletts ›Schlagobers‹) im Juli hauptsächlich szenisch, in wenigen Fällen konzertant aufgeführt. (Eine chronologische Anordnung, von Wolfgang Sawallisch ursprünglich vorgesehen, scheiterte an der Unvereinbarkeit der Sängertermine.) Daß die Münchner Oper dem Andenken des großen und gelegentlich mißverstandenen Sohnes der Stadt dieses exzeptionelle Festival widmet, ist naheliegend.

Es gibt aber wichtigere, innere Gründe für die Ausrichtung einer zyklischen Wiedergabe des Gesamtopernwerks eines Komponisten, hier Richard Strauss'. Ich behaupte, daß mit Beethoven die Musikgeschichte eine neue Wendung bekommen hat. Das bezieht sich hier nicht auf (was auch der Fall war) harmonische und formale Neuerungen, die auf Beethoven zurückgehen, sondern auf den Begriff des Gesamtwerks und des musikalischen Fortschritts. Vor Beethoven, behaupte ich, haben selbst große Meister sozusagen immer nur solitäre Werke geschrieben, selbst Bach, Haydn und Mozart. Eine Mozart-Symphonie ist nur eine Mozart-Symphonie und besitzt ihren Wert in sich. Gewisse Ansätze in Richtung des Beethovenschen Subjektivismus (wie man meine Hypothese auch nennen kann) sind bei Bach, Haydn, Mozart und anderen Komponisten natürlich auch schon erkennbar; denn dieser Subjektivismus ist nicht von heute auf morgen entstanden. Das bedeutet ebensowenig, daß im Schaffensverlauf dieser Komponisten keine Entwicklung zu sehen wäre. Meine Hypothese zielt vielmehr auf die Erwartung der Komponisten auf die Rezeption ihres Werks durch das Publikum, namentlich das der Nachwelt. Ich behaupte, daß Beethoven der erste Komponist war, der vom Publikum der Zukunft erwartet hat, es werde sein Werk als *Gesamtwerk* betrachten. (Er war übrigens, und das nachweislich, der erste, der dezidiert Zukunftsmusik geschrieben hat, also Musik, von der er nicht erwartete, daß seine Zeitgenossen sie verstehen. Beethovens wahrer, nächster Erbe, Schubert, äußerte sich in dem Punkt noch entschiedener.)

Beethoven hat sich nicht getäuscht. Die Nachwelt – also wir heute – hören und beurteilen Beethovens Werk integral, hören seine neun Symphonien als Zyklus zyklischer Werke. Beethoven hat, behaupte ich weiter, zwar selbstverständlich nicht den Fluß der Musikgeschichte in Gang gebracht, aber er hat ihn sichtbar gemacht. Die Wirkung ist unmittelbar eingetreten. Carl Maria von Weber war vielleicht der letzte Komponist, der nicht in Konkurrenz zu

Beethoven schrieb; alle anderen bis zu Mahler, Strauss und Strawinsky komponierten im Schatten Beethovens – und nicht nur das. Jeder Komponist nach Beethoven mußte angesichts des nun aufgedeckten musikalischen Entwicklungsflusses seinen Platz in der immer schneller eilenden Musikgeschichte suchen, wenn er nicht Epigone sein wollte. Das heißt: Er mußte neue Wege suchen. Beethoven hat die Schleusen des Fortschritts geöffnet. Wenn wir heute eine Mahler-Symphonie hören, wissen wir im Hören um die Symphonien Bruckners, Brahms', Schuberts und Beethovens und hören sie sozusagen mit. Das hat, wie alles auf der Welt, Vor- und Nachteile. Das naive Hören ist dem Kenner fast verlorengegangen, dafür hört er bewußter. Wir haben also, behaupte ich, mit einer Verzögerung von etwa hundert Jahren eine Aufklärung in der musikalischen Kulturgeschichte erfahren, die noch andauert. (Daß diese von mir postulierte Entwicklung auch der lexikographischen Neigung des 19. Jahrhunderts entgegenkam, der Neigung zu Gesamtausgaben, Katalogisierungen, zum Historismus, sei nicht geleugnet.)

Wenn wir aber nun schon in musikalischen Dingen so hören und denken, wenn wir schon seit über hundert Jahren eine sozusagen enzyklopädische Richtung in der Musik nachleben mit all dem Deuten in Gesamtwerken, Entwicklungen und Fortschritten innerhalb des Schaffens der Meister und in der Musik generell, dann ist es nicht nur berechtigt, sondern förmlich an der Zeit, solche Zyklen wie den aller Strauss- Opern zu wagen.

Richard Strauss bietet sich nicht nur als Sohn Münchens für den Zyklus an, nicht nur, weil er ausreichend Opern für einen solchen Zyklus geschrieben hat, sondern auch, weil er ein ganz besonderes Phänomen in der Musik des 19. und 20. Jahrhunderts darstellt. Er hat als kompositorisches Wunderkind begonnen, erst relativ spät zur Oper und erst nach zwei Um- oder Irrwegen – ›Guntram‹ und ›Feuersnot‹ – zu seinem Opernstil und zu einem beispiellosen Erfolg gefunden. Er ist als musikalischer Bürgerschreck angetreten und blieb es bis zur ›Elektra‹. Kaiser Wilhelms Äußerung: »Det is keene Musike für mich«, ist vielleicht erfunden, traf aber die Meinung des breiten Publikums. Aber Strauss hat im Lauf seines langen Lebens (dessen Zeit sich fast mit seiner Schaffenszeit deckt) diese Bürger, dieses Publikum so sehr an seinen Ton gewöhnt, daß ihm heute von der progressiven Richtung vorgeworfen wird, er sei von der ›Elektra‹ an ein konservativer Komponist geworden, habe sich dem musikalischen Fortschritt verschlossen.

Der musikalische Fortschritt ist allerdings noch nicht endgültig definiert. Adornos Forderung, daß in der Kunst nur das legitim sei, was auf der Höhe des erreichten Materials sei, gilt angesichts dessen, was eine jüngere Komponistengeneration seit fünfzehn Jahren schreibt, nicht mehr. Diese postmoderne Entwicklung ist kein Konservatismus, sie knüpft nur etwas früher an, als die Adornianer es wollen. Das Adorno-Postulat hat zur einseitigen Bevorzugung serieller und ähnlicher Musik und damit zur tödlichen Verengung und Verflachung geführt, schneller als man geahnt hat. Für die Postmoderne – Manfred Trojahn hat es formuliert – sind Strauss und Sibelius die wirklichen Modernen gewesen. Diese Erkenntnis war lang verschüttet. In der Tat war Strauss nach der ›Elektra‹ keineswegs ein Reaktionär; er hat nur seinen persönlichen musikalischen Fortschritt praktiziert. Der war weniger spektakulär als der Schönbergs. Das musikalische Material des ›Rosenkavalier‹ ist ohne die Errungenschaften der ›Elektra‹ nicht zu denken. (Der Unterhaltungswert des Stückes verdeckt das auf weite Strecken, was aber nicht darüber hinwegtäuschen darf.) In der ›Daphne‹, gar nicht zu reden von den ›Metamorphosen‹, finden sich harmonische, rhythmische, kontrapunktische Neuerungen subtilster Art, aber von unzweideutig Strauss'scher Erfindung. Wie bei vielen Meistern (Beethoven, Verdi) hat auch bei Strauss im Alter der Einfall an Melodien nachgelassen. Er hat das durch strukturelle Feinarbeit kompensiert. Das Sextett am Beginn des ›Capriccio‹ ist sozusagen Wohllaut ohne Melodie. Die ›Metamorphosen‹ haben nicht einmal (abgesehen vom Eroica-Zitat) ein genau faßbares Thema. Es ist Musik jenseits von Thematik, Musik an sich, wie sie vorher nicht existiert hatte. Für Strauss (und das ist vielleicht der überhaupt entscheidende Punkt) waren musikalische Experimente zwar ebenso unabdingbar wie für die Schulen seiner Gegner, aber sie waren für ihn nicht Gegenstand der Veröffentlichung. Experimente hatten für Strauss vorher stattzufinden; veröffentlicht (und damit aufgeführt) werden sollen die Ergebnisse. Die Ergebnisse waren für Strauss immer nur solche mit musikalisch-sinnlich erfaßbarem Gehalt.

So gesehen ist dieser Zyklus förmlich eine musikhistorische Notwendigkeit. Es reicht nicht, daß man Strauss' Opernwerk, vielleicht sogar komplett, vom Hören hier und dort, von Aufführung und Schallplatte kennt (zu kennen meint). Nur wer diesen Zyklus insgesamt, also im Zusammenhang, aufnimmt, wird in Zukunft über Richard Strauss mitreden können. Und nicht nur das: Der Zyklus wird den Stellenwert des nun nicht mehr hinwegzudiskutierenden Faktums Strauss (ein Dorn im Auge der falschen Progressisten, die den Fortschritt für sich gepachtet zu haben glauben) dokumentieren. Die Rückkoppelung auf die gegenwärtige und künftige Komponistengeneration, soweit sie kein Brett vor der Stirn trägt, kann nicht ausbleiben. Der Zyklus wird, welche Einwände auch immer gegen ihn erhoben werden mögen, zu einem tiefgreifenden Ereignis in der Musikgeschichte am Ende des 20. Jahrhunderts werden.

EINE OPER NACH DEM ENDSIEG?

Anmerkungen zu Richard Strauss' ›Liebe der Danae‹

Nach der Uraufführung der ›Frau ohne Schatten‹ am 10. Oktober 1919 in Wien – das Werk hatte die Zusammenarbeit von Librettist und Komponist auf eine harte Probe gestellt – entwarf Hofmannsthal im Dezember 1919 ein Szenarium ›Danae oder Die Vernunftheirat/Kleine Oper in drei Akten für Richard Strauss‹, das er am 30. April 1920 an Strauss mit dem Vermerk sandte: »›Danae‹ geht genau in der Linie ›Rosenkavalier‹, ›Ariadne‹-Vorspiel, ›Bürger als Edelmann‹ weiter. Es verlangt eine leichte geistreiche Musik, wie nur Sie, und nur in Ihrer jetzigen Lebensphase, (sie) machen können. Das Sujet ist ein frühe mythische Antike, frech behandelt, in lukianischem Sinne als ›milesisches Märchen‹«. Aus Hofmannsthals Notizen aus dem Jahr 1919 geht seine eingehende Beschäftigung mit dem Stoff hervor, die sichtlich immer auf ein Opernlibretto abzielt. Hofmannsthals Grundidee war die Antagonie und Korrespondenz der Phänomene Gold (Geld) – Liebe, Liebe – Macht, Götterwesen – Menschentum, sein dramaturgischer Grundeinfall war die Verknüpfung der beiden voneinander unabhängigen Sagenstoffe von Danae und Midas.

Die Sage von Danae und dem Goldregen, in dessen Gestalt Zeus sich ihr nähert, ist unklaren Ursprungs und schon in der Antike vielfach überliefert, so bei Homer und Pindar. Aischylos, Sophokles und Euripides behandelten das Thema, ihre Arbeiten sind (bis auf Fragmente des Aischylos ›Die Netzflicker‹) verloren. Auch die römische Literatur hat sich des Stoffes angenommen, am bekanntesten ist die Fassung in Ovids ›Metamorphosen‹ (4,611). In Renaissance und Barock hat der Gegenstand namentlich in der bildenden Kunst große Beliebtheit als Vorwurf erlangt (Corregio, Tizian). Der Midas-Mythos (vom König mit den Eselsohren, dem alles, was er angreift, zu Gold wird) ist phrygischen, also kleinasiatischen Ursprungs und wird schon bei Herodot erwähnt. Auch diesen Stoff hat Ovid in seinen ›Metamorphosen‹ (11,90 ff) verwendet, und er hat im übrigen zahlreiche Ausgestaltungen gefunden, die vermuten lassen, daß der Stoff auf verschiedene Überlieferungen zurückgeht. Es ist nicht unmöglich, daß der Gestalt des Midas im Kern eine historische Figur zugrundeliegt. Der Name Midas kommt als Königsname in der phrygischen Geschichte vor.

Hofmannsthals Vorschlag vom April 1920 blieb ohne Folgen. Strauss, dessen nächster Brief erst vom 5. Oktober 1920 aus Rio de Janeiro datiert ist, geht mit keinem Wort auf ihn ein, und auch im restlichen Briefwechsel ist von diesem Szenarium nicht mehr die Rede. Es wurde erst nach dem Tod des Dichters in der Zeitschrift ›Corona‹ 1933 gedruckt. Von den drei vorgesehenen Akten sind die beiden ersten voll, der dritte nur kursorisch entworfen. Zehn Jahre später entstand ein Roman, der sich ausdrücklich auf den ›Tulpenbaum‹ des Hofmannsthalschen Szenariums bezieht und die Handlungselemente in wahrhaft epischer, barokker Breite ausführt: ›Der blaue Kammerherr‹ von Wolf von Niebelschütz.

Bei Richard Strauss geriet das ›Danae‹-Projekt offenbar nie ganz in Vergessenheit, wie aus einigen Äußerungen zu schließen ist. Aber dann ging der zweite Anstoß zur Beschäftigung mit dem Stoff von Joseph Gregor aus. Gregor, ein bedeutender Theoretiker des Theaters und der Musikgeschichte, 1888 in Czernowitz geboren, Schüler u. a. von Guido Adler und Robert Fuchs, gehörte – sozusagen als Eleve – dem Kreis von Reinhardt, Hofmannsthal, Andrian usw. an. Er war seit 1932 Honorar-Dozent an der Wiener Kunstakademie, ist als Dichter und Schriftsteller aber allenfalls drittrangig zu bewerten. Dennoch vertraute ihm Strauss, nachdem 1933 in Deutschland und dann auch in

Österreich die Zusammenarbeit mit Stefan Zweig schwierig bis unmöglich geworden war, die Ausarbeitung des Zweigschen Entwurfes für den ›Friedenstag‹ an. Stefan Zweig selber hatte Strauss Joseph Gregor empfohlen. Die Arbeit fiel zur Zufriedenheit von Strauss aus, und er beschloß nun, bei Gregor als Librettisten zu bleiben, obwohl – das geht ganz deutlich aus dem Briefwechsel und aus anderen Äußerungen Strauss' hervor – er sich des sternenweiten Abstandes des braven Gregor zum genialen Hofmannsthal durchaus bewußt war. War das Verhältnis Strauss-Hofmannsthal das unter gleichberechtigten Sternenkindern gewesen, so war das von Strauss zu Gregor das vom Herren zum Lakaien, es ist nicht anders zu sagen, und es hat auch zu Mißhelligkeiten, gerade im Verlauf der Arbeit an der ›Danae‹, geführt. Einmal war Gregor so von der Behandlung durch Strauss gekränkt, daß er die Arbeit einstellte, bis ihn Strauss durch Gewährung einiger milder Streicheleinheiten wieder gefügig machte.

Nach der Uraufführung der ›Schweigsamen Frau‹ und noch während Strauss' Arbeit an der Partitur des ›Friedenstages‹ kam es im Juli 1935 zu einem größeren, grundlegenden Gespräch zwischen Strauss und Gregor, in dem Gregor dem Komponisten einige Pläne für zukünftige Libretti vorlegte: ›Daphne‹, ›Semiramis‹, ›Celestina‹ (nach einem alten spanischen Lustspiel um eine Kupplerin; ein Vorschlag, den noch Stefan Zweig gemacht hatte) und ›Danae‹. Strauss entschied sich für ›Daphne‹, aber schon kurz nach Beendigung des ›Daphne‹-Librettos und noch während der Arbeit an der Partitur dieser Oper kam Strauss auf den ›Danae‹-Stoff zurück, und Gregor machte sich nun Gedanken über die Realisierung. (Ob es sich dabei schon um eine schriftliche Fixierung gehandelt hat, geht weder aus dem Briefwechsel Strauss-Gregor noch aus den eher ungenauen Aufzeichnungen Gregors hervor.) Gregor erzählt von einem gemeinsamen Spaziergang in der Villa Borghese in Rom –

Herbst 1935 oder Frühjahr 1936 – und einem Besuch im Museum Borghese, wo Strauss vor der ›Danae‹ Correggios stehen blieb und sagte: »Sehen Sie diese Leichtigkeit, diese Heiterkeit ist es, was ich suche.«

Gregor behauptet, er habe Hofmannsthals Szenarium damals nicht gekannt. Im Juli 1936 schreibt er an Strauss, daß er »... jetzt die ›Danae‹ von Hofmannsthal gelesen (habe)...« und »ergriffen« über die Übereinstimmung mit dem eigenen Entwurf sei. Das ist wenig glaubhaft bei Gregor, der alles genau kannte, was mit Hofmannsthal zusammenhing. Vielleicht ist Gregor nur ein objektives Plagiat anzulasten, kein subjektives, das heißt: er hatte wohl Hofmannsthals Szenarium gelesen, aber vergessen und verdrängt, und war nun der Meinung, sein Entwurf wäre sein eigener Einfall.

Strauss hatte Gregor zunächst gebeten, sich mit dem schon erwähnten Zweigschen Plan der ›Celestina‹ (oder ›Cölestina‹) zu beschäftigen, worauf Gregor mehrere schriftliche Entwürfe lieferte. Strauss wandte seine Gedanken (während der Komposition der ›Daphne‹ und nachdem der ›Friedenstag‹ noch unaufgeführt lag) spätestens ab Juli 1936 dann doch ›Danae‹ zu. Von da ab setzt die Auseinandersetzung mit dem Stoff ein. Noch im Juli 1936 sandte Gregor ein Exposé, das Strauss mit harschen Worten kritisierte. Im Februar 1937 folgte eine ausgearbeitete Szene, die Strauss mit dem Satz quittierte: » – entspricht aber nicht dem, was mir vorschwebt« (24.2.1937). Auch der dritte Entwurf Gregors vom April 1937 fand nicht Strauss' Zustimmung. Erst vom Juli 1937 an gelang es Gregor, mit seinem vierten Entwurf zumindest ungefähr den Ton zu treffen, den sich Strauss für das Libretto wünschte. In quälenden Briefen, Gesprächen, Vorschlägen. Ablehnungen, Gegenvorschlägen zog sich bis März 1939 die Arbeit am Libretto hin, die für Gregor eine Qual gewesen sein muß und auch nicht gerade dadurch erleichtert wurde, daß sich noch

Clemens Krauss mit eigenen Gedanken und Vorschlägen einschaltete. Von Hofmannsthals Szenarium entfernte sich das Libretto immer mehr, und aus dem Briefwechsel Strauss-Gregor geht deutlich hervor, daß Gregor sich mit seiner humanistischen, philosophischen und theatergeschichtlichen Bildung vor allem selber im Weg stand. Er komplizierte die Sache zunehmend, so daß Strauss und später Clemens Krauss ihn immer wieder auf den Boden der Theaterpraxis zurückrufen mußten. »Und das Ganze: Operette in feinster Form!« hatte Strauss schon am 24. Februar 1937 gefordert.

Am 24. Dezember 1937 beendete Strauss in Taormina die Partitur der ›Daphne‹; am Tag darauf schrieb er an Gregor, daß ihm nun die inzwischen angekommenen neuen ›Danae‹-Szenen gefielen. Unmittelbar darauf muß er mit den Skizzen zur Komposition begonnen haben, und während der weiter schwelenden Diskussion, die hauptsächlich um den dritten Akt ging, komponierte er, sozusagen ungerührt um die Schwierigkeiten des Dichters (die sich dadurch natürlich verschärften, weil er dann immer auch an das schon Komponierte anpassen mußte), weiter. Am 7. September 1939 beendete Strauss im Verenahof in Baden bei Zürich den ersten und zweiten, am 28. Juni 1940 in Garmisch den dritten Akt. Neben der Arbeit an diesem dritten Akt war im Frühjahr 1940 die ›Festmusik zur Feier des 2600jährigen Bestehens des Kaiserreichs Japan‹ entstanden.

Inzwischen waren am 24. Juli 1938 in München der ›Friedenstag‹ und am 15. Oktober 1938 in Dresden die ›Daphne‹ uraufgeführt worden. Auch die politischen Verhältnisse hatten sich grundlegend geändert. Am 13. März 1938 erfolgte der zwangsweise Anschluß Österreichs an Hitler-Deutschland. Am 19. März 1939 richtete Strauss (der sich seit dem 12. in Meran aufhielt) an Gregor den folgenden, seltsam förmlichen Brief, der im Ton von allen seinen anderen Briefen an Gregor abweicht: »Bei den großen Veränderungen, die jetzt in Ihrer Heimat Österreich vor sich gehen, ist es mir ein aufrichtiges Bedürfniß (sic!), Ihnen das Folgende zu sagen, das zum Teil allbekannt, aber doch ins Gedächtnis zurückgebracht werden soll. Allbekannt ist, daß wir seit Jahren gemeinsam künstlerisch arbeiten. Der Reichstheaterkammer sind die Texte meiner beiden Opern: Friedenstag und Daphne, deren Autor Sie sind (Anm: das war, was die Hälfte von ›Friedenstag‹ betraf, die Unwahrheit) und die im Juli bzw. im Oktober an den Staatstheatern München und Dresden uraufgeführt werden, bereits bekannt. Ich hoffe, Sie dort begrüßen zu können . . .« War mit »dort« München und Dresden oder die Reichstheaterkammer gemeint (eine Goebbels unterstellte Behörde)? Der Brief, wohl zwischen Strauss und Gregor vorher abgesprochen, sollte vermutlich letzterem den Weg in die verwaltete Reichskultur ebnen, was auch gelang. Wenig später erhielt Gregor den Auftrag, Spohrs ›Jessonda‹ textlich im Sinn der Nazi-Ideologie neu zu fassen. Der Auftrag kam von der Reichsmusikprüfstelle, deren Leiter Heinz Drewes war. Den honorierten Auftrag führte Gregor aus.

Obwohl Strauss mit seinem Alter kokettierte und davon sprach, er wolle keine Opern mehr schreiben, nur noch »Greisenunterhaltung« wie Fugen und dergleichen, beschäftigte er sich wie in den letzten Jahrzehnten gewohnt noch während der Arbeit an der letzten Oper – also der ›Danae‹ – intensiv und konkret mit dem Text, ja sogar mit Vorstufen zur Komposition der nächsten: ›Capriccio‹. Auch bei dem Text für diese Oper, die ebenfalls auf eine Idee von Stefan Zweig zurückgeht, wurde zunächst Joseph Gregor zugezogen; sein Anteil am Libretto blieb aber gering. Zuletzt zog sich Gregor beleidigt zurück. Die Librettisten waren im wesentlichen Strauss selber und Clemens Krauss.

Unmittelbar nach Abschluß der ›Danae‹ begann Strauss – im Juli 1940 – mit der Komposition des ›Capriccio‹, obwohl das Libretto noch gar nicht fertig war, im Januar 1941 war die Klavierskizze, im August 1941 die Partitur fertig.

Wieder – wie schon fünf Jahre zuvor – lagen nun zwei Opern von Strauss unaufgeführt vor. Aber die Zeiten hatten sich geändert. Es war Krieg, deutsches Militär auf dem Vormarsch in ganz Europa, Hitler auf dem Höhepunkt seiner Macht. Warum Strauss die zuerst komponierte ›Danae‹ nicht freigab, wohl aber das spätere ›Capriccio‹ (das in München am 28. Oktober 1942 uraufgeführt wurde), ist nicht recht erklärlich. An den wieder versöhnten Gregor schrieb Strauss am 20. Mai 1941, also etwa ein Jahr nach Fertigstellung der Partitur: ». . . ›Danae‹ darf, wenn sie nicht schon (wie s. Z. ›Die Frau ohne Schatten‹ in ungünstiger Zeit) bei der Geburt getötet werden soll, nicht früher als zwei Jahre nach Friedensschluß herauskommen.« Strauss kommt noch mehrmals auf diese ominösen zwei Jahre nach Friedensschluß zurück. Die Gründe, die er dafür angibt, sind alles andere als stichhaltig: daß nämlich nur große Häuser jetzt das Werk spielen würden, mittlere nicht. . . Als ob das nach dem Krieg anders gewesen wäre! Strauss' Gründe waren sichtlich Ausreden. Was ihn wirklich dazu bewog, die ›Danae‹ zunächst zurückzuhalten, wird wohl nie geklärt werden. Hatte der Meister selber Zweifel an der Qualität dieses Stückes? Waren seine manchmal schon fast rührseligen Tiraden (etwa in seinem Brief an Willi Schuh vom 25. September 1944) eine Flucht nach vorn? Strauss schrieb: » . . . möchte mir das (wohl von allen gebilligte)Lob spenden, daß er (der III. Akt ›Danae‹) zum Besten gehört, was ich je geschrieben habe.« Hat das Richard Strauss wirklich selber geglaubt? Oder meinte Strauss, daß ›Danae‹ die Sieges-Oper nach dem Endsieg werden könnte? Ich behaupte, daß so ein Gedanke – zumindest noch 1942 – Richard Strauss nicht ferngelegen haben könnte. Hatte er doch im gleichen Jahr eine gegenleistungsfreie Ehrengabe vom Propagandaministerium in Höhe von 6000 Mark angenommen, was damals dem Jahresgehalt eines Regierungsdirektors entsprach. Der vielzitierte Ukas Bormanns vom 21.1.1944: »Der persönliche Verkehr unserer führenden Männer mit Dr. Strauß (sic!) soll unterbleiben«, wurde in Wirklichkeit wenig ernst genommen. Generalgouverneur Frank, Gauleiter von Schirach und andere verkehrten weiter mit Strauss, Hitler selbst sandte am 11. Juni 1944 – zu Strauss' 80. Geburtstag – ein Glückwunschtelegramm und Frank durch zwei SS-Offiziere zwei Kisten Sekt.

Clemens Krauss, seit September 1941 oberster Leiter der Salzburger Festspiele, gelang es bei Gelegenheit der Uraufführung des ›Capriccio‹ aber dann doch – vielleicht unter Ausnutzung der gelockerten Stimmung nach der gelungenen Premiere –, Strauss die Zustimmung für die Uraufführung der ›Danae‹ für Salzburg zu entlocken. Krauss nagelte das auch sofort in einem Brief, den er hinterherschickte, fest: »Ich bin hocherfreut und darf Ihnen dafür von Herzen danken, daß Sie mir während Ihrer Anwesenheit (in München zur Première) neuerdings die Uraufführung von ›Die Liebe der Danae‹ für Salzburg zugesagt haben. Ich werde also das Werk bei den Salzburger Festspielen 1944 zur Uraufführung bringen, als Festaufführung zur Feier Ihres 80. Geburtstages. Wie vereinbart, soll vorerst über diese Tatsache nichts veröffentlicht werden. Ich habe diese unsere Abmachung heute an Herrn Minister Dr. Goebbels geschrieben, dessen besonderer Wunsch es ja war, die Uraufführung für Salzburg zu gewinnen« (5. November 1942). Goebbels muß demnach davon unterrichtet gewesen sein, daß die ›Danae‹ schon vollendet war, und er hatte wohl von vornherein seine Hand im Spiel.

Der Antwortbrief Strauss' ist nicht erhalten, vielleicht hat es keinen gegeben, aber nun konnte er nicht mehr zurück. Nicht so sehr Clemens Krauss als Goebbels hatte sein Wort. Aus heutiger Zeit rückblickend versteht man oft nicht, daß die Naziführung im letzten Kriegsjahr nicht andere Sorgen hatte als die Oper in Salzburg. Aber der Propagandawert auch unpolitischer Unterhaltung zur angeblichen Stärkung eines angeblichen Durchhaltewillens wurde von Goebbels sehr hoch angesetzt. Einlullende, affirmative, ablenkende Kunstprodukte wurden gefördert. Zählte er die ›Danae‹ dazu, was sie dann doch nicht verdient hätte? Selbst im Sommer 1944, als die Invasion der Alliierten in Frankreich geglückt war, in Italien der Vormarsch der Engländer und Amerikaner die Toscana erreicht und die ersten Vorstöße der Russen die ehemalige polnische Grenze erreichten, die deutsche Kriegsmarine schon hoffnungslos geschlagen war und die deutsche Luftwaffe nur noch klägliche Versuche machte, die alliierten Bombengeschwader zu beeinträchtigen, verfügte Goebbels, daß in Salzburg (das noch von keiner Bombe getroffen worden war) ein ›Theater- und Musiksommer‹ vom 5. bis 31. August abgehalten werden sollte. Vorgesehen waren ›Emilia Galotti‹ von Lessing und ›Lumpazivagabundus‹ von Nestroy, Mozarts ›Cosi fan tutte‹ und ›Zauberflöte‹, einige Orchesterkonzerte und Serenaden, fünf ›Schubertiaden‹ und die Uraufführung der ›Danae‹ am 15. August mit vier Folgeaufführungen.

Schon nach der Zusage an Clemens Krauss hatte Strauss die Partitur der ›Danae‹ zum Druck gegeben. Sie erschien bei Johannes Oertel, Berlin, und wurde in Leipzig gedruckt. Der Titel der Oper lautete nun ›Die Liebe der Danae/Heitere Mythologie in drei Akten von Joseph Gregor. Musik von Richard Strauss. Opus 83. Meinem Freunde Heinz Tietjen gewidmet.‹ Der heute übliche Zusatz im Titel ›mit Benutzung eines Entwurfs von Hugo von Hofmannsthal‹ fehlte damals. Er wurde nach dem Krieg von den Erben Hofmannsthals erzwungen. Tietjen war seit

1933 Generalintendant der Preußischen Staatstheater. Im Januar 1943 verbrannten bei einem Luftangriff auf Leipzig 1500 Klavierauszüge und Partituren. So mußte neues Material hergestellt werden. Die Dekorationen und Kostüme – nach Entwürfen von Emil Preetorius unter Mitarbeit seines Assistenten Herbert Kern – wurden in München und in Prag hergestellt. Bei Luftangriffen auf München wurden (wie Krauss in einem Brief an Strauss am 28. Juli 1944 mitteilte) Teile der schon fertigen Schreinerarbeiten und einige hundert Meter Stoff vernichtet. In einem für die schwierigen Verhältnisse ungeheuren Aufwand wurden daraufhin die Münchner Werkstätten nach Salzburg verlegt, wo die Dekoration fertiggestellt wurde. Die Teile aus Prag trafen ohne Schwierigkeiten und termingerecht ein.

Mitten in die Vorbereitungen zur Uraufführung platzte die Nachricht vom Attentat auf Hitler am 20. Juli 1944. Am 27. Juli erging der Erlaß Hitlers über den totalen Kriegseinsatz. Was der ›totale Krieg‹ war, wußte niemand. Totaler (um einen an sich unzulässigen Komparativ zu gebrauchen) als der Krieg schon war, konnte er nicht werden. Eine leere Worthülse also und ohne praktische Auswirkung mit der Ausnahme, daß Goebbels per 1. September 1944 die Schließung aller Theater verfügte und die Festspiele strich (am 29. Juli). Der Salzburger Gauleiter Dr. Scheel wollte sich aber die ohnedies bescheidenen Festspiele nicht nehmen lassen und erreichte bei Hitler und Goebbels wenigstens, daß ein Konzert (8. Symphonie von Bruckner unter Furtwängler, 14. August) und die Generalprobe der ›Danae‹, die für den 16. August festgelegt wurde, stattfinden durften.

Etwa acht Tage vorher (wohl am 9. August) kam Richard Strauss – versehen mit einer Sonder-Reisegenehmigung des Gauleiters – nach Salzburg. Da ereignete sich dann die Szene, die Rudolf Hartmann, der Regisseur der Aufführung, in seinem viel zitierten Brief an Willi Schuh vom 22. Januar 1945 geschildert hat. Alle, die bei der ›Danae‹ mitwirkten, empfanden die Situation wie eine Insel des Friedens. Salzburg war noch unzerstört, die Versorgungsanlage dort, gemessen an der allgemeinen Lage, leidlich. Sänger und Orchester gaben ihr Bestes; freilich, der Dirigent Clemens Krauss hatte es leicht, denn seine Musiker waren ›u. k. gestellt‹ – also unabkömmlich. Bei der geringsten Disziplinverletzung, beim kleinsten Aufmucken bei Proben und dergleichen blühte den Herrn Philharmonikern der Entzug des ›u. k.‹, und sie wären am nächsten Tag an der Front gewesen. Kein Wunder also, daß sie geigten und bliesen wie die Engel. Bei den Sängern war alles aufgeboten worden, was Rang und Namen besaß (und arisch war): Horst Taubmann (Midas), Hans Hotter (Jupiter), Franz Klarwein (Merkur), Viorica Ursuleac (Danae), Maud Cunitz (Semele) und andere. Richard Strauss betrat still (wie manchmal Jupiter) den schon abgedunkelten Zuschauerraum, nachdem die Probe begonnen hatte, setzte sich neben Hartmanns Regiepult und verfolgte die Probe. Gegen Ende des zweiten Bildes ging Strauss an den Orchestergraben und lauschte der letzten Szene. »Zutiefst berührt und im Innersten aufgewühlt«, schreibt Hartmann, »glaubt man die Gegenwart unserer Gottheit ›Kunst‹ beinahe körperlich zu fühlen.« Nach Verklingen des letzten Tones und gebührendem Schweigen hob Strauss dankend die Hände und sagte zu den Philharmonikern: »Vielleicht sehen wir uns in einer besseren Welt wieder!« Was Strauss damit gemeint hat, ist nie ganz klar geworden. Vielleicht war er nur in rührselige Stimmung geraten und hatte womöglich vergessen, daß es ihm immer noch besser ging als der überwiegenden Mehrheit seiner Landsleute. Sie sahen sich sehr bald wieder: am 16. August, einem Mittwoch, als, wie vorgesehen, die Generalprobe der ›Danae‹ vor etwa tausend geladenen Gästen (darunter die lokale Parteiprominenz) im heutigen Kleinen Festspielhaus über die Bühne ging. Joseph Gregor war bei der Generalprobe nicht dabei, angeblich aufgrund eines Mißverständnisses. Er war zu der Zeit unterwegs und hielt sich in Konstanz auf. Die Vorgänge sind nicht ganz aufzuklären. Aus dem Briefwechsel Strauss-Gregor geht hervor, daß Gregor keine Einladung für den 16. August bekommen und Strauss sich keine große Mühe gegeben hatte, ihn rechtzeitig und ausreichend zu informieren.

Richard Strauss überlebte das Kriegsende ohne nennenswerten Schaden. Er wandelte sich sofort zum musikalischen Weltbürger und behauptete, er habe nie einen anderen Unterschied als den zwischen guter und schlechter Musik gekannt, wobei er offenbar vergaß, was er fünfzig Jahre lang über ›deutsche‹ und über ›jüdische‹ Musik gesagt hatte. Nach Kriegsende reiste Strauss mit seiner Familie in die Schweiz, kam von dort aus ins Geschäft mit dem englischen Musikbetrieb (»mein neuer Verleger Boosey und Hawkes«, schrieb er am 11. Mai 1946 an Clemens Krauss) und erlebte Strauss-Festwochen in London. Weniger gut erging es Clemens Krauss, der Dirigierverbot erhielt und sich einem Spruchkammerverfahren unterziehen mußte.

1946 sah es kurze Zeit so aus, als kämen drei gleichzeitige Uraufführungen der ›Danae‹ (in London, Stockholm und Zürich) zustande. Dazu dachte Strauss an eine weitere Uraufführung in Wien, aber nur unter der Bedingung, daß Krauss wieder dirigieren dürfe. Wieweit das alles Optimismus von Strauss, wieweit wirklich reale Pläne waren, ist nicht auszumachen. Dazu kamen nicht unbedeutende rechtliche Probleme: einerseits gab es den Aufführungsvertrag von 1944, anderseits betrachtete sich die neue Festspielleitung in Salzburg (die 1945 sofort wieder Festspiele veranstaltet hatte) nicht als Rechtsnachfolgerin der alten, hatte aber unter unverhältnismäßig hohen Kosten (Krauss spricht von 21.000 Mark) neues ›Danae‹-Material herstellen lassen; hinzu kam Strauss' Verlagswechsel zu Boosey & Hawkes. 1946 hatte Krauss die etwas abenteuerliche Idee, die Oper in Genf aufzuführen: »Einnahme (zu Phantasie-Preisen) für das Rote Kreuz« (Brief Krauss' vom 24.6.1946), eine Idee, die Strauss sofort ablehnte: »›Danae‹ mit Rotem Kreuz im zu kleinen Theater von Genf, der Hochburg der zeitgenössischen Musik! Undenkbar! Wir wollen warten! Wenn ich es auch nicht mehr erlebe – . . .« (Brief Strauss' vom 12.7.1946).

Strauss erlebte es tatsächlich nicht mehr. Erst am 14. August 1952, fast genau acht Jahre nach der Generalprobe, fand die Uraufführung statt. Es war das erste Mal, daß Clemens Krauss wieder in Salzburg dirigierte. Regisseur und Bühnenbildner waren wie 1944 Hartmann und Preetorius, von den Sängern der Hauptpartien von 1944 aber war keiner mehr dabei. Den Jupiter sang nun Paul Schöffler, den Merkur Josef Traxel, den Midas Josef Gostie, die Danae Annelies Kupper. »Es war ein großes Ereignis«, schreibt William Mann, »aber man konnte sich doch des Gefühls nicht erwehren, daß die eigentliche Uraufführung schon acht Jahre früher stattgefunden hatte.«

BELCANTO-ZEITALTER UND RISORGIMENTO

Vincenzo Bellini und seine Oper ›Norma‹

Die Kunstform der Oper ist italienischen Ursprungs, breitete sich aber noch im Laufe des 17. Jahrhunderts über ganz Europa aus, und unter ›*italienischer Oper*‹ verstand man keinen nationalen Besitzanspruch (nationale Besitzansprüche in der Musik, an und für sich ein Unding, sind erst eine Errungenschaft der 2. Hälfte des 19. Jahrhunderts), sondern die Bezeichnung einer Gattung. Ein deutscher Komponist konnte ohne weiteres in und für England italienische Opern schreiben (Händel). Ein Seitentrieb der Oper entwickelte sich in Frankreich: die ›*französische Oper*‹. Auch sie war ein Gattungsbegriff. Einer ihrer ersten Meister, Lully, war ein Italiener. Die ›*französische Oper*‹ blieb lokal begrenzt, sie gab es außerhalb Frankreichs nicht, seltsamerweise nicht einmal in Spanien, das im 18. Jahrhundert in der Literatur, in der Malerei und überhaupt kulturell (weil politisch) ein Satellit Frankreichs war; in der Oper blieb selbst Spanien italienisch. Auch Frankreich selber war in der Oper nicht nur französisch, denn immer wurden in Paris auch italienische Opern gegeben, französische Opern außerhalb Frankreichs allerdings nicht.

Der Opernstreit in Paris um Gluck und Piccini in den Jahren um 1770 bis 1780 war eigentlich ein unentschieden endender Streit zwischen den Anhängern der französischen und denen der italienischen Oper. Die französische Oper unterschied sich von der italienischen durch mehr Aufwand, höheren literarischen Anspruch an den Text, größeren Einsatz von Chor und Ballett, ausgefeiltere Instrumentation und vor allem das Fehlen von Kastraten, dem Um und Auf der italienischen Oper bis zum Ende des 18. Jahrhunderts. Mit dem Verschwinden der Kastraten von der Opernbühne (von der Musikszene überhaupt verschwanden sie noch lange nicht, die päpstliche Kapelle verwendete sie für die Kirchenmusik noch hundert Jahre; der letzte Kastrat, Alessandro Moreschi, starb als pensioniertes Mitglied der Sixtinischen Kapelle 1922) verflachte der Unterschied zwischen italienischer und französischer Oper. Die Entwicklung ist bei Mozart abzulesen: Idamantes in ›Idomeneo‹ ist noch ein Kastrat, Cherubino im ›Figaro‹ bereits eine Hosenrolle. Das Verschwinden der Kastraten – im humanen Interesse so zu begrüßen wie im musikalischen zu bedauern – hatte mehr Einfluß auf den Gang der Musikgeschichte als die gesellschaftlichen Veränderungen durch die zufällig etwa gleichzeitige Französische Revolution, obwohl natürlich durch sie und vor allem durch Napoleon französisches Kulturgut – und damit die französische Spielart der Oper – in Europa Übergewicht bekam. In Cherubini und Meyerbeer verschmolz die Tradition der italienischen und französischen Oper zur Grand Opéra des 19. Jahrhunderts, aus der seinerseits Wagner, anderseits Gounod hervorging. In Italien selber, das seine große Operntradition selbstverständlich nie vergessen hat, entwickelte sich dann in den zwanzig Jahren nach Mozarts Tod eine neue italienische Oper, die – von uns aus gesehen, damals zählten auch viele andere Namen – mit den Werken Rossinis, Donizettis und Bellinis verknüpft ist.

Rossini, der sozusagen direkt an Mozart anknüpft (auch biographisch: er ist drei Monate nach Mozarts Tod geboren) und die musikdramatischen Errungenschaften des ausdrücklich und höchlichst bewunderten Meisters perfektioniert, damit aber auch vergröbert – was der Bewunderung Rossinis als Stern erster Güte in *seiner* Milchstraße keinen Abbruch tun soll – hat, kaum dreißig Jahre alt, aufgehört, zumindest *italienische* Opern zu komponieren, und den Platz für die beiden nur wenig jüngeren Talente Donizetti und Bellini freigemacht, obwohl er beide weit überlebte. Eine gewisse Verachtung oder zumindest Verweisung des Belcanto in den Bereich des nahezu nur Unterhaltenden (feiner ausgedrückt: des Dionysischen), was nicht zuletzt durch die zunehmende Intellektualisierung der Musik gegen Ende des 19. Jahrhunderts eingetreten ist, hat es mit sich gebracht, daß man Bellini und Donizetti (und auch den jungen Verdi bis zum ›Rigoletto‹) in einen Topf wirft und sich keine großen Gedanken um die Differenzierung macht. Dazu kommt, daß die Opern Bellinis und die Donizettis (mit Ausnahme des ›Don Pasquale‹ und der ›Lucia‹) aus dem Repertoire verschwunden sind, was seine Gründe in Besetzungs-Schwierigkeiten hat (für die ‹Norma› braucht man nicht nur einen, sondern zwei virtuose Soprane), aber auch in der fatalen Eigengesetzlichkeit der Repertoire-Verengung großer Sänger. Erst die Schallplatte hat uns in den Stand gesetzt, Bellini und Donizetti wieder sinnlich wahrzunehmen. Wir können heute nur noch kopfschüttelnd konstatieren, daß im einzigen Monat April 1833 in London nicht weniger als vier Opern Bellinis, nämlich ›Il Pirata‹, ›Norma‹, ›La Sonnambula‹ und ›I Capuleti ed i Montecchi‹, neu inszeniert wurden.

Vincenzo Salvatore Carmelo Francesco Bellini wurde am 2. November 1801 in Catania auf Sizilien geboren, im Todesjahr Cimarosas, im gleichen Jahr wie Lortzing. Er war vier Jahre jünger als Schubert und zwei Jahre älter als Berlioz. Mit der venezianischen Malerfamilie Bellini des Cinquecento und mit dem florentinischen Anatom Lorenzo Bellini des 18. Jahrhunderts (dem Entdecker der Nierenfunktion) hatte die sizilianische Musikerfamilie nichts zu tun. Vincenzo Bellini, ein kompositorisches Wunderkind – seine ersten Werke, darunter ein ›Tantum ergo‹, schrieb er im Alter von sechs Jahren –, erhielt eine gediegene musikalische Ausbildung am Real Collegio in Neapel, wo er Schüler des seinerzeit berühmten Nicola Zingarelli war. Die Tradition war nicht unwichtig. Zingarelli, der nach einer glänzenden Karriere als Opernkomponist Kapellmeister an St. Peter in Rom wurde, bevor er als Professor an das Konservatorium seiner Heimatstadt Neapel überwechselte, war noch Schüler Fedele Fenarolis gewesen, der seinerseits Schüler Francesco Durantes und Leonardo Leos gewesen war, und damit in der Lage, die Errungenschaften der alten neapolitanischen Opernschule sozusagen aus erster Hand zu überliefern. Daß die ersten Kompositionen Bellinis Kirchenkompositionen waren, ist nicht seltsam. Alle italienischen Opernkomponisten bis zu Puccini hatten entweder als Kirchenmusiker angefangen oder zumindest eine dementsprechende Ausbildung empfangen. Man war der – vielleicht berechtigten – Ansicht, daß nur eine Beherrschung des strengen Stils, des kontrapunktischen Handwerks, und die Erfüllung der ernsten Ansprüche der musica sacra einen jungen Musiker instand setzen würden, sich mit Erfolg dem glitzernden Geschäft der Opernkomposition zuzuwenden.

Bellini unterzog sich dieser Forderung, wie es scheint, ohne Murren. Er studierte am Real Collegio ab 1819 und schloß seine Studien 1824 ab. Außer Kirchenmusik entstanden in dieser Lehrzeit auch einige symphonische Werke und ein Oboenkonzert, dessen Ton bereits die elegante Bläserbehandlung und die geschmeidig-schmerzliche Melodik des späteren Meisters erkennen läßt. Die Aufführung der ersten Oper Bellinis, ›Adelson e Salvini‹ (das Libretto behandelte ein blutrünstiges Künstlerschicksal und spielte merkwürdigerweise in Irland), wurde durch die Hoftrauer nach dem Tod König Ferdinands I. verhindert, die Aufführung der zweiten Oper ›Bianca e Fernando‹ durch die Zensur. So wenig der junge Bellini sich gegen die strenge und vielleicht sogar sture Ausbildung am Real Collegio wehrte, so strikt lehnte er das politische System seiner Umwelt ab. Bellini wuchs im Königreich Beider Sizilien auf, zu dem sowohl Catania als auch – als eine der beiden Hauptstädte (die andere war Palermo) – Neapel gehörten.

In der Zeit der Restauration nach dem Fall Napoleons taten sich dieser Neapolitanisch-Sizilianische Staat (ein dynastisches Kunstgebilde aus dem 18. Jahrhundert) durch ganz besonders betonte Reaktion, seine Könige aus der sizilianischen Linie der spanischen Bourbonen durch selbst andere konservative Monarchen und Politiker erstaunende Borniertheit und Böswilligkeit hervor. Die neapolitanische Zensur war kleinlicher als selbst die päpstliche oder die metternichsche, und es verwundert nicht, daß gerade in Neapel und in Sizilien damals die Camorra und die Mafia (als in jenen Zeiten ehrenwerte Selbsthilfeorganisation der Unterdrückten) entstanden. Es heißt, daß Bellini in seiner Studienzeit der intellektuell-politischen Richtung dieser Widerstandsbewegungen, den Carbonari, beigetreten ist. Dokumente darüber gibt es aus begreiflichen Gründen freilich nicht.

Bellini verließ seine Heimat 1827 und ging nach Mailand, in dem nicht nur – obwohl es zum metternichschen Österreich gehörte – ein etwas liberalerer Wind wehte, sondern das vor allem auch durch die Scala das Zentrum der italienischen Oper war. Im gleichen Jahr noch wurde dort Bellinis ›Il Pirata‹ uraufgeführt, die erste gemeinsame Arbeit Bellinis mit dem Textdichter Felice Romani. Die Begegnung des Komponisten mit Romani war einer der Glücksfälle der Operngeschichte. Romani – von Geburt Genuese und zwölf Jahre älter als Bellini – war einer der unzähligen Juristen, die sich der Literatur zuwandten. Auch er war ein romantischer Freiheitsanhänger und ein italienischer Patriot. Er verkehrte in Mailand, wo er seit 1814 lebte, mit dem Wiedererwecker Dantes, Vincenzo Monti, und dem Feuerkopf Ugo Foscolo, schrieb literarische Kritiken, Gedichte und eine – unvollendet gebliebene – Geschichte Italiens. Sein Hauptberuf war das Verfassen von Libretti, von denen er insgesamt fast hundert schrieb, unter anderem für Simon Mayr (Goethes »alten Mayr von Bergamo«), Rossini, Donizetti und Mercadante. Noch Verdi vertonte eins der Romanischen Bücher. Felice Romani war einer jener italienischen Dichter wie vor ihm Metastasio oder Da Ponte, die ihre literarische Kraft in den Dienst der Musik stellten, wodurch ihre schöpferischen Leistungen (und ihre Leistungen für die italienische Sprache) in den Schatten traten und sogar verkannt sind. Es ist hier nicht der Ort, die beachtenswerten *literarischen* Leistungen dieser großartigen Dichter – denn das waren sowohl Metastasio als auch Da Ponte und Romani – zu untersuchen. Es sei nur wieder einmal davor gewarnt, diese Meister der Sprache in das Gebiet der Zweitrangigkeit zu verbannen, denn damit wird man ihnen nicht gerecht. Mit Bellini verband Romani eine lange, allerdings in den letzten Jahren des Musikers getrübte Freundschaft, deren Grundlage nicht zuletzt auch die gemeinsame, wenngleich geheime politische Opposition gegen den Polizeistaat des Vormärz war.

1829 wurde ein weiteres Werk Bellinis und Romanis, ›La Straniera‹, an der Scala uraufgeführt, 1830 in Venedig das dritte, ›I Capuleti ed i Montecchi‹ (nach Shakespeares ›Romeo und Julia‹), 1831 an einem anderen Mailänder Theater, dem Teatro Carcano, das vierte, die Buffa ›La Sonnambula‹. Schon mit ›Il Pirata‹ war Bellini in die Reihe der ersten Sterne der italienischen Opern-Maestri aufgerückt und galt als einer der Erben Rossinis. Nach der glänzenden Uraufführung der ›Sonnambula‹ im März 1831 zog sich Bellini wegen der Cholera, die in Mailand ausbrach, auf ein kleines Landgut in der Nähe von Como zurück, in die bessere Luft am Fuß der Berge, wo in Casalbuttano die Familie Turina einen Besitz hatte. Die Tochter des Hauses, Giulietta Turina, war die Geliebte Bellinis, ein Verhältnis, das freilich durch eine andere Giulietta – die berühmte Sängerin Pasta – beeinträchtigt wurde, die in der Uraufführung der ›Sonnambula‹ die Titelrolle gesungen hatte. Schon das romantische Seelenleben Bellinis, seine Liebe zu den zwei Giulietten, die finsteren Mächte von Schwermut und Krankheit, der frühe Triumph und der frühe Tod stempeln Vincenzo Bellinis Leben eher zu einer hoffmannesken Novelle als zu einer Biographie.

In der Zurückgezogenheit Casalbuttanos arbeitete Bellini langsamer, als er es gewohnt war, und mit mehr Muße zur Sorgfalt als sonst an der Partitur der ›Norma‹, des Werkes, das seinen Namen in der Musikgeschichte und im Gedächtnis und der Liebe der Opernfreunde am stärksten verankern sollte. Das Libretto hatte wiederum Felice Romani geschrieben, und zwar auf der Grundlage der am 6. April 1831 in Paris uraufgeführten fünfaktigen Verstragödie ›Norma‹ des – obgleich zu den Unsterblichen der Académie Française gehörenden – heute längst vergessenen Alexandre Soumet. Aber Felice Romanis Arbeit war (und ist) dennoch ein selbständiges Werk. Er raffte die fünf Akte Soumets auf zwei, benutzte nur das Handlungsgerüst; die Sprache ist die Romanis, und ihm gehörten auch die Gedanken von Freiheit und Patriotismus, vom Widerstand gegen eine Besatzungsmacht, die sein ›Norma‹-Libretto auszeichnen. Jeder wußte damals, daß mit der patriotischen, freiheitsliebenden gallischen Priesterin Norma die italienische Seele gemeint war, die nach Erlösung dürstete, und mit den perfiden Römern – in seltsamer Contradiction, an der sich aber offenbar niemand stieß – die ungeliebte österreichische Regierung. Die Handlung ist die Tragödie der zwischen Pflicht und Neigung schwankenden gallischen Priesterin und Seherin Norma, die – ohne daß die Gallier und ihr eigener Vater, der Oberpriester, es ahnen – vom Römer Pollione, dem Prokonsul, zwei Kinder hat. Selbstverständlich hat Norma damit nicht nur Verrat an ihrem Volk begangen, das am Vorabend eines Aufstandes gegen die Römer steht, sie hat auch ihr Keuschheitsgelübde verletzt. Der Konflikt bricht aus, als sich der Römer Pollione von Norma abwendet und sich in Normas jüngere Priesterkollegin Adalgisa verliebt. In selbstmörderischer Furiosität offenbart nun Norma ihre eigene Schandtat, ist nahe daran, die beiden Kinder zu ermorden, was sie dann (wohl um Publikum und Zensur nicht allzu sehr zu verschrecken) doch nicht tut; sie veranlaßt aber die Verurteilung ihres Ex-Geliebten zum Tode durch Verbrennen. Als der Geliebte schon angekettet auf dem bereits brennenden Scheiterhaufen steht, steigt sie freiwillig zu ihm hinauf, um ihren Verrat durch den Tod zu sühnen, womit sie gleichzeitig das Signal zum Aufstand gibt.

Dieses Drama, das gewisse historische Reminiszenzen (den Gallieraufstand unter Vercingetorix) mit anderen tragischen Motiven (›Medea‹, auch Schillers ›Jungfrau von Orléans‹) in gewiß vergröbernder Form und in melodramatischer Haltung, aber in edler Sprache vereinigte, bot dem Komponisten reichlich Gelegenheit zu großartiger musikalischer Entfaltung. Daß der germanische Irminsul in die keltische Mythologie verpflanzt wurde; die Ungereimtheit des germanischen Namens Adalgisa für eine Gallierin; die historisch hanebüchene Wendung, daß ein römischer Prokonsul von einem gallischen Gericht zum Tode verurteilt hätte werden können; das alles hat Bellini so wenig wie seine Zuhörer gestört. Und einen so kritischen Geist wie Schopenhauer auch nicht, der im zweiten Teil der ›Welt als Wille und Vorstellung‹ – einem Buch, in dem man wohl am allerwenigsten nach Aufschlüssen über Bellinis ›Norma‹ suchen würde – ausgeführt hat: »... daß selten die echt tragische Wirkung der Katastrophe, also die durch sie herbeigeführte Resignation und Geisteserhebung der Helden so rein motiviert und deutlich ausgesprochen hervortritt wie in der Oper ›Norma‹, wo sie eintritt in dem Duett ›Qual cor tradisti, qual cor perdesti‹, in welchem die Umwendung des Willens durch die plötzlich eintretende Ruhe der Musik deutlich bezeichnet wird. Überhaupt ist dieses Stück – ganz abgesehen von seiner vortrefflichen

Musik wie auch andererseits von der Diktion, welche nur die eines Operntextes sein darf – auch allein seinen Motiven und seiner inneren Ökonomie nach betrachtet, ein höchst vollkommenes Trauerspiel, ein wahres Muster tragischer Anlage der Motive, tragischer Fortschreitung der Handlung und tragischer Entwicklung, zusamt der über die Welt erhebenden Wirkung dieser auf die Gesinnung der Helden, welche dann auch auf den Zuschauer übergeht ...« Schopenhauer, sicher der bloß emphatischen Schwärmerei unverdächtig, hat diese Passage *nicht* in Zusammenhang mit Betrachtungen über die Musik niedergeschrieben, sondern, wohlgemerkt, im Kapitel ›Zur Ästhetik der Dichtkunst‹. Schopenhauer hat in dem Zusammenhang also nicht eigentlich Bellinis, sondern vielmehr Felice Romanis Verdienste gewürdigt. Schopenhauer kann es sich dann nicht versagen, noch hinzuzufügen: » ... ja die hier erreichte Wirkung ist um so unverfänglicher und für das wahre Wesen des Trauerspiels bezeichnender, als keine Christen noch christliche Gesinnung darin vorkommen.« Das schießt sicher über Romanis Absichten hinaus. Eine *christliche* Tragödie im Sinn der ›Norma‹ auf die Bühne zu stellen, wäre von der Zensur in Mailand ohne Zweifel verboten worden. Die Bühne wurde ja von der Kirche als das Weltlich-Sündige schlechthin betrachtet. Von den von ganz anderer Warte aus zu betrachtenden Jesuiten-Dramen und dergleichen abgesehen, war die Darstellung alles Sakralen auf der Bühne verboten (woran sich auch noch 1830 und später die österreichische Zensur hielt), wodurch die Kirche den eigentlich von ihr zu bedauernden Effekt erzielte, daß jahrhundertelang die heidnischen Götter auf der Bühne besungen wurden. Es durfte ja nicht einmal ein als Priester kostümierter Schauspieler auftreten, was dazu führte, daß – bei darzustellenden Eheschließungen etwa, man denke an ›Cosi fan tutte‹ – der Notar die Figur des Priesters ersetzte, was wiederum eine seltsame, meines Wissens nie untersuchte Genealogie der Opernfigur Notar bewirkte, die im Notar des ›Rosenkavalier‹ ihren bisher krönenden Abschluß fand.

Richard Wagner, dem sonst für die italienische Oper keine übertriebenen Sympathien nachzusagen sind, hat zeitlebens Vincenzo Bellini und gerade die ›Norma‹ sehr hoch geschätzt. Wir wissen aus Cosima Wagners Tagebüchern, daß ein abendliches Klavierspielen im Haus Wahnfried (aber auch auf Reisen) zu den bevorzugten Unterhaltungen des Meisters und seiner Familie gehörte. Immer wieder, bis in seine letzten Lebenstage, lesen wir Vermerke von Cosima, daß sich entweder ein Freund des Hauses (Hans Richter zum Beispiel) oder Wagner selbst ans Klavier setzte und so dahinspielte, was ihm gerade einfiel. Offenbar brauchte Wagner das, um nach der Konzentration bei der Arbeit (die nicht stark genug gedacht werden kann) auszupendeln. Manchmal spielte Wagner eigene Sachen, öfters aber – offenbar auswendig – fremde Stücke, sehr oft Bellini, dessen Werke er gut genug von seiner Kapellmeisterzeit in jungen Jahren kannte.

Schon in Würzburg hatte er die ›Straneria‹ dirigiert, in Magdeburg ›Norma‹ (wobei er sich um eine partiturgerechte Besetzung der relativ großen Banda – der Bühnenmusik von 26 Mann – bemühte) und wiederum in Riga. Für den berühmten Sänger Lablache verfertigte Wagner sogar eine zusätzliche Oroveso-Arie (ein hinreißendschmissiges Stück von talentiertester künstlerischer Mimikry), die der große Bassist allerdings nie sang. Wagner nennt Bellini »den sanften Sizilianer«; unterm 3. August 1872 notiert Cosima, daß Wagner zu einer Cantilene aus ›I Puritani‹ bemerkt habe: Bellini habe Melodien gehabt, wie sie schöner nicht geträumt werden könnten. Am 9. März 1878 vermerkt Cosima, nachdem Wagner Melodien aus ›I Capuleti‹, ›Straniera‹ und ›Norma‹ gespielt hatte: »Das ist bei aller Pauvretät wirkliche Passion und Gefühl, und es soll nur die richtige Sängerin sich hinstellen und es singen, und es reißt hin. Ich habe davon gelernt, . . . « Es gibt noch viele, zum Teil kuriose Äußerungen über Bellini in Cosimas Tagebüchern und auch in ihren Briefen nach dem Tod Wagners, so die seltsame Szene, wo Franz Liszt einen Vegetarier-Hymnus auf die Melodie des Marsches aus der ›Norma‹ singt usf. Seinen vorletzten Silvesterabend, den 31. Dezember 1881, verbringt Wagner damit, seinen Gästen Melodien aus ›Norma‹ vorzuspielen, »und ist«, wie Cosima schreibt, »den ganzen Abend über von großer Freundlichkeit«.

Es erscheint mir nicht abwegig zu vermuten, daß Wagners so auffallende, so oft und noch in seinen späten Jahren manifestierte Sympathie für Bellini und speziell für die ›Norma‹ darauf zurückzuführen ist, daß sein philosophischer Leitstern, Arthur Schopenhauer, diese Wertschätzung sanktioniert hatte, wenn dabei auch zu berücksichtigen ist, daß Wagners günstige Ansichten über Bellini auch schon in einer Zeit vorhanden waren, da er Schopenhauer noch nicht gekannt hat. Aber zu jener Zeit – also in seiner Jugend – hat Wagner auch noch andere Kollegen hochgeschätzt (Meyerbeer zum Beispiel), von welcher Meinung er später deutlich abgerückt ist. Wagners fast zärtliches Gefühl für die Melodien Bellinis dauerte an. Im Winter 1880 hat Wagner in Neapel Francesco Florimo aufgesucht, der damals schon achtzig Jahre alt war, den letzten überlebenden Freund Bellinis, seinen Studienkollegen am Real Collegio, um mit diesem über Bellini zu reden. Wagner sagte zu Florimo: »Man hält mich für einen Feind der italienischen Musik und setzt mich im Gegensatz zu Bellini. Aber nein, nein, tausendmal nein! Bellini ist eine meiner Vorlieben: seine Musik ist ganz Herz, fest und innig an die Worte gebunden . . . « Es gibt noch eine, allerdings fast legendenhafte oder jedenfalls unfaßbare Verbindung Bellinis zu Wagner. Über die letzten Lebensmonate Bellinis wissen wir wenig. Er lebte 1835, nach der grandiosen Uraufführung der ›Puritani‹, in Paris, wo er unter anderem mit Chopin freundschaftlich verkehrte. An Florimo schrieb Bellini um diese Zeit, daß ihn das Arbeitsfieber gepackt habe, und im September 1835 (wenige Tage vor seinem Tod) schreibt Bellini von einer neuen großen Oper so, als sei die Arbeit schon weit fortgeschritten. Wenn diese Nachricht stimmt, so ist die unvollendete letzte Oper Bellinis verloren, wir wissen nicht einmal Titel oder Sujet. Nur Carlo Pepoli – der Textdichter der ›Puritani‹, mit dem Bellini nach dem Zerwürfnis mit Romani zusammenarbeitete – erwähnt, daß Bellini damals an Chören für eine Oper geschrieben habe, deren Text er, Pepoli, verfaßt habe und die ›Rienzi‹ hieß (Wagners ›Rienzi‹ entstand 1838 bis 1840).

Die ›Norma‹ wurde am 26. Dezember 1831 an der Scala in Mailand uraufgeführt. Die Titelpartie sang die Primadonna Giulietta Pasta, die Adalgisa ein aufgehender Stern am Sängerhimmel: Giulia Grisi. Dennoch war die Uraufführung nur ein mäßiger Erfolg. Bellini und seine Freunde schrieben das der Clique um seinen Rivalen Pacini und dessen einflußreicher Freundin und Gönnerin, der Salonlöwin Gräfin Samayloff, zu. Unmittelbar nach der Aufführung und noch unter dem Eindruck des Fiaskos richtete Bellini an seinen Freund Florimo einen schmerzlichen Brief, in dem er aber schon die stolze Hoffnung anschließt, daß die Qualität seiner Musik sich gegen die außermusikalischen Stumpfsinnigkeiten durchsetzen werde. Bellini behielt recht. Nach der dritten Aufführung begann sich die unwägbare Gunst des verwöhnten und kapriziösen Scala-Publikums zu wandeln, und mit der vierten Aufführung begann der Triumphzug dieser Oper, der noch im Lauf der nächsten Jahre durch alle bedeutenden Opernhäuser führte. Der Erfolg dauerte an, als der Ruhm der anderen Werke Bellinis schon verblaßte. Auch die patriotischen Gefühle, die Romani und Bellini in dieses Werk investiert hatten, wurden verstanden. Der »Guerra, guerra!«-Chor des zweiten Aktes (e-Moll, allegro feroce (!)) wurde zu einer Art Marseillaise des italienischen Risorgimento, und Emilia Branca, eine der ersten Bellini-Biographinnen, beschreibt, wie sich 1847 bei einer Aufführung der ›Norma‹ in der Scala an dieser Stelle das Publikum spontan erhob und – eine unzweifelhaft antiösterreichische Demonstration – laut mitsang.

Wagners Äußerungen über Bellini sind zwar wohlwollend, aber nicht immer richtig. Die Bekundung, seine, Bellinis, Musik sei »ganz Herz«, enthält den Keim dessen, aus dem das Mißverständnis (und die Mißachtung) der Bellinischen Arbeiten erwächst: die abwertende Ansicht, daß es sich hier um einen penetranten Melodiker und eine nur aus Sentimentalität gewobene Musik handle. Robert Schumann, dessen mit Recht im großen und ganzen geschätzte musikalische Schriften in vielen Teilen nicht ohne einen Zug von Grämlichkeit sind und dessen oft schablonenhafte Urteile (zum Beispiel über *Papa* Haydn) viel Unheil angerichtet haben, schreibt fast immer in leicht abfälligem Ton über Bellini; einmal stellt er »die deutsche Prosa« (in der Musik) »Bellinischer Weichlichkeit« gegenüber. Bellini war nicht nur der Erfinder von anspruchslos-süßen Belcanto-Melodien, wenn auch – wie in dem Duett Norma-Adalgisa im zweiten Akt (»Deh! conte, con te li prendi...« C-Dur, allegro moderato), in der Auftritts- Cavatina des Pollione (»Meco all'altar die Venere«, C-Dur, Moderato) und natürlich in der unsterblichen ›Casta diva‹, der großen Arie der Norma (F-Dur, Andante sostenuto assai) – ein alles überströmender, alles niederzwingender Melodienstrom, der keinerlei Fragen nach woher und wohin mehr aufkommen läßt, sich über den Zuhörer und in sein Herz ergießt, sofern er auch nur einen Funken für die vorbehaltlose und naive Schönheit eines dionysischen Augenblicks hat. Bellinis Musik ist mehr. In der Partitur der ›Norma‹, die sich im übrigen durch eine so elegante wie unaufdringliche Instrumentation auszeichnet, findet sich eine sorgfältig ausgearbeitete, aufeinander bezogene, abgestufte und abwechslungsreiche Aufeinanderfolge von langsamen und schnellen Szenen und Tempi, von Soli und Ensembles, von dramatischen und lyrischen Momenten und eine sinnvolle Architektur der Tonarten. In der Dramaturgie der Tempi offenbart sich fast immer – in der Musik wie in der Literatur – das wahre Genie.

Der feierliche und düstere Anfang der Ouvertüre in g-Moll geht in einen raschen Mittelteil mit einer markanten Melodie in der Paralleltonart über, dem sich eine aufgeregte Überleitung, wieder in g-Moll, anschließt; sie wird plötzlich von einer klaren und heiteren Passage in G-Dur abgelöst, die fast wie ein Reigen seliger Geister wirkt. Mit einigen strettaartigen Takten in G-Dur schließt die Ouvertüre; aber die Tonart nimmt die verhaltene, feierlich schreitende Introduktion auf, die eine Ansprache des Druiden Oroveso an den Chor ist, der mit einer einfachen, aber einprägsamen Melodie antwortet (dem berühmten ›Druidenmarsch‹). Es entwickelt sich ein Dialog zwischen Oroveso und dem Chor, der das Material des Marsches verarbeitet und nach einigen markanten Aufschwüngen ins dreifache Pianissimo versinkt. Die Tonart wendet sich in der kurzen, pulsierenden Szene zwischen Pollione und Flavio wieder nach g-Moll, die Aufregung der Szene verflüchtigt sich in der virtuosen Tenorarie des Römers in der subdominanten Tonart C-Dur. Eingeleitet von einem gewaltigen, tiefen Tam-Tam-Schlag (eher einem Gong) und dem Schmettern von sechs Trompeten in Es-Dur folgt das Duett Pollione-Flavio, dem sich bald der Chor zugesellt, und das nach arienartigen Einsprengseln in einer schnellen Stretta schließt. Die Römer treten ab, die Druiden treten wieder auf, aber das schnelle Tempo und auch die Tonart Es-Dur, ebenso Teile des musikalischen Materials der vorhergehenden Szene werden beibehalten. Es tritt erst eine verhaltene Beruhigung ein, als der Chor in getragenen Akkorden mit seinem »Norma viene« den Auftritt der Titelheldin vorbereitet. Der Gesang des Chores bleibt choralartig, nur das Orchester untermalt ihn mit den marschartigen Motiven der vorhergehenden Szene, bis nach feierlichen, klar abgesetzten Akkorden der großartige Auftritt der Norma folgt: ›Sediziose voci‹, immer noch Es-Dur, aber recht frei dramatisch-schwingend, ein Rezitativ, von Choreinwürfen begleitet, das zum Prunk- und Kernstück des ersten Aktes, der Norma-Arie ›Casta diva‹, überleitet, die in einem raffinierten Vorhalt so tut, als wäre sie in g-Moll, aber dann doch in F-Dur ihren Schmelz entfaltet, den seit der Uraufführung zahllose Sängerinnen zu ihrem Ruhme dargeboten haben.

Es folgt eine Andante-Arie, ›Fine al rito‹ (stellenweise vom Chor begleitet), die durch erregte Koloraturen – ohne das Tempo zu brechen – eine quasi innere Beschleunigung erfährt und nach einer Pause (für den wohlverdienten Applaus) in eine zweite, schnelle Arie übergeht (wieder in Es-Dur), die die Motive von Anfang dieser Szene verwendet und ausführt, nach einigen atemberaubenden Läufen aus der Kehle der Norma wieder nach F-Dur geht und mit dem einmal rasch auffahrenden, aber bald ins Piano verdämmernden Marsch endet. Im Grunde genommen ist diese ganze Szene eine große Arie, gegliedert in zwei Teile: langsam-schnell, in F-Dur beginnend und in derselben Tonart endend. Norma und die Druiden verlassen die Szene, der ungetreue Pollione und die nicht minder ungetreue Adalgisa, Normas falsche Freundin, treten auf. Über B-Dur, der Subdominante der vorhergehenden Szene, entwickelt sich das musikalische Geschehen in einem hastigen Zwiegespräch zu einem Duett in f-Moll, das sich in einer leidenschaftlichen Stretta in der Dur-Parallele (As-Dur) entlädt. Aber der düstere Unterton der schmerzlich-schönen Melodie läßt keinen Zweifel daran, daß dieses heimliche Glück nicht von langer Dauer ist.

Mit einer übergangslosen, scharfen, fast schrillen Rückung von As-Dur in die weit entfernte Tonart a-Moll symbolisiert Bellini, daß in der folgenden Szene Adalgisa nun ihrer Rivalin Norma gegenübersteht. Das sich im Tempo steigernde und von a-Moll um einen Halbton nach b-Moll anhebende Rezitativ mündet in das eine der beiden bemerkenswerten ausladenden Duette Norma-Adalgisa, die korrespondierend (trotz der ›Casta diva‹) die eigentlichen Höhepunkte der beiden Akte sind, und in denen Bellini nicht nur seine ganze Melodienphantasie verströmen läßt, sondern auch seine Kunst der Stimmenverschränkung und der so sparsamen wie effektiven Orchesterbegleitung ausbreitet. Wie eine Reminiszenz, ein versteckter Vorwurf für Adalgisa steht dieses Duett in demselben f-Moll wie das vorangegangene Duett mit Pollione, endet aber hier nicht in der schmerzlichen Parallele As-Dur, sondern in der strahlenden Dominante C-Dur, das von der folgenden Szene – dem Finale des 1. Aktes – aufgenommen wird, die im Grunde genommen ein großes Terzett Norma-Adalgisa-Pollione ist (zu dem zum Schluß der Chor tritt), das in einem wirkungsvollen Wechsel von geraden und ungeraden Taktarten durch verschiedene Tonarten zurück zum G-Dur vom Anfang des Aktes führt.

Der zweite Akt beginnt mit einer Szene der Norma in getragenem Tempo in d-Moll, der altehrwürdigen Tonart des Schreckens und der Trauer; Adalgisa tritt hinzu, über g-Moll und G-Dur führt ein rascher Wechsel der Stimmung zum schon erwähnten zweiten großen Duett in C-Dur, das hier allerdings nicht das strahlende C-Dur der Jupitersymphonie ist, sondern das eines harten, scharfkantigen, weißen Marmors. Das Duett, ein Stück von höchster Virtuosität (beide Soprane haben das hohe C zu erklimmen), besteht aus drei Teilen: schnell-langsam-schnell, vom Mittelteil an in der Subdominante F-Dur stehend, der Dur-Parallele des Duetts im ersten Akt. Das F-Dur wird in der folgenden Szene des Chores und des Druiden Oroveso aufgenommen, wieder im feierlichen Ton, der die schöne Arie ›Ah del Tebro...‹ folgt, ein Glanzstück für jeden Baß. Die folgenden Szenen – eigentlich ein großes, vom Chor begleitetes Duett Norma-Oroveso – führen nach C-Dur zurück und bleiben hier, allerdings im raschen Wechsel der Tempi, und der Wechsel steigert sich; die Tragödie eilt ihrem Ende zu. Erst als Pollione auftritt, wendet sich das musikalische Geschehen wieder nach F-Dur. Ein Duett Norma-Pollione, die Abrechnung Normas mit dem ungetreuen Liebhaber, verdüstert sich in die Moll-Variante, in sein, Polliones, f-Moll des ersten Aktes, das zu Beginn des Finales kurz in die Parallele As-Dur wechselt, um nach einer Szene voll kühner und eigenwilliger Modulationen in das G-Dur der großen Finalarie Normas überzugehen: ›Qual cor tradisto, qual cor perdesti ...‹, das schon Schopenhauer, wie oben zitiert, wegen seiner anrührenden Schönheit hervorhebt. Der Eintritt des Chores und der anderen Personen bringt eine Modulation mit sich: das musikalische Geschehen pendelt sich nach E-Dur ein, der Mediante von G-Dur, und nach dem letzten Aufbäumen der Melodien, in denen sich die stets führende Stimme der Norma mit den Stimmen Polliones, Orovesos und des Chores vereinigt, verdüstert und verlangsamt sich das Finale bis zu den letzten Akkorden in e-Moll, der Moll-Parallele des Anfangs, dem Schlußpunkt eines großen Bogens.

Man sieht: selbst eine vergleichsweise kursorische Analyse des musikalischen Geschehens zeigt hier Bellini durchaus nicht als penetranten Melodiker, sondern als musikalischen Dramatiker von hohem Talent, wahrscheinlich von Genie. Viele neigen beim Anhören stark melodiöser Stücke dazu, beim Anhören von Gesangsbögen, die die Seele, jeden intellektuellen Widerstand brechend, in die Tiefen unschuldiger Schönheit hineinziehen, zu übersehen, was dahintersteckt, namentlich wenn der Komponist keine deklarierten Ideologien davorgestellt hat. Nicht zuletzt das Fehlen einer Ideologie, die Unschuld seiner Musik haben dem Ansehen Bellinis geschadet, haben seine Werke in den Schatten treten lassen. Wer aber gerade die ›Norma‹ vorurteilslos anhört, wird sich der Erkenntnis nicht entziehen können, daß es sich lohnt, in diesen Schatten hineinzuleuchten.

Die Bedeutung Bellinis für seine Zeit – nicht nur in der Zeit seines kurzen Lebens, sondern in den Jahrzehnten der Herrschaft des Belcanto, abgelöst erst Ende des Jahrhunderts durch den Verismo – ging darüber hinaus. Erstens waren seine Opern zusammen mit den Werken Rossinis, Donizettis und des jungen Verdi (und anderer, heute fast vergessener Komponisten wie Mercadante) unerläßliche Kassenfüller für die weitgehend unsubventionierten Theater und für die auf Profit bedachten Impresari, sie waren außerdem diejenigen Stücke, in denen die Primadonnen und Primouomini brillieren konnten. Das galt nicht nur für Italien, sondern für alle Städte, in denen italienische Opern gespielt wurde. In Italien selber waren Bellinis Opern (und alle Belcanto-Opern) patriotische Nahrung. Im Todesjahr Bellinis war Italien noch weit davon entfernt, politisch geeint zu sein. Es bestand aus drei mäßig großen Staaten: dem schon erwähnten Königreich Beider Sizilien unter bourbonischer Fremdherrschaft, dem Kirchenstaat unter dem krampfhaft mittelalterlichen Regiment des Papstes und dem Königreich Sardinien, das aus dieser Insel und Piemont mit Ligurien bestand, Hauptstadt war Turin. Daneben gab es eine Anzahl von Kleinstaaten wie Modena, Parma und Toscana, und große Teile des Landes waren österreichische Provinzen, darunter die Städte Mailand und Venedig. Die italienische Sehnsucht nach einem Einheitsstaat war stark, viel stärker als das vergleichbare deutsche Einheitsstreben damals. Die italienische Bewegung war pragmatischer als die der deutschen Polit- Romantiker, wobei nicht übersehen werden darf, daß das italienische Risorgimento zwei so gegensätzliche, aber doch einheitlich wirkende Gestalten wie Garibaldi und den Grafen Cavour hervorbrachte, während sich der deutsche Geist des 19. Jahrhunderts in Bismarck erschöpfte.

Es ist hier nicht der Ort, die verwickelte und spannende Geschichte des Risorgimento auszubreiten. Nur soviel davon, daß es zumindest zeitweilig eine wirkliche Volksbewegung war, die alles ergriff: den Bauern und den Dichter, die Damen im Salon und nicht zuletzt die Oper. Die Macht des Gesanges – des schönen Gesanges: Belcanto – betrachteten die Italiener als ihre spezielle Kraft, als ein Gebiet, auf dem sie unüberwindlich sind. Wenn eine Primadonna auf der Bühne stand und als Norma die personifizierte Italia darstellte und die ›Casta diva‹ sang, so war das eine patriotische Tat – eine ungefährliche außerdem, wofür die pragmatische Geisteshaltung der Italiener auch immer Verständnis zeigt.

In fast allen Opern Bellinis, in vielen Opern Donizettis, in einigen späteren Werken Rossinis und in nahezu den gesamten Werken des jungen Verdi ist in den Libretti ein Aufschrei, ein Aufruf nach Einheit und Befreiung, ein politisches Bekenntnis eingearbeitet. Bellini hat damit angefangen, Verdi war darin sein Erbe. Das Belcanto ist von der Einigung Italiens nicht wegzudenken, und was die geheime, versteckte Wirkung betrifft, so war sie nicht geringer für den Sieg des Risorgimento als die Landung Garibaldis in Marsala. Mit der Beseitigung der weltlichen Herrschaft des Papstes und der Übersiedlung des neuen Königs von Italien und des Parlaments nach Rom im Januar 1871 war die Einigung Italiens abgeschlossen und auch die Herrschaft des Belcanto alten Stils auf der Opernbühne zu Ende.

Die Zukunft der italienischen Oper lag in den Händen Leoncavallos, Mascagnis und Puccinis.

Für uns ist heute dieser geschichtliche Stellenwert der Meisterwerke der Risorgimento-Oper natürlich obsolet geworden, und eine Verteidigung von Kunstwerken mit historischen Motiven und unter Heranziehung des Verständnisses *aus der Zeit* hat immer den unguten Beigeschmack kleinlicher Apologie. Bellinis Werke sind auch heute noch mehr: ein Reservoir hinreißender Melodien aus einer Zeit hellerer musikalischer Naivität, dramatische Kunstwerke von ungebrochener Bühnentauglichkeit und immer noch die dankbarsten Perlenketten, die sich die Sänger umhängen können.

ROSSINIS MOSES-OPER
AUF DEM WEG VON NEAPEL NACH PARIS

Zur Entstehungs- und Aufführungsgeschichte

Die Geschichte der italienischen Oper begann in Florenz, verlagerte ihren Schwerpunkt im 17. Jahrhundert nach Venedig und im 18. nach Neapel. Rom hat nie, Mailand erst im 19. Jahrhundert in dieser Geschichte eine entscheidende Rolle gespielt. Neapel, das viele Italiener gar nicht als eine italienische Stadt betrachten, hat das wohl wechselvollste politische Geschick aller Landstriche der Halbinsel durchgemacht. Bis weit ins Mittelalter hinein griechisch und byzantinisch, dann normannischer, schwäbischer, spanischer Herrschaft unterstellt, bietet seine Vergangenheit das bunteste (und blutigste) Bild nationaler Vielfalt. »Solange Neapel steht, waren seine Herrscher Fremde... Ein unnationales, charakterloses Volk nimmt jeden Herrscher hin«, schreibt Gregorovius 1853 und berichtet die Klage eines der seltenen neapolitanischen Patrioten, der resigniert bedauert, daß das Volk von Neapel »um jeden Despoten (tanzt), wenn er ihnen nur ein Kinderspielzeug, ein Licht, eine bunte Ampel vor die Augen hält«. Daß die Musik in Neapel, in der Stadt ungehemmter Unterhaltungslust, seit jeher eine große Rolle gespielt hat, ist nicht verwunderlich.

Die Wechselhaftigkeit der Geschichte Neapels erreichte zu Lebzeiten des jungen Rossini ihren Kulminationspunkt mit bereits grotesken Zügen. Seit Beginn des 18. Jahrhunderts regierte in den durch Personalunion verbundenen Königreichen Neapel und Sizilien eine besonders degenerierte Seitenlinie des spanischen Bourbonenastes, seit 1759 Ferdinando IV. 1799 rückten französische Revolutionstruppen in Neapel ein, der Hof floh nach Palermo. Die Franzosen erklärten die königliche Herrschaft für erledigt und riefen die Parthenopeische Republik aus, die jedoch schon nach einem Monat unter den Angriffen des Cardinals Ruffo und seiner Glaubens-Armee wieder zusammenbrach. 1805 verfügte Napoleon (inzwischen Kaiser geworden) von Wien aus die Absetzung der Bourbonen und setzt seinen Bruder Joseph zum König von Neapel ein, der das Königreich aber 1808 an Joachim Murat abtreten mußte.

Murat, jetzt König Joachim I. Napoleon, war einer der fähigsten Generale Napoleons, aber ein politischer Abenteurer. Schon während des Rußlandfeldzuges 1812 begann er Geheimverhandlungen mit Österreich, nahm zwar – als einziger Marschall partiell erfolgreich – noch an der Schlacht bei Leipzig auf Napoleons Seite teil, wechselte danach aber sofort die Front und fiel Napoleon in den Rücken, wofür er von Österreich, Preußen und Rußland seine Herrschaft in Neapel garantiert bekam. Auf dem Wiener Kongreß protestierten die Bourbonen dagegen. Murat sah seine Felle davonschwimmen, wechselte wieder die Front, versuchte sein Königreich mit Waffengewalt zu verteidigen und endete am 13. Oktober 1815 als verurteilter Usurpator vor einem bourbonischen Peloton in Pizzo in Calabrien.

In Neapel war Murat nicht unbeliebt gewesen: er hob die Privilegien der Geistlichkeit auf, versuchte, soziale Mißstände abzuschaffen, und gab dem Land nach (gemäßigtem) französischem Vorbild eine Verfassung und eine moderne Verwaltung. Unter anderem reorganisierte er das musikalische Erziehungswesen. Das ›Real Collegio di Musica‹ verdankt Murat seine Gründung.

Im Frühjahr 1815, als Murat (nach dem Sturz Napoleons) noch in Neapel regierte, kam der 23 Jahre alte Rossini das erste Mal dorthin. Musik, Theater und Oper waren durch die politischen Wirren unangefochten. Die zwei Theater – das 1737 erbaute San Carlo, ein Bibiena-Bau, und das 1787 errichtete Teatro del Fondo (heute: Teatro Mercadante) – standen unter der Leitung des ebenso schlauen wie energischen Impresarios und ehemaligen Kellners Domenico Barbaja (1778-1841), der das Genie Rossinis erkannte, was nicht schwer war; denn Rossini hatte bis dahin schon vierzehn Opern geschrieben, die zum Teil höchst erfolgreich waren. Barbaja bot Rossini einen Vertrag an, durch den der Komponist verpflichtet war, jährlich zwei Opern für Neapel zu schreiben. Das Honorar Rossinis belief sich nach seinen eigenen Angaben Ferdinand Hiller gegenüber auf achttausend Francs jährlich, nach Stendhal auf zwölftausend Francs, nach Pougin zweihundert Dukaten im Monat, was einer Kaufkraft von etwa tausend Mark heute (1988) entspricht. Der Vertrag gestattete Rossini auch, für andere Bühnen nebenher zu schreiben, und entband Barbaja für die Zeit der dadurch bedingten Abwesenheit Rossinis aus Neapel von der Zahlungspflicht. Rossini machte von dieser Klausel ausgiebig Gebrauch. Er schrieb neben den Opern für Neapel andere Werke, u.a. für Rom den ›Barbiere di Siviglia‹.

Der Vertrag trat im Herbst 1815 in Kraft, um die Zeit, als König Murat in der Schlacht bei Tolentino endgültig seine Herrschaft verlor und König Ferdinand IV. in seine Hauptstadt zurückkehrte. Ferdinand, der sich nun König Beider Sizilien (Re di Due Sicilie) nannte, hob zwar auf dem Papier alle Reformen Murats auf. Aber die schlampige Verwaltung reagierte so langsam, daß die relativ liberalen Errungenschaften der französischen Zeit praktisch doch erhalten blieben. Noch 1853 stellt Gregorovius erstaunt fest, daß Münzen mit dem Bild Murats genauso umlaufen wie solche mit dem König Ferdinands.

Völlig unangefochten von allen politischen Wirrungen blieb der Theaterbetrieb. Keiner der Umstürze der Jahre von 1799 bis 1815 haben auch nur im entferntesten das Theater in Neapel so stark berührt wie der Brand des Teatro San Carlo im Frühjahr 1816. Rossini hatte zu der Zeit bereits seine erste Oper für Barbaja geschrieben: ›Elisabetta, regina d'Inghilterra‹, die am 4. Oktober 1815 im alten San Carlo uraufgeführt wurde, die zweite Oper für Neapel: ›La Gazetta‹, eine Buffa, wurde im Ausweichquartier Barbajas, im Teatro dei Fiorentini, am 26. September 1816 erstmals gegeben, und schon am 4. Dezember des Jahres folgte (im Teatro del Fondo) ›Otello, ossia il moro di Venezia‹, der mit Shakespeares Drama kaum mehr als den Namen gemeinsam hat. Am 11. November 1817 erlebte dann ›Armida‹ in dem offenbar in Windeseile (durch Antonio Niccolini) wiederaufgebauten San Carlo ihre Uraufführung.

Die Stagione 1817/18 (traditionsgemäß von Anfang November bis Karnevalsende reichend) verkürzte sich erheblich, weil Ostern 1818 auf den frühestmöglichen Ostertermin, nämlich den 22. März fiel. Dadurch verlagerten sich die Fastenzeit und das Ende des Karnevals nach vorn. Barbaja umging das Verbot weltlicher Theateraufführungen dadurch, daß er Rossini beauftragte, eine geistliche Oper zu schreiben, also ein Werk nach einem biblischen Stoff: ›Mosè‹. Das Werk, das dann am 5. März 1818 in San Carlo uraufgeführt wurde, trug die Gattungsbezeichnung ›azione tragico-sacra‹. Rossini selber bezeichnete es gelegentlich als ›oratorio‹. Wie sehr dieses Werk als quasi-geistliche Musik betrachtet wurde, zeigte, daß für Rossinis Totenmesse in Paris dem berühmten ›Gebet‹ der liturgische Agnus Dei-Text unterlegt wurde. Bei ähnlicher Gelegenheit wurde es in Florenz sogar während der Transsubstantiation (in Bearbeitung für zwei Geigen!) gespielt.

Diesem Trick Barbajas kam eine für die Entstehung des ›Mosè‹ nicht unwichtige, in der Musikgeschichte kaum gewürdigte eigenständige Oratorientradition Neapels entgegen. Von der zweiten Hälfte des 17. Jahrhunderts an fanden Aufführungen allegorischer Dramen statt, die später ›drammi sacri‹ genannt und namentlich von den Oratorianern im Hof des Klosters San Agnello maggiore aufgeführt wurden. Die Oratorianer – 1558 von Goethes »humoristischem Heiligen« Filippo Neri gegründet – waren kein eigentlicher Mönchsorden, sondern eine Priestervereinigung, die im Zuge der Gegenreformation die Volkstümlichkeit der Oper ausnützen wollte. In sozusagen schüchterner Weise waren die Oratorianer so etwas wie die Liberalen der katholischen Kirche und als solche den neuen realwissenschaftlichen Erkenntnissen der Zeit gegenüber relativ aufgeschlossen. Sie verbreiteten sich bald nach der Gründung über ganz Italien und bekamen in Neapel die Kirche San Agnello maggiore (die bis heute nach Bombenangriffen im Zweiten Weltkrieg eine Ruine ist) als Andachtsstätte zugewiesen. Die Oratorien oder drammi sacri waren handfeste Stücke, in denen Stoffe aus den Heiligenlegenden abgehandelt wurden und in die sogar Buffoszenen eingearbeitet waren. Auch altbiblische Stoffe waren Gegenstand dieser geistlichen Dramen, wobei im grotesken Gegensatz zur tagespolitischen und sozialen Praxis die Juden des Alten Testaments mit den Christen der Gegenwart gleichgesetzt wurden. Als Autor solcher Dramen (die offenbar von sowohl literarischer als auch geistiger Fragwürdigkeit waren) trat von 1746 an ein Mönch hervor, Pompeo Ulisse Ringhieri (1721-1787), dessen azione sacra ›L'Osiride‹ 1760 in Padua gedruckt wurde. Auf diesem Schauspiel basierend, arbeitete ein Berufslibrettist namens Andrea Leone Tottola, gelegentlich auch Abbé Tottola genannt, einen Text aus, der den Titel ›Mosè in Egitto‹ erhielt. Tottola wurde in Neapel geboren und starb dort 1831. Er ist Verfasser von etwa hundert Libretti u. a. für Bellini, Donizetti, Mercadante, Simon Mayr. ›Mosè‹ war Tottolas erste selbständige Arbeit für Rossini, später schrieb er für ihn noch die Libretti für ›Ermione‹, ›La donna del lago‹ und ›Zelmira‹. Er bekam von Barbaja für den ›Mosè‹-Text sechzig Lire, nach heutigem Wert etwa hundert Mark. Rossini vertonte den Text in großer Hast. Eine Arie der Faraone (›Ah rispettarmi‹) komponierte Rossinis Freund Michele Carafa, Principe di Colobrano (1787-1872), ein neapolitanischer Adeliger, Offizier in der Armee Murats und überaus fruchtbarer Komponist, eine seltsame und interessante Figur der italienischen Musik des 19. Jahrhunderts, dessen (französische) Oper ›Masaniello‹ sich eine Zeitlang sogar neben Aubers ›Stummer von Portici‹ im Repertoire hielt. Er starb in Paris im Wahnsinn.

Rossinis ›Mosè in Egitto‹ hat, wenngleich das dreiaktige Werk formal als große opera seria angelegt ist, in der Tat oratorienhafte, quasi sakralmusikalische Züge: die virtuosen Arien treten zugunsten ausladender Chorpartien zurück. (Durch die Handlung bestimmt ist der Chor stärker als sonst bei Rossini dramatisches Element.) Schon im Eingangschor liegt die melodische Linie im Orchester, während der Chor quasi rezitierend begleitet, eine sakralmusikalische Technik, die noch Verdi in seinem Requiem anwendet. Auch wenn in die biblische Handlung (entnommen dem ersten Teil des II. Buches Mosis) eine ganz und gar apokryphe Liebesgeschichte zwischen einem Pharaonensohn und einer Jüdin eingebaut ist, verläuft das Drama statisch. Es endet mit dem rettenden Durchzug der Juden durchs Rote Meer und dem Untergang der ägyptischen Verfolger in den wieder zusammenschlagenden Wassermassen: einem fast rein instrumentalen Tongemälde, das völlig unüblich war für die damalige Oper. (Die Handlung umfaßt also nur einen kleinen Teil der Mosesgeschichte und vernachlässigt völlig die Machtkämpfe zwischen Moses und dem Volk der Juden.) Die Uraufführung der Oper am 5. März 1818 im wiederaufgebauten San Carlo endete mit einer Katastrophe, die nicht auf Rossinis Musik, sondern auf die technischen Unzulänglichkeiten der Bühne zurückzuführen waren. In Stendhals › Vie de Rossini‹ gibt es eine Schilderung dieses Skandals.

In der Stagione 1818/19 wurde der ›Mosè‹ am 7. März 1819 wiederaufgenommen. Rossini strich die Arie der

Amaltea ›La pace mia smarrita‹ im zweiten Akt und arbeitete den dritten Akt um. Damit die Bühnentechnik Zeit hatte, das Rote Meer aufzubauen, fügte Rossini die preghiera ›Dall'tuo stellato soglio‹ ein, das Gebet des Moses (obwohl es vor allem ein Gebet des Chores ist), das das berühmteste und meistbearbeitete Stück aus dieser Oper wurde. Die Oper wurde in dieser Fassung ein großer Erfolg und vielfach nachgespielt, u.a. (in deutscher Übersetzung) in Budapest 1820, in Wien 1821, in München 1822. Die Partitur wurde 1825 (vielleicht schon 1820) in Rom gedruckt, das Libretto bereits 1818. Eine sehr lebendige Schilderung der Aufführung von 1819 findet sich in den Reiseerinnerungen der irischen Schriftstellerin Lady Sidney Morgan (ca. 1785-1859), ›Italy‹, 1821 erschienen.

1820 ereignete sich wieder einmal ein Volksaufstand in Neapel. Die Carbonari rangen dem König eine Verfassung ab, die Heilige Allianz intervenierte. Es kam zu Kämpfen. Diesmal schlossen sogar die Theater. Rossini soll in der (revolutionären) guardia nazionale gedient haben, eine Haltung, die für den dezidiert unpolitischen und allenfalls konservativen Rossini untypisch wäre. Die Zusammenarbeit mit Barbaja war aber damit praktisch beendet. Rossini verließ (unmittelbar nach seiner Heirat mit Isabella Colbran, der Elcia der ›Mosè‹-Uraufführung) im März 1822 Neapel und hielt sich in den folgenden Monaten in Wien, Verona und Venedig auf. Im November 1823 war er in Paris. Im Théâtre Italien, das in der Salle Louvois oder in der Salle Peletier spielte und dessen Direktor seit 1812 Ferdinand Paër war, waren zu der Zeit schon zwölf Opern Rossinis gegeben worden, unter anderem 1822 ›Mosè in Egitto‹. Rossini hatte für diese Gelegenheit die Fassung von 1819 überarbeitet, unter anderem Carafas Arie ›A rispettarmi‹ durch eine eigene (5. Szene des ersten Aktes): ›Cada da ciglio il velo‹ ersetzt. In der Zeit wurde die Oper auch in London gegeben, wobei allerdings ein anderer Text unterlegt war. In England war es nicht erlaubt, biblische Themen auf der Bühne darzustellen. Die Oper lief unter dem Titel: ›Pietro l'eremita‹.

1824 übernahm Rossini – neben Paër, der allerdings schon 1826 zurücktrat – die Leitung des Théâtre Italien. Die letzten vier Bühnenwerke, die er schrieb (oder in französischen Neufassungen vorlegte), waren für dieses Theater bestimmt. 1826 arbeitete er den 1820 in Neapel uraufgeführten ›Maometto II‹ zu ›Le siège de Corinth‹ um, 1827 folgte ›Mosè‹. Die Neufassung des Librettos besorgten ein Italiener und ein Franzose: Luigi Balocchi (geb. 1766, Sterbedatum unbekannt) und Victor Joseph Etienne, der sich Etienne de Jouy nannte (1764-1846), ein ehemaliger Soldat und Abenteurer, dann Literat und seit 1815 sogar Akademiemitglied. Er schrieb Libretti für Spontini, Cherubini und Méhul und daneben zahlreiche Dramen, Lustspiele und Vaudevilles. Jouy war 1828 auch einer der drei Autoren, die Schillers ›Wilhelm Tell‹ für Rossini bearbeiteten. ›Mosè‹ hieß nun: ›Moïse et Pharaon, ou Le Passage de la Mer Rouge, grand opera‹ (nunmehr in 4 Akten). Die Handlung wurde umgestellt, die Namen der handelnden Personen ausgewechselt, ausgenommen die Moses' und Pharaos. Im Grunde genommen wurde der Musik ein französischer Text unterlegt. Rossini arbeitete zwei Monate an der Umgestaltung. Er schrieb ein Instrumental-Praeludium, glich die Musik der neuen Sprache an, glättete und erweiterte. Einige Teile wurden auch neu komponiert.

Am 26. März 1827 ging ›Moïse et Pharaon‹ in der Salle Peletier zum ersten Mal über die Bühne. Die Oper war nicht nur ein großer, sondern ein überwältigender Erfolg. Bis 1838 wurde sie allein in Paris hundertmal aufgeführt. Die Gazette de France schrieb: »(Die Aufführung) bedeutet nichts Geringeres als eine lyrische Revolution, die in vier Stunden von Rossini erreicht wurde. Von nun an hat das französische Schreien keine Chance wiederzukehren, ...

vive Rossini!« Bemerkenswert daran ist, daß bis dahin die Presse in Paris gegen Rossini eingestellt gewesen war, von diesem Tag an aber umschwenkte.

Noch im gleichen Jahr übersetzte Calisto Bassi (1800-1860), ein Cremoneser, der Hausdichter der Mailänder Scala war, den französischen ›Moïse‹ ins Italienische zurück. Diese Fassung, die zur Unterscheidung von ›Mosè in Egitto‹ ›Il Mosè Nuovo‹ genannt wurde, erlebte 1827 in Rom eine konzertante Aufführung und am 4. Februar 1829 die szenische Erstaufführung in Perugia. Diese Fassung verdrängte bald die frühere italienische Urversion von 1819 und wurde sogar 1855 wiederum in Paris gespielt. Da aber bei den sehr zahlreichen Aufführungen nach 1830 im Einzelfall wiederum Teile aus den früheren Fassungen eingefügt wurden, kann von einer klaren Aufführungstradition nicht gesprochen werden. Partitur und Klavierauszug des ›Moïse‹ wurden 1827 in Paris gedruckt, der Klavierauszug des ›Mosè Nuovo‹ erschien nun unter dem Titel ›Mosè. Melodramma sacro in quattro atti di Jouy / fatto italiano da Calisto Bassi‹ bei Ricordi in Mailand.

GEORG KREMPLSETZER UND SEINE OPERETTE ›DER VETTER AUF BESUCH‹

Eines Münchner Komponisten spärliche Erdenspuren

Wenn man an Verse denkt wie: »Musik wird oft nicht schön gefunden, / Weil stets sie mit Geräusch verbunden« oder: »Besonders wird das Saitenspiel / Dem Nebenmenschen oft zu viel«, so könnte man auf eine gestörte Beziehung Wilhelm Buschs zur Kunst der Musik schließen. Das war aber nicht so. Busch war zwar offenbar allergisch gegen dilettantisch veranstalteten Lärm, der sich als Musik ausgibt, wirkliche Musik mochte er dagegen gern. Man weiß, daß er sich zum Beispiel Bachsche Fugen auf dem Klavier vorspielen ließ, was seinem musikalischen Geschmack nicht gerade das schlechteste Zeugnis ausstellt.

Bald nachdem Busch nach München kam, lernte er in einem Geselligkeitsverein mit schöngeistigen Ansprüchen, der sich ›Argo‹ nannte, einen ebenfalls erst unlängst nach München gekommenen Mann kennen, der den seltsamen Namen Georg Kremplsetzer führte und aus Vilsbiburg in Niederbayern stammte. Dieser Kremplsetzer hätte das Zeug gehabt, ein bayerischer Lortzing zu werden: er wäre es vielleicht auch geworden, wenn nicht die Ungunst der Umstände – zu denen wohl nicht zuletzt der zu billigen Witzen verleitende Name gehörte – und ein früher Tod diese Chance verhindert hätten. Georg Kremplsetzer war, was in der Musik eher selten ist, ein Spätberufener. Er war 1827 geboren, im Jahr, in dem Beethoven starb, war Sohn eines Tuchmachers aus Vilsbiburg und erlernte selber dieses Handwerk, übernahm das väterliche Unternehmen, das gar nicht klein gewesen zu sein scheint, und führte den Betrieb mit Erfolg. Im Alter von dreißig Jahren überfiel – nicht ganz unvorbereitet freilich, die Musik hatte er immer schon geliebt und praktiziert – den etablierten Bürger und

Familienvater Kremplsetzer der alles zur Seite schiebende Wunsch, sich ganz der Musik zu widmen. Er verkaufte oder verpachtete alles, verließ seine Familie und zog nach München – ein Aussteiger. Das Verständnis für diesen Schritt dürfte im bürgerlichen Vilsbiburg begrenzt gewesen sein, zumal er finanziell mehr als ein Risiko war.

Georg Kremplsetzer fing ganz von vorne an. Er nahm geregelten Musikunterricht, und zwar beim besten Lehrer, den es damals in München gab, bei Franz Lachner, dem erfolgreichen Komponisten und Hofoperndirektor, den die Gloriole umgab, in seiner Jugend in Wien Beethoven gekannt zu haben und mit Schubert bekannt gewesen zu sein. Kremplsetzer brachte eine Empfehlung mit: Mozarts Sohn Karl Thomas, dem er einige Kompositionsversuche übersandt hatte, hatte Kremplsetzer ermutigt, sich beruflich der Musik zuzuwenden. Offenbar hat auch Franz Lachner das Talent des niederbayerischen Tuchmachers erkannt und einen gezielten und effektiven Musikunterricht erteilt – ohne Zweifel: Harmonielehre, Kontrapunkt, Formenlehre, Instrumentieren und Dirigieren –, und in weniger als zwei Jahren war Kremplsetzer in der Lage, eine Oper zu schreiben: ›Liebestreu und Grausamkeit‹, die 1861 uraufgeführt wurde. Der Text dieser Oper stammte von Wilhelm Busch, den Kremplsetzer um 1860, wie oben erwähnt, kennengelernt hatte, und mit dem ihn einige Jahre eine Freundschaft verband.

In den Jahren bis 1868 komponierte Kremplsetzer eine Fülle von Operetten (was damals singspielartige, komische Oper bedeutete), Singspiele, kleine Opern, die zum Teil in dem 1865 gegründeten ›Action-Volkstheater‹ am Gärtnerplatz aufgeführt wurden, wo Kremplsetzer auch eine Anstellung als Kapellmeister fand. Das Werkverzeichnis in der bisher ausführlichsten und zuverlässigsten Arbeit über Kremplsetzer, der biographischen Skizze aus der Feder des Vilsbiburger Arztes und Heimatforschers Josef Huber, zählt nicht weniger als zehn solcher Bühnenwerke auf und dann noch die große, abendfüllende Oper ›Rothmantel‹ auf einen Text von Paul Heyse. Dabei sind die verschollenen Partituren – etwa das eingangs erwähnte ›Liebestreu und Grausamkeit‹ – nicht mitgezählt.

Wenn auch der Höhepunkt in Kremplsetzers Leben und Wirken die Aufführung seiner großen komischen Oper ›Rothmantel‹ im Nationaltheater 1868 gewesen sein dürfte, so blieb doch das einzige Stück, das sich zwar nicht gerade im Repertoire erhielt, aber doch bis in unsere Tage ab und zu aufgeführt wird, die Operette ›Der Vetter auf Besuch‹. Dieses Stück, dessen Text ebenfalls von Wilhelm Busch stammte, wurde 1863 im Residenztheater in München uraufgeführt, später unter anderem in Berlin nachgespielt. Busch war übrigens mit der Vertonung nicht einverstanden und schrieb nach der Uraufführung – zu der er gar nicht hinging – einen groben Brief, der die Freundschaft beendete. Der Brief ist nicht erhalten, wir wissen von ihm nur aus einem anderen Brief Buschs an seinen Freund Bassermann. Wilhelm Busch zog dann bald aus München weg; die ehemaligen Freunde sahen sich nie wieder.

Der Höhepunkt in Kremplsetzers Leben – die Uraufführung der Oper ›Rothmantel‹ im Nationaltheater – war fast schon das Ende seines musikalischen Wirkens. Zu dieser Zeit war Kremplsetzer infolge des Konkurses des ›Action-Volkstheaters‹ stellungslos. Er nahm eine Kapellmeisterstelle in Görlitz an, später in Magdeburg, dann in Königsberg. Die Wanderschaft dauerte knapp zwei Jahre. Dann brach 1870 der Krieg aus, viele Theater wurden geschlossen. Kremplsetzer kehrte nach Vilsbiburg zurück – wohl kaum als Sieger. Er komponierte – so heißt es – in seinem letzten Lebensjahr eine Messe, die leider als verschollen gelten muß, und eine Fest-Ouvertüre ›Heimkehr der siegreichen Truppen‹. Ob diese Ouvertüre aufgeführt wurde, und ob Kremplsetzer die Aufführung erlebte, ist nicht überliefert. Er starb, nur 44 Jahre alt, am 6. Juni 1871 in Vilsbiburg.

Durch die spärliche Kremplsetzer-Literatur geistert die rufmörderische Behauptung, Kremplsetzers Partituren seien berüchtigt und gefürchtet gewesen wegen ihrer Schlampigkeit und Fehlerhaftigkeit. Anhand der beiden Partituren, die vollständig in der Staatsbibliothek in München erhalten sind, läßt sich dieser Vorwurf nicht erhärten. Die Oper ›Rothmantel‹ scheint ein Werk von künstlerischer Intensität und schöpferischem Anspruch zu sein. Bei dem stets beklagten Mangel an guten komischen Opern verwundert es, daß seit über hundert Jahren niemand versucht hat, diese Oper erneut aufzuführen.

Von vielen Werken Kremplsetzers – etwa den ›Landsknechtliedern‹ nach Texten von Franz Graf Pocci – weiß man nur, daß sie einmal existiert haben, die Manuskripte sind verloren, gedruckt wurden sie nie. Einige, zum Beispiel das dramatische Gedicht für Solo, Chor und Orchester ›In Wotans Hain‹, waren in den dreißiger Jahren noch im Archiv des ›Philisterverbandes Scholastika‹ aufbewahrt; sie sind seit dem Krieg verschollen, vielleicht bei Bombenschäden verlorengegangen. Fast scheint es, als sei ein böser Weltgeist daran interessiert, Kremplsetzers Erdenspuren zu verwischen. Von den vielen Bühnenwerken sind einige unvollständige Stimmen, Text- und Rollenbücher in der Staatsbibliothek vorhanden, vollständig nur, wie erwähnt, die Partitur zum ›Rothmantel‹ und zum ›Vetter auf Besuch‹. Das einzige Werk Kremplsetzers, das jemals gedruckt wurde – und auch das posthum – ist der Klavierauszug zum ›Vetter auf Besuch‹.

Diese einaktige Operette ist sicher kein Werk, das einen musikgeschichtlichen Markstein gesetzt hat, aber ein kostbares kleines Stück bürgerlicher Idylle mit einer Musik, die weder in den melodischen Einfällen noch in der sauberen Ausarbeitung der Partitur den Vergleich mit den besten

Arbeiten Lortzings oder Nicolais zu scheuen braucht. Das Werk umfaßt einschließlich der kurzen Ouvertüre neue Musiknummern. Die Handlung ist einfach: beim Müller auf dem Land lebt seine Frau und deren Base, die in den fernen Vetter – der offenbar in der Stadt als Jurist lebt – verliebt ist. Der Müller ist eifersüchtig auf den Verwalter, der einmal vor Wochen sich keck vor dem Haus danach erkundigt hat, was denn »die schöne Müllerin« mache. Der Müller droht dem Verwalter, ihm bei nächster Gelegenheit den Hals umzudrehen, läßt sich im übrigen aber von seiner Eifersucht nicht abhalten, ins Wirtshaus zu gehen. Während seiner Abwesenheit kommt der Vetter auf Besuch und erhält von den Damen des Hauses das Bett neben der großen Mehlkiste als Nachtquartier zugewiesen. Der leicht angetrunken heimkehrende Müller schaut durchs Fenster und glaubt, in dem Schlafgast den verfluchten Verwalter zu erkennen, und holt sofort ein Beil. Der Vetter merkt es aber, steckt einen mit einer Schlafmütze bedeckten Topf ins Bett und versteckt sich selber in der Mehlkiste. Der eifersüchtige Müller ›erschlägt‹ nach einem Rachegesang in traditionellem c-Moll den Topf – aber der Vetter in der Kiste muß niesen. Der Müller hält den Vetter für einen Geist und springt seinerseits in die Kiste – die herbeieilenden Damen klären die Sachlage auf, und mit den herzergreifenden Versen: »Zu rechter Zeit zu Hause, zu rechter Zeit beim Wein, ja, ja, so soll es sein!« schließt das Stück.

DER KURIOSE FALL EINES EINZELGÄNGERS

Sorabji und sein Klavierwerk ›Opus Clavicembalisticum‹

Im Musiklexikon ›Musik in Geschichte und Gegenwart‹, Band 12 von 1965, steht: »Sorabji, Kaikhosru, geboren am 14. August (?) in Epping (Essex)...« Ein Fragezeichen hinter dem Geburtsdatum eines Musikers mag bei einem Madrigalisten des 15. Jahrhunderts angehen; bei einem lebenden Komponisten, meint man, bräuchte man eigentlich nur nachzufragen. Übrigens findet sich in dem eben erwähnten Lexikonartikel der Satz, der einen aufhorchen läßt: »Sorabjis Kompositionen sind von erschreckenden Ausmaßen und Interpretationsschwierigkeiten.« Aber sehen wir weiter. In Riemanns Musiklexikon, 12. Auflage von 1961, Band 2, ist vermerkt: »Sorabji, Kaikhosru (eigentlich Leon Dudley) geboren am 14.8.1892« ohne Fragezeichen, jedoch als Geburtsort: »Chelmsford (Essex)«. Der Riemann-Ergänzungsband von 1975 vervollständigt das: Sorabji, Kaikhosru – ergänze: Shapurji ... ursprünglich Leon Dudley Sorabji, geboren *wahrscheinlich* am 14.8.1892 zu *Chingford* (nicht Chelmsford) ... S. selbst verweigert jegliche Auskünfte über Geburtsdatum und -ort. ›Groves Dictionary of Music and Musicians‹ endlich schreibt: »Sorabji, Kaikhosru Shapurji (Leon Dudley), geboren 14. August 1892 in Chingford«. Ein findiger oder hartnäckiger Lexikograph scheint also diese Daten erhärtet zu haben, worauf aber der Meister mit einem Rundbrief antwortete, der überschrieben ist: »An alle, die es angeht, wenn es solche gibt, und an die, die ihre Nase in aller Leute Angelegenheiten stecken, nur nicht in ihre eigenen«, und in dem er seinen Bannfluch auf »gewisse lexikographische Canaillen« schleuderte. Auf der Visitenkarte Sorabjis ist zwar die Telefonnummer abgedruckt: »Corfe Castle 364«, aber mit dem Vermerk, daß nicht abgehoben wird.

Es scheint aber, auch wenn man sich nicht durch einen Anruf bei dem alten Herrn in Corfe Castle – einem Dorf in der südenglischen Landschaft Dorset – vergewissern kann, daß Sorabji als Leon Dudley 1892 geboren wurde (im gleichen Jahr wie Honegger und Darius Milhaud), und zwar als Sohn eines in England lebenden indischen Parsen und einer spanisch-sizilianischen Mutter, die angeblich Opernsängerin gewesen sein soll. Unter dem Namen Leon Dudley – was heute den Meister möglicherweise reut und weswegen er eine so vehemente Mystifikation betreibt – begann er in den zwanziger Jahren eine Pianistenkarriere, die er aber bald wieder aufgab, obwohl ihm glänzende Virtuosität auf dem Instrument bescheinigt wird. Schon vorher betätigte sich Dudley-Sorabji als Musikkritiker, unter anderem für die ›Musical Times‹. Seine Kritiken sollen von beißendem Spott gewesen sein, was sich nach allem, was wir von ihm wissen, leicht denken läßt, in denen er aber schon früh auch die Qualitäten Mahlers und Szymanowskis erkannte und verteidigte.

Als Komponist ist Sorabji – wie er sich offenbar nun schon seit einigen Jahrzehnten nennt, und wie wir ihn, diesen Willen respektierend, hinfort ausschließlich nennen wollen – im wesentlichen Autodidakt, hält desungeachtet (oder deswegen?) einige Kompositionsrekorde: wie sonst wohl kein zeitgenössischer Komponist hat er mehr als zehntausend Seiten Musik geschrieben, und allein seine ›Jami-Symphonie‹ für Bariton-Solo, textlosen Chor, Orchester, Orgel und Klavier ist fast tausend Partiturseiten lang. Zum Vergleich: eine der längsten im Konzertrepertoire geläufigen Symphonien, Mahlers siebente, kommt mit siebenhundert Partiturseiten aus, der ganze ›Parsifal‹ hat nur etwas mehr als neunhundert Seiten. Daß Mr. Sorabji mit seiner – im übrigen leider unaufgeführten – ›Jami-Symphonie‹ nicht im Guinness-Book of Records verzeichnet steht, ist eine Nachlässigkeit, gegen die sich der schon zitierte Zorn des Meisters mit Recht richtet.

Aber auch das übrige Werkverzeichnis Sorabjis ist ungeheuer: fünf Klavierkonzerte, eine ›Symphonische Hohe Messe‹ für Soli, Chor, Orchester, Orgel und Klavier, ein ›Opus clavisymphonicum‹ für Klavier und Orchester, zahlreiche Lieder, drei Orgel-Symphonien, zwei Klavierquintette, von denen das erste aus dem Jahr 1920 sogar veröffentlicht ist, und eine unübersehbare Anzahl von Klavierwerken, darunter Bach- und Offenbach-Transkriptionen, eine ›Hommage à Johann Strauß‹, aber auch hundert ›Transzendentale Etüden‹, sieben ›Klaviersymphonien‹, vier Klaviersonaten, Variationen und Fuge über das ›Dies irae‹ – und er schreibt unbeirrt weiter.

Am 1. Dezember 1930 hat Sorabji in einem öffentlichen Konzert in Glasgow sein Klavierwerk ›Opus clavicembalisticum‹ vor einem im übrigen recht undankbaren Publikum gespielt, und bald danach hat der Meister, um »inadäquate Aufführungen« zu verhindern, jede weitere Darstellung seiner Werke verboten. Er ist auch selber als Interpret nicht mehr aufgetreten, verachtet die Welt, hebt das Telefon nicht ab, gibt allenfalls gedruckte Anwürfe heraus – so, daß er sich »leidenschaftlich dagegen verwahrt«, als ›Indianer-Komponist‹ eingestuft zu werden – und er komponiert, ohne nach rechts und links zu schauen. Vielleicht ist sein Ziel, die zwanzigtausendste Partiturseite noch zu füllen. Wovon er lebt, ist selbstverständlich unbekannt. Es ist zu vermuten, daß Mr. Dudley-Sorabji senior, der seinerzeit mit der sizilianisch-spanischen ehemaligen Opernsängerin diesen seltsamen Komponisten zeugte, kein armer indischer Parse war.

Das ›Opus clavicembalisticum‹ ist – nach Grove's Lexikon – »das längste, jemals veröffentlichte Klavierstück« und dauert drei Stunden und vierzig Minuten, wenn man es spielt. Nicht nur die Länge, auch der Schwierigkeitsgrad dieses Stückes macht eine Aufführung – abgesehen vom Verbot Mr. Sorabjis – äußerst problematisch. Von der ersten – und bis 1982 einzigen – Aufführung am 1. Dezember

1930 in Glasgow durch den Komponisten selber wird berichtet, daß ein Teil der Zuhörer in der Pause nach dem ersten Teil fluchtartig den Saal verließ. Sorabji trank einige Scotch Whiskies, sagte: »Let's go on with it« und spielte weiter. Der Rest des Publikums war so rücksichtsvoll, den Saal nach und nach *leise* zu räumen. Mr. Sorabji mußte danach mit Leinentüchern trocken gerieben werden.

Im Jahr 1982 gestattete Sorabji dem australischen Pianisten Geoffrey Douglas Madge eine Aufführung des ›Opus clavicembalisticum‹ in Holland, die mitgeschnitten wurde. Ob auch Madge danach trockengerieben werden mußte, ist nicht bekannt, das Publikum allerdings harrte diesmal bis zum Schluß aus. (Madge hat eine zweite Aufführung des Werkes am 9. Oktober 1988 in Paris realisiert. Sechs Tage später, am 15. Oktober, ist Sorabji gestorben.)

Aber es muß gesagt werden, daß man allein durch die Aufzählung all dieser kuriosen und skurrilen Umstände dem Werk nicht gerecht wird. Jenseits aller Schnelligkeit und streckenweise vielleicht unfreiwillig komischen Gigantomanie ist ›Opus clavicembalisticum‹ ein Werk von schöpferischem Ernst und wert, auch so gehört und anerkannt zu werden. Es ist ein Werk, das nicht weniger will, als die pianistische Tradition des Abendlandes aus den Jahrhunderten zusammenzufassen. Es versucht, die virtuose Tastendämonie des 19. Jahrhunderts – Kalkbrenner, Dreyschock, Liszt – unter Benutzung der strengen Formen des 18. Jahrhunderts (Fuge und Variation) mit vergeistigtem, intellektuellem, modernem und musikalisch würdigerem Gehalt zu füllen, beschreitet darin den Weg, den Ferruccio Busoni in seiner ›Fantasia Contrappuntistica‹ gewiesen hat. Daß sich das ›Opus clavicembalisticum‹ beim ersten Hören dem Musikfreund nicht erschließt, ist klar und vom Komponisten sicher nicht anders gewollt. Daß dem mehrfachen Hören die ungeheure Dauer des Werkes entgegensteht, ist auch klar. Vielleicht sollte man das unhandliche Werk wie ein geheimes musikalisches Gesetz betrachten, das auch dann gilt, wenn niemand es hört.

Das ›Opus clavicembalisticum‹ besteht aus drei Teilen und zwölf Unterabteilungen, von denen die ersten zwei Teile (Unterabteilungen I bis VIII) etwas mehr als die Hälfte ausmachen. Nach einem ›Introito‹ und einem ›Preludio-corale‹ folgt die erste der vier Fugen. Die weiteren Fugen (je eine Doppel-, Tripel- und Quadrupelfuge) folgen getrennt voneinander durch verschiedene Cadenzen und eine ›Fantasia‹ sowie im zweiten Teil durch ein Thema mit 49, im dritten Teil durch eine Passacaglia mit 81 Variationen. Eine Coda schließt das Stück, und darunter steht die altehrwürdige Floskel: »In nomine Patris et Filii et spiritus sancti: Kaikhosru Sorabji . . .«

EINE ZERSTÖRTE HOFFNUNG

Das fragmentarische Gesamtwerk Rudi Stephans

Die Geschichte der musikalischen Rezeption ist voller seltsamer Phänomene, unter denen das des *Gesamtwerkes* als besonders unerklärlich herausragt. Selbst wenn von einem Komponisten (was meist auf dem Gebiet der Oper der Fall ist) nur ein einziges Werk im Repertoire überlebt (Leoncavallo, Mascagni, Bizet, Flotow), schwingen im Bewußtsein zumindest des etwas mehr als nur oberflächlichen Hörers die anderen, nie gespielten und nie gehörten Werke als musikalische Schatten mit. Manchmal hat man den Eindruck, bei solchen Aufführungen handelt es sich um alibihafte Entschuldigungen für die Vernachlässigung der anderen Werke des jeweiligen Komponisten. Bei den etwa hundertfünfzig Meistern der Musikgeschichte, denen es gelungen ist, entweder mit einem repräsentativen Teil ihres Schaffens im Repertoire zu bleiben (Händel, Dvořák, Sibelius) oder gar mit ihrem Gesamtwerk vertreten zu sein (Mozart, Beethoven, Wagner), wird sich der kenntnisreiche Hörer immer wieder dabei ertappen – oder er wird es eingestehen, wenn er darauf aufmerksam gemacht wird –, daß er nicht nur das jeweils erklingende Stück, sondern mit ihm, quasi schablonenhaft, auch die übrigen Werke des betreffenden Meisters hört. In der Musikkritik ist dieses Phänomen am auffallendsten. Wahrscheinlich hat es sich in der Zeit Robert Schumanns herausgebildet und ist sicherlich typisch für das 19. Jahrhundert und dessen Hang zur Katalogisierung, Typisierung und Rubrizierung. Noch im 18. Jahrhundert war die diesbezügliche Hörgewohnheit (eigentlich: Apperzeptionsgewohnheit des Hörers) völlig anders. Es zählte das Einzelwerk. Heute können wir (ein Bildungsballast?) die Musik nur noch im Geflecht der Längs- und Querbezüge innerhalb eines Gesamtwerkes oder sogar der Musikgeschichte überhaupt aufnehmen.

Das führt zwangsläufig zu Ungerechtigkeiten. Komponisten, die wenig geschrieben haben oder von denen wenig überliefert ist (wie von Prinz Louis Ferdinand von Preußen 1772–1806), geraten in den Schatten, auch wenn ihre Werke von exzeptioneller Qualität sind und zum Teil die Werke gleichzeitiger, anerkannter Meister überragen. Wenn Louis Ferdinands Klavierquartett in f-Moll (op.6) von Beethoven oder unter dessen Namen überliefert wäre, gehörte es wahrscheinlich zu den meistgespielten Kammermusikwerken des Repertoires und zu den am meisten diskutierten Vorläufern der formalen Auflösung des Tonmaterials, und das zu Recht. Aber das Quartett ist eben vom Prinzen Louis Ferdinand, dem die musikhistorische Weihe des Gesamtwerkes abgeht. Es gibt auch den umgekehrten Fall: zu den beliebtesten Streichquartetten Haydns gehört das sogenannte ›Serenadenquartett‹ in F-Dur op. 3 No. 5. Erst 1964 wurde entdeckt, daß alle sechs Quartette aus Haydns angeblichem Opus 3 von Roman Hoffstetter (1742–1815) stammen, der als Benediktinerpater in Amorbach lebte und ein leidenschaftlicher Verehrer Haydns war. Wie es dazu kam, daß Hoffstetters Quartette op. 1 1774 (mit Sicherheit ohne Haydns Zutun und Wissen) unter Haydns Namen als op. 3 in Paris gedruckt wurden, ist nicht genau bekannt. Wahrscheinlich handelte es sich schlicht um einen – wie man juristisch sagen würde – Unterschleif des Verlegers Bailleux, der wohl mit Recht den Namen Haydns für den Verkauf als zugkräftiger angesehen hat als den Hoffstetters. So rettete dieser Vorgang wenn schon nicht Hoffstetters Namen, so doch sechs seiner Quartette ins Bewußtsein des musikhörenden Publikums. Anders wären sie wohl wie die übrigen Werke Hoffstetters in den Archiven verstaubt.

Besonders bitter ist das Schicksal solcher Komponisten, denen durch äußere Umstände verwehrt war, ein Gesamtwerk herzustellen; zu ihnen gehört Rudi Stephan. Er wurde 1887 in Worms geboren, war 1905 und 1906 Schüler von

Bernhard Sekles in Frankfurt (bei dem später auch Hindemith und Adorno studierten), von 1906 bis 1908 dann in München bei Rudolf Louis. Stephan, vom wohlwollenden und wohlhabenden Vater unterstützt, lebte nach seinem Studium als freier Komponist in München (zunächst in Schwabing, später an der Theresienwiese) und veranstaltete im Januar 1911 ein Konzert mit eigenen Werken, das zwar ein Fiasko war, aber immerhin auf den jungen Komponisten aufmerksam machte. Ein Jahr später wurde im Rahmen des 47. Tonkünstlerfestes des Allgemeinen Deutschen Musikvereines in Danzig die ›Musik für sieben Saiteninstrumente‹ uraufgeführt und erregte sogleich heftige Kontroversen. Die Kritik sprach einerseits von »Irrsinn« und »Unmusik«, andererseits von »Gefestigtem erstem Tonempfinden«. Beim 48. ADMV-Tonkünstler-fest im darauffolgenden Jahr in Jena erklang Stephans ›Musik für Orchester‹ und errang Erfolg. Kurz nach dem Konzert erwarb B. Schott's Söhne die Verlagsrechte, noch im gleichen Jahr wurde die Partitur gedruckt. Stephan wandte sich danach der Komposition seiner ersten Oper zu (die die einzige bleiben sollte): ›Die ersten Menschen‹ auf den expressionistischen Text eines »erotischen Mysteriums« des – wohl mit Recht – heute vergessenen Dichters Otto Borngräber. Stephan vollendete die Partitur 1914, die wiederum von Schott erworben wurde. Die erhoffte Uraufführung unterblieb aber infolge des Kriegsausbruchs. Stephan wurde eingezogen, konnte allerdings noch bis 1915 im Urlaub arbeiten, unter anderem am Klavierauszug seiner Oper, den er noch fertigstellte. Im September 1915 wurde Stephans Einheit an die Ostfront versetzt, und am 29. September fiel der junge Komponist, 2 Jahre alt, in einem Schützengraben bei Tarnopol. Beim Abschied vor der Fahrt zur Front hatte Stephan zu seiner Mutter gesagt: »Wenn nur meinem Kopf nichts passiert, es ist noch so viel Schönes drin!«

Die ›Musik für sieben Saiteninstrumente‹ ist ein quasi

zweisätziges Werk für Streichquintett (mit Kontrabaß), Klavier und Harfe. Die Klangwelt, in der sich dieses Werk bewegt, ist noch die herkömmliche Tonalität, aber gebrochen durch leidenschaftliche, expressive Zerstörungen des Tonalitätsgefüges, ohne daß allerdings das System an sich in Frage gestellt würde. (Beispielhaft dafür: auf den Schluß des Hauptsatzes in reinem C-Dur folgt das ›Nachspiel‹, das mit dem Tritonus dazu – Fis-Dur – endet.) Wenngleich in der Form frei, phantasieartig, finden sich im Hauptsatz Rudimente der Sonatenform. Das Material ist durchaus melodisch fundiert, und wenn sich auch in stürmischen Aufschwüngen Anklänge an Richard Strauss und in scharfkantigen harmonischen Brüchen solche an Max Reger nachweisen lassen, hat das Stück doch eine eigene, unverwechselbare und sonst nirgendwo vorhandene Tonsprache, die hart vor dem Abbruch der tonalen Klangwelt ins nicht mehr sinnlich Faßbare steht, den – der Rudi Stephan vermutlich unbekannte – Schönberg um eben jene Zeit vollzogen hat. Es besteht kein Zweifel, daß mit dem gewaltsamen und sinnlosen Tod Rudi Stephans eine künstlerische Entwicklung abgebrochen wurde, deren weiterer Weg wohl außerordentlich gewesen wäre, auch wenn wir ihn nicht ahnen können. Wenn es Rudi Stephan vergönnt gewesen wäre, weiterzuarbeiten, wäre die Musikgeschichte des 20. Jahrhunderts anders verlaufen, und vielleicht war in dem Kopf, den am 29. September 1915 eine Gewehrkugel zertrümmerte, der Weg in unvorstellbare Provinzen der Musik vorhanden, die nur ein so sinnlichmusikalisch begabter Mensch wie Rudi Stephan hätte gehen können.

HINDEMITH — AUCH HEUTE WIEDER EIN FALL?

Der Komponist als Symphoniker

Hindemith, das scheint sich langsam herauszukristallisieren, wird zu einer der rätselhaftesten Erscheinungen in der Musik des 19. Jahrhunderts. Er ist in der nach drei Seiten auseinanderstrebenden Polarität (stellvertretend-symptomatisch für diese drei Pole: Strawinsky, Richard Strauss, Schönberg) nicht einzuordnen, die Hindemith-Rezeption tut sich schwer. Die Bedeutung Hindemiths auf dem Weg der Musikgeschichte ist nicht zu übersehen, seiner integren Person gegenüber wird — mit Recht — Hochachtung gezollt, aber seine Werke werden selten gespielt, fast ein Hohn für einen Komponisten, der den Ausdruck ›Gebrauchsmusik‹ für seine Arbeiten wenn nicht erfunden, so doch entschieden verwendet hat. Es scheint fast so, als lehnten die Interpreten das ihnen von Hindemith zum Gebrauch Vorgelegte ab. Hie und da erklingt eine der beiden Opern-Symphonien oder die Weber-Metamorphosen, gelegentlich wird eine der Opern inszeniert; demgegenüber ist das Spätwerk so gut wie unbekannt, die Kammermusik ist fast gänzlich aus den Konzert- und Radioprogrammen verschwunden, und symphonische Werke verbindet man ohnehin kaum mit dem Namen Hindemith. (Ich habe durch die sechs der Niederschrift dieses Artikels vorangegangenen Monate das Programm des Bayrischen Rundfunks beobachtet: in der ganzen Zeit standen, obwohl Bayern 4 sechzehn Stunden E-Musik sendet, nur sechs- oder siebenmal ein Werk Hindemiths auf dem Programm.) Hindemith scheint zu einem so unübersehbaren wie unhörbaren Denkmal seiner selbst zu werden. Vielleicht bringen die für das Hindemith-Jahr 1995 wohl zu erwartenden gelehrten Untersuchungen wenigstens Aufschluß darüber, warum das so ist.

Am allerwenigsten, wie gesagt, assoziiert man mit dem Namen Hindemith ein symphonisches Gesamtwerk; dennoch erweist sich bei näherer Betrachtung, daß Hindemith nicht weniger als fünfzehn Werke symphonischen Zuschnitts hinterlassen hat. Hätte er seine Werke gezählt, wäre er auf Symphonien Nr. 1 bis 15 gekommen – genau so viele wie Schostakowitsch. Vielleicht hätte das geholfen: Auch das Konzertpublikum liebt das Gezählte, das einzelne in der Gattung.

Das erste symphonische Werk Hindemiths ist seine ›Lustige Sinfonietta‹ in d-Moll op. 4. Die drei (oder, wenn man das attacca-Finale extra zählt: vier) Sätze dieses Werkes für kleines Orchester beziehen sich programmatisch auf Christian Morgensterns Werke, aber nicht in dem Sinn, daß einzelne poetische Vorwürfe zu Tongemälden (im Sinne Liszts) verarbeitet wären, sondern eher im Sinne einer geistigen Patenschaft des Dichters für die Sinfonietta. Eine Ausnahme ist vielleicht das Fugato des ersten Satzes, das ›Das große Lalula‹ überschrieben. Das geistvolle, übermütige Stück musikalischen Slap-Sticks ist mitten im Ersten Weltkrieg entstanden, und zwar als höchst eigenartige Reaktion Hindemiths auf den Tod des Vaters. Vater Rudolf Hindemith war ein ebenso glückloser Kaufmann wie Musiker, zeitlebens in Geldnot, unfähig, die Familie zu ernähren, dafür ein strenger Zuchtmeister, von musikalisch höchst bedenklichem Geschmack. 1914 meldete er sich, obwohl weit über der Altersgrenze, freiwillig zum Militär und fiel 1915 an der Westfront – das Beste, offenbar, was nach Hindemiths Ansicht der Vater tun konnte. Daß er diese schon im Titel ausdrücklich so genannte *lustige* Sinfonietta nach dem ›Heldentod‹ des Vaters schrieb, versuchte Hindemith damit zu kaschieren, daß er sagte: man müsse in trauriger Zeit lustige Stücke schreiben. Eine schwache Argumentation. Im übrigen schrieb er später von der Partitur: ».. damals glaubte ich, sie sei ein Meisterwerk...«. Dennoch hat er sich um keine Aufführung bemüht, auch später nicht. Aus schlechtem Gewissen? Er soll noch Jahre nach dem Krieg unter der Zwangsvorstellung gelitten haben, der Vater lebe noch. (Die ›Lustige Sinfonietta‹ wurde erst 1980 uraufgeführt.)

Die folgenden vier Werke symphonischen Zuschnitts sind erst nach einer Pause von zehn Jahren entstanden, dann aber relativ rasch hintereinander: das Konzert für Orchester op. 38 (1925), die Konzertmusik für Blasorchester op. 41 (1926), die Konzertmusik für Streicher und Blechbläser op. 50 (1939, das letzte mit einer Opus-Nummer versehene Werk) und das Philharmonische Konzert (1932). In der Zeit zwischen 1915 und 1925 befaßte sich Hindemith mit Kammermusik, es war auch die Zeit seiner extensiven Konzerttätigkeit als Geiger, und die Jahre nach dem Krieg gehörten den wilden Opernexperimenten. Von den genannten vier Werken trägt keines die Bezeichnung ›Symphonie‹ oder einen davon abgeleiteten Titel, obwohl op. 38 fast klassisch viersätzig ist und – ebenso wie das ›Philharmonische Konzert‹ – sich des herkömmlichen (großen) Symphonieorchesters bedient. Die Werke gehören in die Zeit der ‹Gebrauchsmusik›, in der auch die Kammermusiken und die solistischen Konzertmusiken entstanden sind ... die ›Gebrauchsmusiken‹, von denen heute niemand mehr Gebrauch macht. Die Konzertmusik op. 41 ist Hermann Scherchen gewidmet, op. 50 ist auf Anregung Koussewitzkys geschrieben, das Philharmonische Konzert ist eine Variationen-Kette über ein eigenes Thema, wobei die einzelnen Variationen wechselnd chorisch versetzt sind, eine Technik, die auch in op. 38 angewendet ist.

Von 1933 an begann sich Hindemith mit Opernplänen zu beschäftigen. Die politische Lage ist schwierig: die Nationalsozialisten haben »die Macht ergriffen«, Adolf Schicklgruber (besser bekannt unter dem Tarnnamen Hitler) ist Reichskanzler geworden. Wie viele damals hielt auch

Hindemith das für einen in ein paar Wochen vorübergehenden Spuk. Er hatte sich an Ernst Penzoldt wegen eines Librettos gewandt, aber die Zusammenarbeit zerschlug sich bald. In Hindemith (der sich um diese Zeit intensiv mit Hölderlin beschäftigte) wuchs der Gedanke, sich einen Operntext selber zu schreiben. Der Stoff, dem er sich zuwandte, geriet ihm – nachdem der Nazispuk nicht wie erwartet verflog – in zunehmende Aktualität: ›Mathis, der Maler, das Schicksal eines Künstlers in feindseliger grausiger Zeit‹. Noch bevor Hindemith den Text fertiggestellt hatte, sogar noch vor der endgültigen Fixierung der Handlung, schrieb er (Dezember 1933 bis Februar 1934) die drei Sätze seiner Mathis-Symphonie (in der Reihenfolge 2,1,3): ›Engelskonzert‹, ›Grablegung‹ und ›Versuchung des Heiligen Antonius‹. Das Werk wurde am 12. März 1934 unter Furtwängler uraufgeführt und von der Nazi-Kritik sofort als »kulturbolschewistisch« eingestuft. Furtwängler antwortete mit dem mutigen Artikel ›Der Fall Hindemith‹, der die Sache für den Komponisten nur noch schlimmer machte. Dem Monument Furtwängler wagten die Nazi nichts anzutun, dafür schikanierten sie Hindemith um so mehr. Seine Stellung in Deutschland wurde unhaltbar. Er ließ sich von seinen Hochschulverpflichtungen entbinden; es folgten die Vortrags- und Konzertreisen in die Türkei, die USA und in das zwar faschistische, aber (noch) etwas liberalere Italien. Dort lernte er den Choreographen Leonid Massin kennen, und in den Jahren 1937 bis 1939 (zum Teil schon im ersten Exil in der Schweiz) entstanden zwei Werke, die auch dem symphonischen Schaffen Hindemiths zuzuzählen sind: die ›Symphonischen Tänze‹ und ›Nobilissima Visione‹. Beide waren zunächst als Ballettmusiken für Massin gedacht und wurden später zu Suiten verkürzt. Interessant ist dabei, daß Hindemith im Falle der ›Symphonischen Tänze‹ die Musik schrieb, bevor die Balletthandlung feststand. Erst ein Jahr danach entwarf er ein Tanz-Szenarium dazu (›Kinderkreuzzug‹).

Nach dem Kriegsausbruch verließ Hindemith die Schweiz und ging in die USA, 1940 ließ er sich in Buffalo nieder. Dort entstand Ende des Jahres das erste Werk Hindemiths, das den sozusagen ungeschminkten Titel Symphonie trägt: die ›Symphonie in Es‹, ein viersätziges, großflächiges Werk von fast spätromantischen Dimensionen. (Es kommt nicht von ungefähr, daß sich Hindemith als Dirigent damals zunehmend Bruckner zuwandte.) Drei Jahre später entstanden aufgrund eines (nicht realisierten) Ballettplanes die ›Symphonischen Metamorphosen über Themen von Carl Maria von Weber‹, Hindemiths vielleicht einzig einigermaßen populäres Orchesterwerk, sicher auch das am leichtesten faßliche. Hindemith und seine Frau spielten damals gern vierhändige Klavierkompositionen Webers, und aus dessen Themen (im zweiten Satz aus Webers Musik zu Gozzis ›Turandot‹) ist das Werk melodisch gefügt. Der letzte Satz mit dem überaus elegant instrumentierten Ohrwurm aus Webers ›Huit pièces‹ op. 60 Nr. 7 ist nicht anders denn als Reißer zu bezeichnen. Erfindungen einprägsam sangbarer Melodien waren (wie auch etwa bei dem immer von Hindemith verehrten Reger) nie Hindemiths Stärke. Weber dagegen war ein verschwenderischer Melodiker, der es sich leisten konnte, so einen glücklichen Einfall wie das eben genannte Thema praktisch ohne Verarbeitung sozusagen fast ungenutzt im Mittelteil eines untergeordneten Werkes stehenzulassen. Es war daher mehr als legitim, daß sich Hindemith dieses und ähnlichen Materials bediente und vieles mit seiner enormen Gestaltungsgabe zu einem Werk von bestechendem Glanz und heiterer Musizierfreude formte.

Wieder drei Jahre später, 1946, schrieb Hindemith die ›Symphonia Serena‹, ein dreisätziges Werk, das eher grüblerisch als ›seren‹ wirkt. Für Formspiele hatte Hindemith immer viel übrig. (Wobei für ihn ›Spiel‹ keine Abwertung war, man denke an den ›Ludus tonalis‹.) Im dritten Satz der

›Symphonia Serena‹ findet sich so ein Formspiel: er besteht aus drei Teilen, Teil A, Teil B und einem dritten Teil, bei dem A und B gleichzeitig gespielt werden. In den Jahren 1950/51 schrieb Hindemith die ›Sinfonietta in E‹ und die ›Symphonie in B‹ für Blasorchester, zwei Werke, mit denen er auf seine instrumentalen Experimente der Zwanziger Jahre zurückgriff, allerdings ohne seinen milderen, fast gefälligen Spätstil zu verlassen.

Kurz vor seiner endgültigen Rückkehr nach Europa (er siedelte, obwohl nun inzwischen US-Staatsbürger, 1953 in die Schweiz über) begann Hindemith, sich mit seiner letzten Oper zu beschäftigen, die er – daran ist kein Zweifel – als sein Hauptwerk betrachtete: ›Die Harmonie der Welt‹. Wieder schrieb er den Text selber, wieder war längst vor der Oper eine dreisätzige Symphonie ›Harmonie der Welt‹ fertiggestellt. (Die Oper erwuchs sozusagen aus diesem ihrem eigenen Extrakt, erst 1957 war sie vollendet.) Die dreisätzige ›Harmonie der Welt‹-Symphonie besteht aus den Sätzen ›Musica instrumentalis‹, ›Musica humana‹ und ›Musica mundana‹; die Titel sind der frühesten mittelalterlichen (oder späten antiken) musiktheoretischen Schrift entnommen, die uns erhalten ist, aus ›De institutione musica Libri V‹ des Boethius (ca. 507). Das Werk ist Hindemiths symphonische Zusammenfassung seiner lebenslangen Bemühungen um die Sphärenharmonie, um die Darstellung der Musik als eine der tragenden Säulen der menschlichen Welt.

Nur noch einmal, 1958, schrieb Hindemith ein relativ kurzes symphonisches Werk, die ›Pittsburgh Symphony‹, eine fast nie aufgeführte Arbeit.

Es gibt Komponisten (seit Beethoven ist das die Regel), die ihr Werk oder jedenfalls ihre Hauptwerke, als *Ganzes* aufgefaßt wissen wollen. Es gibt keinen Zweifel, daß Beethovens neun Symphonien und Mahlers neuneinhalb Symphonien (und die Werke vieler Meister dazwischen, aber auch danach) Zyklen sind – Zyklen zyklischer Formen. Daß Wagners Opern zumindest seit dem ›Holländer‹ eine zum ›Parsifal‹ hinzielende Einheit sind, ist wohl ebenso klar. Seit Beethoven hatten die Musikwissenschaft und das Musikpublikum in Gesamtwerken zu denken begonnen, was eine Strukturänderung des musikalischen Bewußtseins mit sich gebracht hat. Es dürfte kein Zufall sein, daß diese Tendenz wenige Jahrzehnte nach jenem fast genau meßbaren Zeitpunkt eingesetzt hat, als die Entwicklung der musikalischen Sprache dem Geschmack der Mehrheit des Musikpublikums vorauszueilen und die Musikgeschichte als Ganzes im Bewußtsein der Hörer Form anzunehmen begann. Die Produktion des Komponisten tendierte von da an zu Zyklen, die Werkgattungen schrumpften, die Bedeutung der Zählung (ob es das 1. oder 5. Streichquartett ist) gewann an Boden. Einzelwerke oder gar Werke von Komponisten, die aus irgendwelchen Gründen gehindert waren, ein Gesamtwerk vorzulegen, setzten sich kaum noch durch. Die Schere zwischen den vergessenen Komponisten und den anerkannten Meistern klaffte immer weiter: entweder der Glückliche blieb mit *allem* , was er geschrieben hatte, auf dem Plan, oder er verschwand ganz. Die Fälle, in denen ein Komponist mit einem einzigen Werk (bei völliger Vernachlässigung alles übrigen) sich durchsetzte, bildeten das punktuelle Zwischenreich: Bizet, Gounod, Flotow . . . Hindemith hat seine Werke nie ›gezählt‹, obwohl er (in den Kammermusiken und in den Konzertmusiken) ausdrückliche Zyklen geschaffen hat. Hindemiths Werke bilden ein Gesamtwerk von nicht zusammengehörenden Einzelwerken. (Die Opusnummerierung – sicher nicht wichtig, aber ein Indikator – hat er schon 1930 aufgegeben.) Sie haben keinen Bezug aufeinander. Das ist ein Schritt hinter die Wiener Klassik, und es lag im Zug der Zeit, die meinte, das melodiebezogene Musizieren, die herkömmmliche Harmonielehre habe ausgedient, weil sie (zuletzt durch Mahler) endgültig ausgelaugt worden sei. Hier beginnt wohl Hindemiths Mißverständnis, das heißt: das Mißverständnis Hindemiths an sich selber und das der Nachwelt an ihm. Hindemith hat sich als melodiebezogener Musiker verstanden (in seiner ›Unterweisung im Tonsatz‹ klagt er darüber, daß es keine Melodienlehre analog zur Harmonielehre gäbe), und doch war die melodische Erfindung (im oben genannten Sinn) seine schwächste Stelle. Man erkennt Hindemith an den halbdissonanten, übers Knie gebrochenen Melodien, deren Struktur fast immer auf Sekund- oder Nonen-Verhältnissen beruht, was in unseren (immer noch die Klassik und Romantik als Kanon empfindenden) Ohren grau und trocken klingt. Das hätte Hindemith ungern gehört, genau so ungern wie er das Lob auf seine Stärke gehört hätte: seine Stärke war das Musizieren mit dem Kopf. Die große und kleine Form, die Harmoniequader von symmetrischer Anordnung, die strengen Flächen, die imponierenden Diagonalen (bildlich gesprochen) waren seine Sache; und er empfand sich als *Musikant,* seine Musik als Gebrauchsmusik. Nicht genug der Mißverständnisse; er, der Schönberg schätzte, der Weberns Orchesterwerke dirigierte, gilt heute – auf Grund von ein paar impulsiven Äußerungen – als Konservativer, ja als Reaktionär, gerade er, der als einer der wenigen unter den deutschen Komponisten, die keine rassische Diskriminierung erlitten haben, offen gegen den Nazismus auftrat. Hat sich Hindemith zwischen alle Stühle gesetzt?

So wie Hindemith sich selber verstanden hat – als Musikant, als Verfertiger von Gebrauchsmusik – wird er nicht überleben. Aber das macht nichts. Die Selbsteinschätzung eines Autors ist nur in zweiter Linie von Belang. Auch Brecht ist als Gegenteil dessen, was er zu sein glaubte, in die Weltliteratur eingegangen: als Verfasser kulinarischer Theaterstücke nämlich. Hindemith wird als intellektuellartistischer Jongleur tönend bewegter Formen wiedergeboren werden, wenn die Seitenwege der Musik, die sie seit 1920 abgetastet hat, aufgegeben sind.

DER EINSIEDLER AUF MADAGASKAR

Komponist Otto Jägermeier – Eine Fiktion

AUTOR: Das – man kann ruhig sagen – Phänomen Otto Jägermeier berührt, muß ich an dieser Stelle gestehen, eine der dunkelsten Stunden meines Lebens. Ich habe versucht, einen Menschen zu ermorden. Jawohl: seit die Psychoanalyse erfunden ist, weiß man, daß jeder normale Mensch zur Anomalie des Mordes an einem Angehörigen der eigenen Gattung zumindest in Gedanken fähig ist. Wer diese Anomalie nicht hat, ist nicht normal. Irgendeinmal im Leben kommt der Punkt, an dem der normale Mensch nahe an den Mord herangerät. Das war bei mir in der Nacht vom 30. November auf den 1. Dezember 1977 der Fall. Da beschloß ich einen Mord. Und zwar noch dazu: den Mord an einem Toten.
(Turmuhr schlägt zwölf.)
Ich wartete die Mitternacht ab und nahm einen Band von Riemanns Musiklexikon zur Hand. Es war zufällig der erste Ergänzungsband: A bis K – ich hatte blind ins Regal gegriffen. *Einen* der viel zu vielen Komponisten, die darin verzeichnet sind, beschloß ich, werde ich ermorden. Mehr noch: austilgen aus dem Gedächtnis der Musikgeschichte. Eine Tat der Befreiung meiner Seele. Das Opfer war mir gleichgültig. Blind wie ich ihn ergriffen, schlug ich den Band auf – Seite 578/579. Das Schicksal eines Komponisten, dachte ich hämisch, hat geschlagen. Ich las:
SPRECHERIN: Jacovella, Bruno C., geboren 21.11.1910 . . .
AUTOR: Der kam nicht in Frage, der lebte noch.
SPRECHERIN: Jacquot, Jean, geboren 27.3.1909 . . .
AUTOR: Lebte auch noch. Ich brauchte einen Toten. Ich wollte den einmaligen Mord an einem Toten begehen. Weiter! Fangen Sie auf der anderen Seite an!
SPRECHERIN: Jakubenass, Vladas, geboren 2. (15. nach dem altem Stil) 5.1904 . . .

AUTOR: *(rascher)* Lebt – !
SPRECHERIN: Jaimes, Judith –
AUTOR: Nichts da, das ist eine Pianistin.
SPRECHERIN: Jahnn, Hans Henny .
AUTOR: *(nachdenklich)* Hm.
Kleine Pause.
SPRECHERIN: Und? Paßt Ihnen der?
AUTOR: Hans Henny Jahnn. Hm. Nicht schlecht. Er hat eines der langweiligsten Stücke geschrieben, die ich je auf der Bühne gesehen habe – nach dem ›Parsifal‹ versteht sich. Hm. ›Medea‹ hieß das Stück. Aber – nein. Nicht gut. Den kennt man zu gut. Außerdem kein Komponist. Ich brauche für meinen Toten-Mord einen Komponisten, den kein Mensch mehr kennt. Lesen Sie weiter.
SPRECHERIN: Jaeggi, Oswald, OSB . . . was heißt das?
AUTOR: Ordo Sancti Benedicti. Der war Mönch.
SPRECHERIN: Der wäre Komponist. Auch schon tot – 1963 gestorben.
AUTOR: *(ergriffen)* Nein. Den habe ich persönlich gekannt, habe sogar über ihn geschrieben – nein. Lesen Sie weiter.
SPRECHERIN: Wie wärs mit dem: Jägermeier, Otto, geboren 29.10.1870 zu München, gestorben 22.11.1933 zu Zürich; deutscher Komponist, begann seine Studien bei Rheinberger und studierte 1889-92 bei Thuille, Reisen führten ihn nach Paris und in die Niederlande (1890), Wien und die Balkanländer (1892), Italien (1894) und nach Leipzig (1898), wo er mit Peter Lohmann zusammentraf, dessen musiktheoretische Ideen für sein Schaffen von großer Bedeutung waren. Ab 1907 lebte er in Madagaskar, das er erst 1933 für eine Europareise wieder verließ. Abgesehen von einigen Jugendwerken komponierte er ausschließlich Symphonische Dichtungen (Psychosen, 1900; Titanenschlacht, 1901; Meerestiefe, 1902; Im Urwald, 1920, nicht aufgeführt.)
AUTOR: Ja! Das ist er. Ich ermorde den toten Jägermeier *(an-*

derer, intimerer Ton). Und ich ermordete Jägermeier. Ich arbeitete damals an meinem Roman ›Das Messingherz‹, und da ein Schriftsteller keinen Gedanken unverwertet läßt, integrierte ich meinen spirituellen Mordversuch in die Romanhandlung. Jakob Schwalbe, eine meiner Figuren aus dem Roman, einen Musiklehrer, machte ich zum Helfershelfer und schrieb:

SPRECHER I: »So machte die Redaktion eines renommierten Musiklexikons den Fehler, Schwalbe zur Mitarbeit aufzufordern. Neben etwa hundert ernsthaften Artikeln über Musiker und Musikbegriffe schob er der Redaktion acht komplette Biographien über Musiker unter, die es nie gegeben hatte. Er erfand einen spätmittelalterlichen Meister der Ars Nova, zwei italienische Madrigalisten der Renaissance, einen sächsischen Kirchenkomponisten des 17. Jahrhunderts, zwei weitere Mitglieder der Musikerfamilie Bach, einen schwedischen Symphoniker der Romantik und, sein Glanzstück, den neudeutschen Tondichter Otto Jägermeier, dessen – selbstverständlich auch erlogenen – Briefwechsel mit Richard Strauss er herausgab und von dem er in seinem Konzertzyklus ein (in Wirklichkeit von Schwalbe selbst komponiertes) unglaublich abstruses Tonstück für zwei Personen und Gitarre aufführen ließ. Den Sachteil des Lexikons bereicherte er um die »Epilepsie« als Figur der Rhetorik.«

AUTOR: Jägermeier, Otto – dachte ich mir – ist entlarvt, getötet, zur Mystifikation gestempelt. Es hat ihn nie gegeben. Dachte ich.

MUSIK: (Violinsonatine)

AUTOR: *(entsetzt)* Hat Jägermeier meinen posthumen Mordanschlag überlebt?

SPRECHER I: Ja. Offenbar!

SPRECHER II: *(quasi nicht mehr zum Autor, sondern zum Zuschauer)* Daß einer in einem Lexikon steht, das besagt natürlich noch gar nichts. Aber wenn auch andere Lexika ihn aufführen, und wenn es Werke von ihm gibt, die sogar gespielt werden, so kann nicht irgend einer hergehen und sagen, das sei eine Mystifikation.

SPRECHERIN: Nicht eine, sondern zwei Vereinigungen befassen sich heute mit der Erforschung der Biographie und der Edition der Werke Jägermeiers, bemühen sich um die Aufführung: die Internationale Otto Jägermeier-Gesellschaft in Würzburg und die Otto Jägermeier Society e.V. in Berlin.

AUTOR: So habe ich meinen Mordversuch bereut und mich geschlagen gegeben . . . , bin reumütig den beiden Vereinigungen beigetreten, und als Sühne für den perfiden Mordversuch widme ich mich künftighin der Jägermeier-Forschung.

SPRECHERIN: Aber es ist doch seltsam. Als die ›Neue Musikzeitung‹ 1983 einen Artikel über Jägermeier brachte, meldete sich in einem Leserbrief ein – angeblicher? – Enkel des Komponisten, Karl–Otto Jägermeier, Diplom-Biologe aus Witten, der auch diesem, der ohnedies im Schatten der mächtigeren Giganten unter seinen Zeitgenossen steht, am Zeug flicken will. Der Enkel Jägermeiers schreibt:

SPRECHER II: »Jägermeier hat komponiert – aber das waren Jugendsünden, die – wie man im Riemann Musiklexikon, Ergänzungsband, unter ›Jägermeier‹ nachlesen kann – kaum über die Jahrhundertwende hinausreichten. Jägermeier hat später dem Komponieren abgeschworen. Was von der Forschung hartnäckig verschwiegen wird, ist die Tatsache, daß die angeblich 1920 entstandene Symphonische Dichtung ›Im Urwald‹ eine Fiktion ist: Niemand hat das Autograph bisher zu Gesicht bekommen, und ich weiß aus der Familien-Tradition, wie es zu dieser Fiktion gekommen ist. Jägermeier wurde auf Madagaskar 1920 von einem Musikjournalisten aufgesucht, der ihn nach seinem musikalischen Schaffen befragte, dem Jägermeier jedoch längst abgesagt hatte.»Meine Schaffenskraft dient jetzt dem Urwald«, sagte mein Großvater damals, womit er aber keineswegs auf eine neue Komposition anspielen wollte, sondern vielmehr auf die Tatsache, daß er damals schon seit Jahren an der Erforschung der Urwald-Fauna mitwirkte. Sollte man nicht endlich den erfolglosen ›Komponisten‹ Jägermeier ruhen lassen?«

SPRECHER I: Nein. Es scheint das Gegenteil der Fall zu sein. Das wiedereinsetzende Interesse der musikalischen Welt an der lang verpönten Spätromantik scheint nun auch für Jägermeiers Andenken Lichtblicke zu bringen, und es ist vielleicht nicht einmal verfrüht, von einer förmlichen Jägermeier-Renaissance zu sprechen.

SPRECHER II: Bereits 1983 – zum 50. Todestag – fand in Würzburg ein Gedenkkonzert statt, im Februar 1986 im Café Möhring in Berlin eine ›Jägermeieriana‹. Seit Briefe Jägermeiers an Richard Strauss aufgetaucht sind und seit sich namhafte Musikwissenschaftler wie Erwin Tintori, Wilfried M. Bruchhäuser, Medardus Moeller, Karl Dietrich Gräwe und Konstantin R. Koch mit Persönlichkeit und Werk Jägermeiers befassen, ist das wachsende Interesse an dem so lang vergessenen und vernachlässigten Meister nicht mehr einzudämmen.

SPRECHERIN: Wer war aber dieser Jägermeier? Der von mir vorhin zitierte Lexikonartikel ist ziemlich dürftig.

SPRECHER II: Otto Jägermeier – die Schreibweise mit ä und e-i-e-r verwendete erst der Vater – wurde am 29. Oktober 1870 in München im Haus der Gastwirtschaft ›Hundskugel‹ als Sohn des Musikers und Gelegenheitsspielers Egon Jägermeier und seiner Frau Emilie Henriette, geborene Meussy, einer Hugenottin, geboren. Die musikalische Begabung des jungen Otto zeigte sich bald, und der Vater scheint dem Berufswunsch des Sohnes nicht entgegengetreten zu sein. Jägermeier wurde Schüler Rheinbergers und Thuilles an der Musikakademie in München. Im Abschlußzeugnis von der Hand Rheinbergers hieß es:

SPRECHER I: »Ein hochtalentierter junger Musiker, der bei mir in den Kenntnissen von Harmonie und Contrapunct schönste und zu Hoffnungen berechtigende Fortschritte erzielt hat sowie diverse Fugen zu meiner vollen Zufriedenheit verfertigte. Wenn er gewissen allzu kühnen musikalischen Denk-Ideen enträt, die bei ihm gelegentlich zu Tage treten, kann ein tüchtiger Musiker aus ihm werden. München, 2. August 1892. Joseph Gabriel Rheinberger, kgl. Professor.«

SPRECHERIN: Der alte Fugenseppel, dieser Rheinberger. So nannten ihn, halb spöttisch, halb aber auch bewundernd, seine Schüler. Selbstverständlich hatte Rheinberger, damals schon altgedienter Lehrer und in einer Zeit aufgewachsen, die ihr Ideal noch in der klassischen Formenwelt suchte, nichts für die musikalischen Flausen übrig, die im Kopf dieses schöpferischen jungen Menschen herumspukten.

SPRECHER II: Aber immerhin scheint Otto Jägermeier bei Rheinberger und Thuille gediegenes musikalisches Rüstzeug erworben zu haben, und offenbar war er der vernünftigen Meinung, daß die herkömmlichen Formen nur der aufbrechen kann, der sie kennt.

SPRECHER I: Aber zunächst erfolgte ein anderer Aufbruch: nach dem Abschluß seiner Studien reiste Jägermeier in die Balkanländer (1892), schon vorher, 1890, hatte er auf einer Reise Paris und die Niederlande kennengelernt. 1894 fuhr er nach Italien. Als Frucht dieses Aufenthaltes entstand 1898 eine Sinfonietta op. 5, ›Gardasee–Gedanken‹, für Harfe und Streicher. Die einzelnen Satzüberschriften lauten:

SPRECHERIN: Präludium: ›Schloß Arco im Morgennebel‹.

SPRECHER I: ›Der Monte Baldo im Frühlicht‹, allegro con brio.

SPRECHER II: ›Danza rustica in Malcesine‹, andantino.

SPRECHERIN: ›Wie tief der See – wie hoch der Berg, Meditation, in einem Kahn liegend‹, adagietto.

SPRECHER I: Eine Tempobezeichnung, die aufhorchen läßt: adagietto.
MUSIK: / einige Takte aus Mahlers ›Adagietto‹ aus der 5. Symphonie /
SPRECHER I: Das ist das berühmte ›Adagietto‹ aus Mahlers fünfter Symphonie, die aber nach Jägermeiers Sinfonietta entstand. Wir werden gleich noch auf diesen Punkt zurückkommen.
SPRECHERIN: 5. Satz: ›Promenade in Riva‹, andante con moto.
SPRECHER II: Finale: ›Brahms und Bruckner im Garten des Catull in Sirmione‹, Fuga giocosa, presto.
SPRECHER I: Ob diese Sinfonietta je aufgeführt wurde, ist unbekannt. Ein Druck ist nicht zu ermitteln. Das Manuskript scheint verloren, was besonders angesichts des letzten Satzes bedauerlich ist, dessen Titel an manche parodistischen Überschriften in Werken Eric Saties erinnert. Wir wissen nur, daß Jägermeier 1899 das Manuskript –
SPRECHERIN: »an einen berühmten und bedeutenden Capellmeister versandte, der es mir nie zurückgab, mir zwar freundliche Zeilen schrieb – aber aufgeführt hat er es doch nicht. Sei's drum. Wer weiß, ob ich es selber heute noch für gut hieße.«
SPRECHER II: Soweit Jägermeier selber in einem Brief an Raphael Koch (Konstantin R. Kochs Vater) vom 11. Juli 1930.
SPRECHER I: Aber –! Sollte der »berühmte und bedeutende Capellmeister« Gustav Mahler gewesen sein? Sollte Mahler aus Jägermeiers Partitur nicht nur die eigenwillige Tempobezeichnung ›adagietto‹, sondern . . . womöglich mehr – sagen wir – übernommen haben? Die Tatsache, daß Alma Mahler Jägermeier mit keinem Wort in ihren Schriften über ihren Gustav erwähnt, läßt beim Charakter dieser Dame tief blicken. Aber zurück zu Jägermeiers Biographie.
SPRECHERIN: 1898 reiste er nach Leipzig, wo er die Bekanntschaft eines Mannes machte, der seinen weiteren schöpferi-

schen Lebensweg entscheidend beeinflussen sollte: Peter Lohmann.

SPRECHER I: Peter Lohmann, geboren 1833 in Schwelm in Westfalen, lebte seit 1856 als Schriftsteller und Musiktheoretiker in Leipzig. In seinen – längst vergessenen und wahrscheinlich für heutige Leser ungenießbaren – literarischen Werken, die mit Titeln behaftet waren wie ›Die Rose vom Libanon‹, ›Die Brüder‹ oder ›Durch Dunkel zum Licht‹, abstrahierte er – so das Lexikon:

SPRECHER II: »– soweit möglich von allem Äußerlichen und suchte Konflikte und Lösungen nur im Seelenleben.«

SPRECHER I: Aber interessanter waren, zumindest für Jägermeier, Peter Lohmanns musiktheoretische Überlegungen, die er (damals schon dreißig Jahre zurückliegend) in seinem Werk ›Über die dramatische Dichtung mit Musik‹ niederlegte. Peter Lohmann war der damals weit verbreiteten Meinung, daß nur außermusikalische Inhalte der Musik Sinn geben können. Zwar beschäftigte sich Lohmann hauptsächlich mit der Oper – ein Gebiet, zu dem sich Jägermeier Zeit seines Lebens nicht hingezogen fühlte –, aber seine programmatischen Forderungen, die ins Extreme gingen, ließen sich in den Augen Jägermeiers durchaus auch auf die Instrumentalmusik anwenden. Jägermeier spürte in den Schriften Peter Lohmanns und in den vielen Gesprächen mit ihm die Bestätigung einer inneren Ahnung von einer Universalmusik bisher nicht gekannten Ausmaßes, die sich Jägermeier nun zu schreiben anschickte.

SPRECHER II: 1900 kehrte Jägermeier nach München zurück. Er lebte hier als freier Komponist; wovon er allerdings lebte, ist unklar. Da seine Werke selten aufgeführt und nie gedruckt wurden, brachten sie natürlich keinerlei finanziellen Nutzen. Von irgendeiner Anstellung, von Konzert- oder Lehrtätigkeit Jägermeiers ist nichts bekannt. Aus den Lebensumständen der Eltern Jägermeiers, die uns dank der Forschungen Erwin Tintoris erschlossen sind, geht hervor, daß ein ererbtes Vermögen nicht vorhanden gewesen sein kann. Andererseits lebte Jägermeier damals in München in durchaus bequemen Verhältnissen, und er konnte es sich leisten, wie wir von seinem Freund Steinitzer wissen, seiner liebsten Beschäftigung (außer dem Komponieren) nachzugehen, nämlich in der Stadt herumzuspazieren. Aus ein paar verstreuten, unklaren Äußerung in Briefen scheint hervorzugehen, was die Lösung dieses Rätsels sein könnte: Jägermeier hatte einen Mäzen, einen offenbar reichen, womöglich hochgestellten Förderer, der – warum? – strikt darauf achtete, im Hintergrund zu bleiben. Wie vieles im Leben Jägermeiers, ist auch dieser Punkt dunkel und wird es vielleicht bleiben.

SPRECHERIN: In nur kurzer Zeit, in den wenigen Jahren zwischen 1900 und 1907 schrieb Jägermeier eine Anzahl von nicht anders als gigantisch zu nennenden Symphonischen Dichtungen, an denen gemessen die entsprechenden Werke Berlioz', Liszts und Richard Strauss' – nach Steinitzer – nur Vorstufen sind:

SPRECHER I: ›Psychosen‹ – 1900.

SPRECHER II: ›Titanenschlacht‹ – 1909, Jägermeier erwähnt sie gelegentlich auch mit dem griechischen Titel ‹Gigantomachie›.

SPRECHER I: ›In der Tiefe des Meeres‹ – 1902.

SPRECHER II: ›Die Erdbeben des Jahres 1901‹.

SPRECHER I: ›Der physiologische Schwachsinn des Weibes‹ – 1904 und:

SPRECHER II: ›Grundzüge der transzendentalen Analytik nach Kant für sehr großes Orchester mit obligatem Unviversitätsprofessor‹ – 1906.

SPRECHERIN: Max Steinitzer, der Jägermeier gut gekannt hat, beschreibt die ›Gigantomachie‹ wie folgt:

SPRECHER I: »Schon mit seinen beiden Orchesterdichtungen ›Gigantomachie‹ und ›In der Tiefe des Meeres‹ schien Jägermeier das Endziel der programmatischen Musik erreicht zu haben. Mindestens bleibt für jeden normalen Menschen und Musiker unerfindlich, wie über den hier erreichten Punkt der völligen Einheit von Gesichts- und Tonverstellung noch hinausgegangen werden könnte, man mag nun über die Berechtigung dieser genauen Kunstrichtung denken, wie man will. In diesen Schöpfungen ist Jägermeiers vornehmste Absicht die Deutlichkeit und Bestimmtheit der orchestralen Personifikation, in noch höherem Maße, als seine großen Vorgänger Berlioz, Liszt und Richard Strauss sie angestrebt hatten. Zunächst zur ›Gigantomachie‹: Okeanos, Japetos und Kronos, den Olymp stürmend.« Die drei Giganten, der erste vertreten durch Alt- und Tenor-, der zweite durch Tenor- und Baß-Posaune, der dritte, mächtigste, durch die Baßtuba, dazu jeder verstärkt durch ein Paar Hörner, sind der Deutlichkeit der Handlung zuliebe auch räumlich getrennt, indem die betreffenden drei Instrumentengruppen in die Mitte und an die beiden äußersten Enden des Orchesters verlegt sind. Die angegriffenen Olympier sind durch sechs Trompeten dargestellt, welche sich oben auf der Galerie bei der unterstützenden Orgel befinden. Durch diese Aufteilung wird die Plastik des Vorgangs außerordentlich. Von den drei Giganten ringt sich einer nach dem anderen von der Tiefe der Erde (Streicher und tiefe Holzbläser) los, um in kühnem Aufstreben auf den Himmel loszustürmen, bis alle drei sich zu einem besonders heftigen Angriffe vereinen. Dieses kraftstrotzende Angriffs- und Kampfmotiv der Tuba und Posaunen hat übrigens eine unleugbare Ähnlichkeit mit einer Stelle aus Richard Strauss' ›Feuersnot‹, die gleichfalls Zitat ist.

Nach dem tödlichen Streich, den jeder zu verschiedener Zeit in einer Quintenfolge nach abwärts von den Trompeten empfängt, stürzt er in einer, den ganzen Umfang der Instrumente umfassenden Tonfolge zur Tiefe des Tongebiets, wo er in immer langsamer werdenden Zuckungen (Sechzehntel) liegen bleibt. Naturgemäß dauern diese bei Okeanos, dem Stärksten, durch die Baßtuba Dargestellten, am längsten. Mit der Wendung des Kampfes zuungunsten der stürmenden Giganten wenden sich deren Motive nach Moll und bleiben diesem Tongeschlecht bis zum Schlusse treu. Bei dem Todeskampfe des Okeanos will ich ein für die Persönlichkeit Jägermeiers bezeichnendes Intermezzo nicht verschweigen, das zeigt, wie lebhaft wir alle bei der Sache waren. Auf der Probe nämlich äußerte der Jüngste unseres Kreises bei den immer wiederkehrenden röchelnden Lauten der Baßtuba: »Den Alten muß man noch einmal totschlagen!«, worauf Jägermeier mit der ganzen Objektivität des Kindes und Genies entgegnete: »Nur ruhig, mein Lieber, er hat schon seinen Treff von der ersten Trompete, der werd' nimmer.« Den Tod der Giganten epilogisiert ein ergreifender Trauermarsch in d-Moll, in dessen jede Taktgruppe abschließenden leere Quinten der Jubel der siegesfrohen Olympier mit schmetternden verschlungenen Doppelfanfaren hineinklingt und das aus dem folgenden Motiv aufgebaut ist (bei x setzt das zweite Trompetenterzett ein).

3 Trombe

Daß die sämtlichen Schlaginstrumente die Schlacht aufs wirksamste unterstützen, ist selbstverständlich. Bemerkenswert ist, wie Jägermeier durch Benutzung der christlichen Orgel als Instrument des heidnischen Olymp den künstlerisch vorurteilslosen persönlichen Standpunkt seines religiös-mythologischen Denkens zum Ausdruck bringt.

Auf einem einsamen Spaziergang nach der Probe gestand Jägermeier, daß er erst beabsichtigte, den Schluß nicht auszuschreiben, sondern es der Kraft und Ausdauer der Bläser selbst zu überlassen, ob die Giganten oder die Olympier endlich siegten. Er selbst stockte unwillkürlich infolge der Größe des Gedankens, den er da aussprach, und auch ich war seltsam bewegt bei der Vorstellung dieser Geistestat, auf die Souveränität des Tondichters dergestalt zu abdizieren, sie an das Orchester abzugeben. Er hatte anfänglich nur vorgeschrieben, daß sowohl die Kämpfenden selbst als die begleitenden Akkorde der Holzbläser und Figuren der Streicher in d-Moll bleiben müßten – »damit keine harmonische Verwirrung entsteht« –, wie er mit einem unendlich sanften bescheidenen Lächeln hinzusetzte.«

SPRECHERIN: In dem Werk ›In der Tiefe des Meeres‹ geht Jägermeier dann in seinem Bemühen um Deutlichkeit der Musik als Ausdruck so weit, daß er die musikalisch geschilderten Meerestiere im Programmheft abbilden ließ, und beim Erscheinen des Tonsymbols des betreffenden Tieres mußte der Dirigent eine Tafel mit der exakten zoologischen Bezeichnung in die Höhe halten.

SPRECHER II: Es würde hier zu weit führen, die Kontroversen aufzuzählen, die Jägermeiers Musik im München jener Jahre auslöste. Ab und zu wurde eins seiner Werke gespielt, zum Beispiel 1906 (oder 1907) der ›Physiologische Schwachsinn des Weibes‹ durch das Keim-Orchester, allerdings zur Vorsicht in einer Privataufführung. Selbstverständlich stand der ungeheure Aufwand, den die Aufführung eines Werkes Jägermeiers erforderte, der nachhaltigen Verbreitung im Wege.

SPRECHER I: Seine – allerdings viel später, 1920 – entstandene Symphonische Dichtung ›Im Urwald‹, deren Partitur Steinitzer offenbar gekannt hat –

SPRECHERIN: Es gibt sie also doch!
SPRECHER I: – verwendet zusätzlich zum großen, herkömmlichen Symphonieorchester unter anderem: 2 hohe F-Klarinetten, eine Piccolo-Oboe in hoch F, eine Bariton-Oboe in c, Saxophone in allen Lagen, Baßflügelhörner in f, Es und G , Tenortuben in Dreiergruppen, Cembalo, Bomharte, Schwegelpfeife, Mandolinen, sogenannte ›Ritterbratschen‹, Kontrabaßklarinetten, Guitarren und Baßguitarren, Terzflöten in Es und Klaviaturtschinellen. Daneben zwei Orgeln (eine davon in Es), vier Klaviere, Schweden-Hommel (auch einsaitige Lappen-Zither genannt), ein Akkordeon-Orchester und eine Anzahl von Spezialschlaginstrumenten, die Jägermeier selber entwickelt hat. Das Werk ist, wie nicht anders zu erwarten, nie aufgeführt worden, obwohl der Mittelsatz: ›Affenleben‹ – nach Steinitzer – von überirdischer Schönheit sein soll.
SPRECHER II: Das Jahr 1907 brachte wieder eine entscheidende Wendung im Leben Jägermeiers. Er wandert nach Madagaskar aus – Steinitzer schildert die Umstände anekdotenhaft. Er behauptete, Jägermeier hätten die Stille der Insel, der poetische Waldgürtel, der die Küsten säumte, und die anerkannte Zutraulichkeit und Schönheit der jungen Madegassinnen interessiert. Alles sei aber dann ganz anders gewesen, die Insel sei für Jägermeier zu einer großen Enttäuschung geworden. Er sei nur deshalb nicht nach München zurückgekehrt, weil er schon auf der Hinfahrt »hundsmäßig« seekrank geworden sei und sich diesem Martyrium nicht noch einmal aussetzen wollte. Er wartete auf die Einrichtung des Flugverkehrs.
SPRECHERIN: Tatsache ist jedenfalls, daß Otto Jägermeier von 1907 bis 1933 in Tananarive lebte. Offenbar unterstützte ihn der generöse, geheimnisvolle Mäzen auch in der Ferne. Außer der schon erwähnten Symphonischen Dichtung ›Im Urwald‹ entstand auf Madagaskar nur noch *ein* größeres Werk, das Ton-Poem ›Diego Suarez‹ – für zwei

große Orchester, vier Orgeln, Feuerwerk, Militärmusik, 200 Trommeln, Konzertzither und Chor; 1926.
SPRECHER I: Über dieses Werk ist gar nichts bekannt. Es wurde nie aufgeführt. Wer Diego Suarez war, dessen Schicksal die Tondichtung wohl beschreibt, konnte erst nach langen Recherchen geklärt werden: er war einer der Anführer der Flibustiers, die sich nach dem Zusammenbruch der ersten europäischen Kolonisation 1754 in Küstenwinkeln Madagaskars einnisteten und von hier aus Seeräuberei und Sklavenhandel trieben.
SPRECHER II: In Europa, selbst in seiner Vaterstadt München, dem Schauplatz seiner stürmischen Jahre, war Otto Jägermeier längst vergessen. Die Musikgeschichte war, über die Programmusik, über Gigantensymphonien und Spätromantik hinweg, in ganz andere Provinzen geschritten. Da brach Jägermeier doch noch einmal zu einer Reise in die Heimat auf. Der unmittelbare Anlaß soll – nach der aufschlußreichen biographischen Skizze von Gerhard Heldt, der einzigen umfangreichen Arbeit, die es in dieser Hinsicht gibt – der Tod von Jägermeiers Bruder Gustav gewesen sein. Da es einen geregelten Flugverkehr immer noch nicht gab, mußte Jägermeier doch noch einmal den Seeweg wählen. Prompt wurde er wieder seekrank. Im Oktober 1933 betrat er in Fiume das erste Mal seit 1907 wieder europäischen Boden. Nazideutschland zu betreten, weigerte sich Jägermeier. Er fuhr über Graz, Wien, Salzburg, Innsbruck, nach Zürich, wo er überall (meist schlecht besuchte) Vorträge über sein Werk hielt. Er war zu der Zeit auf die Einnahmen aus diesen Vorträgen angewiesen. Offenbar hatte sein Mäzen (seit Januar 1933?) die Zahlung der Subsidien eingestellt. Es ist nicht zu verkennen, daß Jägermeier auf seine alten Tage sich finanziell kaum über Wasser halten konnte.
SPRECHERIN: An seinem 63. Geburtstag, am 29. Oktober 1933 in Wien, gab Jägermeier ein Konzert im kleinen Saal

der Urania. Unter anderem erklang die Violinsonate No. 1 ›ohne Tonart‹ aus dem Jahr 1884 (nicht identisch mit der hier anfangs gespielten Jugendsonate) in der Interpretation durch den Komponisten selber, am Klavier die junge Pianistin Adelheid Kringl. Zu dem Konzert erschienen sechs Zuhörer, einer davon war Alban Berg. Berg erzählte später, so berichtet sein Neffe und Biograph Erik Alban Berg: »Jägermeier setzte seine Violine an und blickte traurig über den so gut wie leeren Saal. Aber er spielte doch. Was wohl in dem alten Mann vorging? Die Violinsonate, die er spielte, war scheußlich.« In einem bisher unveröffentlichten Brief an den schon erwähnten Raphael Koch (es dürfte einer der letzten Briefe Jägermeiers gewesen sein) heißt es bezüglich dieses Abends:» Auch ein ganz widerlicher Neidhammel und erfolgloser Tonpatzer namens Teddy Wieselpfund (oder so ähnlich) war im Saal, ging aber nach zehn Minuten. Dieser Kurzbold, der zu aller seiner Widerwärtigkeit auch noch Rezensent ist, soll in einer Zeitung über meine Sonate geschrieben haben: so könne man nicht mehr schreiben. Ich befände mich nicht auf der Höhe des erreichten musikalischen Materials. Ich finde: das spricht für mein Werk«. Um wen es sich bei diesem Teddy Wieselpfund gehandelt hat, war nicht zu ermitteln, vielleicht um einen Bildhauer und Kunstgewerbler (»Tonpatzer«?) und Nebenerwerbsjournalisten.

Jägermeier reiste nach Zürich. Er besuchte Tribschen, spielte auf Wagners Klavier eine Improvisation über den Trauermarsch aus der ›Götterdämmerung‹, vermischt mit Motiven aus der ›Lustigen Witwe‹. Für den 25. November war ein Konzert in Zürich geplant und schon plakatiert. Am 21. November erhielt Jägermeier die Nachricht, daß schon über 30 Karten verkauft waren. Da war er bereits bettlägerig, und in den frühen Morgenstunden des 22. Novembers 1933 starb er im Zimmer 8 des Hotels ›Florhof‹.

SPRECHER 1: Die Direktion des Hotels weigert sich bis heute, eine Gedenktafel anzubringen, da ein Todesfall im Hotel im eidgenössischen Selbstverständnis der Gastronomie als nicht umsatzfördernd gilt.

SPRECHERIN: Jägermeier wurde auf dem Neumünsterfriedhof begraben. Das Grab wurde 1943 aufgelassen.

SPRECHER II: *(anderer, nüchternerer Ton)* Die beiden großen Ton-Poeme, von denen schon die Rede war, waren nicht die einzigen Werke, die Jägermeier in den über 25 Jahren seines Aufenthalts in Madagaskar geschrieben hat. Konstantin R. Koch hat in seiner Arbeit ›Jenseits von Nostalgie und Absturz – zu einem Kernmotiv im Werk Otto Jägermeiers‹ eine Passage aus Jägermeiers Klaviersonate No. 14 zitiert:

Die Sonate ist 1931 entstanden. Ob es die Sonaten No. 1 bis 13 je gegeben hat, ist ungewiß. Bei Jägermeiers Naturell ist nicht auszuschließen, daß er sein Sonatenwerk mit No. 14 angefangen hat und sich bis No. 1 hätte zurückkomponieren wollen.

SPRECHERIN: Übrigens gibt es auch außer der genannten Violinsonate No. 1 keine No. 2.

SPRECHER II: In Madagaskar verschaffte sich Otto Jägermeier eine bescheidene Nebeneinnahmequelle, indem er ein madegassisches Spezialensemble gründete, die ›Capella Madagascara‹, das aus Militärmusikern, Laien, höheren Töchtern usw. zusammengesetzt war. Für dieses Ensemble, dessen Besetzung oft wechselte, schrieb Jägermeier in den Jahren von 1908 bis 1930 zahlreiche Werke (zum Teil unter dem Pseudonym Aribert Tuquet), die bei Hochzeiten, Begräbnissen, Offiziersbällen der französischen Garnison und ähnlichen Gelegenheiten aufgeführt wurden.

Zwei Partituren hat Erwin Tintoris sichergestellt. Sie hören nun die ›Marche noceuse‹ aus dem Jahr 1915, eine Hochzeitsmusik, die sich in zwei Teile: ›Avant ...‹ und ›Après la celebration du marriage‹ gliedert. Eigenartigerweise ist der Satz ›Nach der Trauung‹ in Moll gehalten.

MUSIK: ›Marche noceuse‹

SPRECHERIN: Ein eher gefälliges Werk, sicher nicht typisch für die großen symphonischen Ideen Jägermeiers. Darauf deutet das andere Werk eher hin, das auch für die Capella Madagascara geschrieben ist, in erster Fassung schon 1907, revidiert 1918: ›La mer orageuse et le voyage celamiteux‹ – ›Meeresstille und unglückliche Fahrt‹ mit dem Untertitel ›Poème symphonique en miniature‹ – , und nochmals darunter setzte Jägermeier das Beethoven-Zitat ›Mehr Empfindung als Malerei‹. Das Werk ist unschwer als Ergebnis der »hundsmäßigen« Seekrankheit zu entschlüsseln. Die Titel der vier Sätze lauten (in deutscher Übersetzung)

SPRECHER II: Vor der Abfahrt aus Dar-es-Salam.

SPRECHER I: Einschiffung.

SPRECHER II: Auf dem Meer.

SPRECHER I: Vor der Ankunft auf den Komoren-Inseln.

SPRECHERIN: In die Partitur hat Jägermeier Stoßseufzer eingearbeitet, die quasi als unhörbare Motti über einzelne Passagen stehen, wie:

SPRECHER I: » Oh, was für eine Beklemmung erfaßt mein Herz!«

SPRECHERIN: – oder:

SPRECHER II: »Schrecklich ! – Wasser, nichts als Wasser «

MUSIK: ›La mer orageux‹

SPRECHERIN: Erst vor wenigen Wochen ist durch einen Zufall entdeckt worden, daß ein einziges Werk Otto Jägermeiers zu seinen Lebzeiten gedruckt wurde. 1904 erschien die Weihnachtsnummer der ›Sankt Galler Post‹ mit einer der seinerzeit so beliebten Musikbeilagen: ein Salonstück für Klavier in, wie es hieß, »geschmackvoller und eleganter

Aufmachung, geeignet als Christnachtspräsent für den anspruchsvollen Musikliebhaber sowie Pianisten«. Es handelt sich um ein kurzes Stück, vielleicht aus einem Zyklus, mit dem Titel: ›Das sterbende Schwein‹.

Vielleicht sollte man nicht gerade so weit gehen wie der Musikwissenschaftler Dr. Neukuckuck um 1910 (zitiert nach Steinitzer a.a.O.), der die Musikgeschichte in zwei Epochen einteilte: 1. Epoche der Vorbereitung: von Apollo und Isis bis Strauss und Reger, 2. Epoche der Vollendung: Jägermeier. Aber ein gewisses Quantum musikhistorischer Gerechtigkeit sollte man dem tragischen Gigantomanen doch zukommen lassen.

UNTER DEM DIKTAT EINES ENGELS

Arabeske zu Robert Schumann

In einer kleinen Betrachtung über Haydn habe ich die Äußerungen Robert Schumanns über Joseph Haydn gesammelt und dabei festgestellt, daß Schumann in seinem ganzen, bekanntermaßen äußerst umfangreichen schriftstellerischen Werk nie in einer zusammenhängenden Arbeit zu Haydn Stellung genommen hat. Das mag Zufall sein, denn Schumanns Aufsätze sind alle (im besten Sinn) Gelegenheitsarbeiten, und es hat sich eben vielleicht für Haydn keine Gelegenheit geboten. Schumann erwähnt Haydn immer lobend, nennt ihn immer in einem Atem mit Beethoven und Mozart, ist vielleicht sogar der Erfinder der Ansicht, daß man diese Meister als Dreieinigkeit zu betrachten hat. Aber dennoch ist so etwas wie eine Reserve Schumanns gegen Haydn zu bemerken: *Papa Haydn,* der liebenswürdige Meister mit dem Zopf, wobei dieser Vokabel durchaus ein leicht abschätziger Beigeschmack innewohnt. Schumann hat Haydn als den bravsten, den biedersten, den schlichtesten der drei Meister betrachtet. Ist es eine Rache des Weltgeistes, daß das Urteil des 20. Jahrhunderts über Schumann dem gleicht, das Schumann über Haydn fällte? Schumann gilt als eine Art musikalischer Hausvater, ein braver, unproblematischer erwachsener Bürger, der meistens recht hat, als – zusammen mit seinem geistigen Sohn Brahms – der fromme Notnagel der Verehrer deutscher Romantik, sofern sie sich nicht zur Wagner-Religion bekennen.

Ohne Zweifel hat dieses Bild von Schumann – das in verheerender Weise auf die Schumann-Interpretation zurückgewirkt hat, namentlich aber darauf, was von Schumanns Werken überhaupt nicht interpretiert wurde (seine katholische Kirchenmusik zum Beispiel) – ohne Zweifel hat dieses Bild Schumann selber mitgeprägt, namentlich durch seine in ihrer Richtigkeit und Echtheit nicht anzuzweifelnden, aber doch teilweise recht betulichen ›musikalischen Haus- und Lebensregeln‹ sowie dadurch, daß er den zwei unauslotbar tiefen Klavierzyklen op. 15 und op. 68 (seinen zwei vermutlich am meisten gespielten Werken überhaupt) die Titel ›Kinderszenen‹ und ›Album für die Jugend‹ gegeben hat. Deswegen hat die Nachwelt diese Werke als Kinderszenen und Album für die Jugend mißverstanden. Aber auch die in Romanen und später Filmen vielbesungene höchst romantische Liebesgeschichte Robert Schumanns mit Clara Wieck hat dazu beigetragen, die Figur (und damit leider auch dem Werk) Robert Schumanns in einer heiter-deutschen Geißblattlaube zu deformieren.

Die Tatsache, daß Robert Schumann im Alter von 44 Jahren in Wahnsinn verfiel, irritierte immer das Bild vom braven Schumann, führte aber nicht zu einer Revision des Urteils über den biedermeierlichen Schumann, sondern nur dazu, daß man in den letzten Werken – etwa dem Violinkonzert von 1853 – nach Spuren von Wahnsinn suchte und sie für unbeachtlich hinstellte. Das Violinkonzert in d-Moll (ohne Opus-Zahl) wurde erst 1937, einundachtzig Jahre nach Schumanns Tod, uraufgeführt. Dabei läßt sich die Aura des brav-deutschen System-Romantikers Robert Schumann schon anhand seiner Portraits demontieren: ein schon in mittleren Jahren aufgeschwemmtes Gesicht mit Schweinsäuglein, umrahmt von eitlen Künstlerlocken, ein kleiner Mund, immer leicht gespitzt, als ob er sogleich zu pfeifen anfangen würde. Die unter so romantischen Umständen zustandegekommene Ehe war für Clara Schumann zeitweise eine Hölle: acht Kinder in dreizehn Jahren, Geldsorgen, Mißmut über mangelnde Anerkennung, Überschätzung der eigenen Fähigkeiten als Orchesterleiter seitens Schumann, Eifersucht Schumanns auf Clara, weil ihr Ruhm als Interpretin größer war (oder Schumann jedenfalls größer schien) als sein eigener Ruhm als Komponist. Eine Katastrophe war die Rußlandreise, die das Ehepaar Schumann von Februar bis Mai 1844 unternahm und die sie über Berlin, Königsberg, Riga und St. Petersburg bis Moskau führen sollte. Clara Schumann, die ausnahmsweise nicht schwanger war, wurde als berühmte Pianistin gefeiert, ›Dr. Schumann‹ nur als Mann der Virtuosin begrüßt. Allenfalls betrachtete man ihn als Herausgeber einer wichtigen Musik-Zeitschrift. Schumann vertraute tief depressive und für Clara vorwurfsvolle Gedanken seinem Tagebuch an. (Clara las das erst viel später, nach dem Tod Schumanns, und wunderte sich; sie konnte es sich nicht erklären, welche geheimnisvollen Kränkungen sie ihrem Mann zugefügt habe.) In Moskau spielte Clara, um Robert einen Dienst zu tun, das Klavierquintett op. 44 mit ortsansässigen Künstlern. Das Konzert war schlecht besucht, denn die Saison war um die Osterzeit bereits vorbei. Das Quintett wurde ungnädig aufgenommen. Robert machte Clara nun heftige Vorwürfe und behauptete, sie habe es absichtlich schlecht gespielt. In sein Tagebuch notiert er: »Kränkungen kaum zu ertragen und Claras Benehmen dabei!«

Schumann schöpferischer Lebensweg verlief in seltsamen, man muß sagen: zwanghaften Schüben. Er hat nach allen, wirklich allen musikalischen Ausdrucksformen und Ausdrucksarten gegriffen: instrumental und vokal, große und kleine Form, zyklische Werke, Oper, Oratorium, Messe, nahezu alle gängigen Kammermusikbesetzungen, Konzerte – wie fast kein anderer Komponist seiner Zeit, die ja bereits den typischen Zug des 19. Jahrhunderts zur Spezialisierung aufwies. Das ist an Bruckner, Verdi und Wagner, in gewissem Sinn auch an Brahms abzulesen, die als reine Symphoniker oder als reine Opernkomponisten, an Chopin und Liszt, die als Klavierkomponisten in die Musikgeschichte eingegangen sind. Schumann war das vielleicht letzte musikalische Universalgenie (vor Strawinsky), aber er hat sich den einzelnen Gattungen in fast manisch wirkenden Schüben zugewandt. Von den Abegg-Variationen op. 1 (1830) bis zum Carneval de Vienne op. 26 (1839) gibt es nur Klaviermusik. Im Jahr 1840 entstanden fast nur Lieder (138 insgesamt), 1841 die B-Dur- und die d-Moll-Symphonie (später als I. und IV. gezählt), 1842 die großen Kammermusikwerke von op. 41 bis op. 47. Dann wandte sich Schumann bis 1851 dem Oratorium und der Oper zu, zu denen auch die ›Manfred‹-Musik und die in vieler Hinsicht ungeheuerlichen ›Faust‹-Szenen gehören, unterbrochen von den Jahren 1845 und 1850, in denen Schumann je ein Konzert (für Klavier bzw. Violoncello) und eine Symphonie schrieb. Nach 1851 entstanden die drei Violinsonaten, seltsam weltenferne Werke, und die beiden katholischen liturgischen Werke, die Missa sacra in c-Moll und das Requiem, zwei auch dem Umfang nach gewaltige Werke, denen offenbar bis heute die Musikwissenschaft und die Konzertpraxis fassungslos gegenüberstehen. Man ignoriert sie, wobei bei näherem Hinsehen zumindest die Messe ein Werk ist, das den anderen großen Messkompositionen – Bachs Hoher Messe, Mozarts c-Moll-Messe, der Missa solemnis Beethovens und Schuberts As-Dur- und Es-Dur-Messen – an schöpferischem Ernst nicht nachstehen. Eines der letzten Werke, von 1853, war dann das erwähnte Violinkonzert. Vom Thema seines letzten – unvollendeten – Werkes, den Variationen für Klavier in Es-Dur, behauptete Schumann allen Ernstes, ein Engel sei ihm erschienen und habe es ihm diktiert.

Als Schumann nach einem Selbstmordversuch 1854 in die Heilanstalt Endenich eingeliefert wurde, war das für Clara, die gerade ihr achtes Kind erwartete, wohl eine Erlösung. Der junge Johannes Brahms zog sofort zu ihr ins Haus. Clara besuchte Schumann die Jahre hindurch nicht, nur kurz vor seinem Tod im Juli 1856, und das auch nur angeblich auf Drängen Brahms'. Es heißt, Schumann habe keine Besuche seiner Frau gewünscht. Eine andere Version lautet, die Ärzte hätten Besuche überhaupt unterbunden; dagegen spricht, daß ihn Brahms und Joachim mehrfach besuchten. Auffällig ist, daß in Claras Tagebuch seit 1854 Schumann so gut wie überhaupt nicht vorkommt, dafür ist umso mehr von »Johannes« die Rede. Nach allem, was vorangegangen war, nur mehr als verständlich. Eine moralische Verurteilung wäre ganz unangebracht. Erst nach Schumanns Tod wandelte sich die Pianistin Clara Schumann in eine unermüdliche Verfechterin des Schumannschen Werkes. Alles in allem: jedenfalls keine Idylle, nicht der geringste Ansatz einer Gartenlaube.

Was Schumanns Geist und seine Werke auszeichnet, ist ein untrüglicher Instinkt für Qualität. Das ist in seinen Schriften zu lesen, die bei aller Sanftmut der stilistischen Mittel von schneidender Objektivität sind. In Schumanns Werken gibt es – außer vielleicht in einigen poetischen Titeln, die er dem einen oder anderen Werk gegeben hat – keine geschmacklichen Verirrungen. Schumann war immer wie vielleicht überhaupt kein anderer der großen Meister von untadeliger Sicherheit und Integrität des Geschmacks. Das heißt: die Wahl der Form, die Haltung des Ausdrucks, die technischen Ausführung entsprechen immer klar dem musikalischen Einfall und umgekehrt. Die Themen und die thematische Verarbeitung sind immer materialgerecht: die Arbeiten für Klavier sind – bei allen Ansprüchen an den Spieler, die bis zur kühnsten Virtuosität gehen, etwa in der Toccata op. 7 – geboren pianistisch, schmiegen sich dem Fingersatz an, die Themen der Symphonien sind genuin symphonisch, die Gedanken der Kammermusikwerke sind eben kammermusikalisch. Man kann das leicht nachprüfen, indem man versucht, etwa die symphonischen Gesten der d-Moll-Symphonie sich pianistisch vorzustellen oder die Liedbegleitungen sich instrumentiert zu denken. Die Mittel bei Schumann entsprechen immer exakt dem Zweck. Das ist eine schöpferische Mäßigung, die bei oberflächlicher Betrachtung den Eindruck der Biederkeit erwecken könnten, und das ist es, woran Robert Schumanns musikhistorisches Andenken leidet. Aber es war nicht nur bei den Es-Dur-Variationen ein Engel, der Schumann die Musik vorgesungen hat. Gerade bei Schumann muß man die Stimme der Jenseitsmusik – die vielleicht gar nicht immer so heiter ist – mithören. Einmal hat das Schumann selber gesagt, hat er den Vorhang gelüftet: in der Humoreske op. 20 (aus dem Jahr 1839) gibt es einen Abschnitt (›Heftig‹, g-Moll), in dem zwischen den beiden Systemen für die linke und die rechte Hand ein drittes System erscheint, das ›Innere Stimme‹ überschrieben ist. Diese ›innere Stimme‹ ist eine merkwürdig zwischen g-Moll und Es-Dur schwebende Melodie, zu der Schumann in einer Fußnote anmerkt: »Diese innere Stimme soll nicht mitgespielt werden. Der Spieler soll hier gleichsam ›zwischen den Zeilen‹ lesen«.

MELODIEN, VON MUSIKALISCHEN ENGELN BESCHERT

Der mysteriöse Peter Tschaikowsky

Es fehlt nicht an guten Zeugnissen unverdächtiger Musiker (etwa Strawinskys oder Schostakowitschs) über Tschaikowsky, aber im allgemeinen hält das Odium der angeblichen Süßigkeit seiner Musik vor, und Hanslicks böses und ungerechtes Wort über das Violinkonzert: daß man da die Musik stinken höre, haftet bis heute; und wer unter Musikern oder gar Musikwissenschaftlern als tadellos intellektuell gelten will, darf eher Gilbert und Sullivan loben als Tschaikowsky. Die Anfeindungen Tschaikowskys haben in Rußland selber schon zu des Komponisten Lebzeiten eingesetzt. Namentlich von dem ›Mächtigen Häuflein‹ (der Gruppe Petersburger Komponisten um Rimsky-Korssakow und Borodin), das – bei aller Wertschätzung speziell der beiden Genannten – in etwas präpotenter Weise die russische Musik gepachtet zu haben glaubte, wurde der Moskauer Tschaikowsky (es gab damals eine latente Animosität zwischen Petersburger und Moskauer kulturell-intellektuellen Kreisen) als viel zu *westlich*, als unrussisch, ja vaterlandsverräterisch betrachtet und verschrien. Wir können diese ideologische Animosität, die etwa aus Rimsky-Korsakows Autobiographie deutlich wird, nicht mehr nachvollziehen wie so viele musikideologische Auseinandersetzungen der Vergangenheit. Aber dem Ansehen des Meisters Tschaikowsky hat es bis heute geschadet.

Es ist zwar Tatsache – zum Glück derer, die Musik unvoreingenommen hören können –, daß sich Tschaikowskys Werke, zumindest ein Teil von ihnen (die drei letzten Symphonien, sein Violinkonzert, das erste Klavierkonzert, zwei seiner Opern und einiges mehr), in dem Konzert- und Opernrepertoire durchgesetzt haben und daß sie aus der *Weltmusik* nicht mehr wegzudenken sind; aber ein Rest von Odium bleibt.

Oberflächliche Betrachtungen könnten dem Odium recht geben. Tatsächlich ist in einigen Werken Tschaikowskys *Leerlauf*, sind zeitfüllende Sequenzwiederholungen fast exzessiver Art, ist hemmungsloses Zu-Tode-Reiten gefälliger Wendungen zu beobachten. (Alles Dinge, die man Wagner und Mahler ohne weiteres verzeiht.) Dazu war Tschaikowsky ein begnadeter Melodiker; neben Verdi, Johann Strauß und Offenbach dürfte er derjenige Komponist des 19. Jahrhunderts gewesen sein, dessen Inspiration, was den Einfall von Melodien anbetrifft, am fruchtbarsten gewesen ist. Das läßt sich sehr trivial an der Anzahl der sogenannten *Ohrwürmer* ablesen, die Tschaikowsky zu erfinden gelungen ist. Tschaikowsky standen offenbar stets, selbst bei kleineren, unbedeutenden Werken, zündende Melodien zu Gebote. Bezeichnend für die Überfülle der melodischen Einfälle Tschaikowskys ist auch, wie wenig er mit seinen Einfällen haushalten mußte. Einen wahrhaftigen *Ohrwurm* von unverwüstlicher Schlagkraft wie das Thema der Einleitung des b-Moll-Klavierkonzerts hätte ein Komponist, der sparsamer mit rein melodischen Einfällen sein mußte (wie Bruckner etwa und Brahms) zum Hauptthema einer Symphonie gemacht (wobei hier nicht diskutiert werden kann, ob ein solches Thema Bruckner oder Brahms ihrem musikalischen Charakter nach überhaupt hätte einfallen können). Tschaikowsky verwendet dieses Thema nur für die Einleitung seines Konzertes, es wird – obwohl es deutlich symphonischen Zuschnitt aufweist – nicht ausgearbeitet und taucht im Laufe des Konzertes überhaupt nicht mehr auf. Dem steht gegenüber, daß Tschaikowsky in anderen Fällen, wie schon angedeutet, Themen zu Tode reiten kann wie das Kopfthema aus dem ›Slawischen Marsch‹, das so oft und penetrant wiederholt wird, daß man es zum Schluß nicht mehr hören kann. Aber auch das ist letzten Endes ein Zeichen der Sorglosigkeit gegenüber dem melodischen Einfall, ein Indiz für die lebenslange Sicherheit

Tschaikowskys, daß er sich aus einem schier unerschöpflichen Fundus neuer Melodien, die sich in seinem Kopf bildeten, stets bedienen konnte. (Übrigens ist auffallend, daß die weniger bekannten Kammermusikwerke Tschaikowskys eher spröde Melodien aufweisen, und zwar ist das so auffallend, daß eine Absicht dahinter zu vermuten ist, die vielleicht schon zum »Mysterium Tschaikowsky« gehört).

Nicht die angebliche (oder vielleicht tatsächliche) Süßlichkeit der Melodik Tschaikowskys, auch nicht die manchmal das Vulgäre streifende Struktur seiner Melodien (was, bei Licht betrachtet, aber meist darauf zurückzuführen ist, daß wir das betreffende Stück in einem vulgären Zusammenhang zu oft gehört haben – als Filmmusik mißbraucht oder in geschmacklosen Bearbeitungen) – nicht das hat Tschaikowsky geschadet und schadet ihm noch, sondern allein die Tatsache seiner unerschöpflichen melodischen Einfälle – ohne daß das je gesagt wird. Das hat natürlich einen tieferen Grund.

Die Hörgewohnheiten des musikaufnehmenden Publikums haben sich im Laufe der Jahrhunderte mehrfach geändert. Warum das so war, läßt sich vermutlich so wenig erforschen wie etwa die Gründe für die Lautverschiebung in der Sprache. Eine dieser einschneidenden Verschiebungen der Hörgewohnheiten hat sich ungefähr in den Jahren von 1730 bis 1750 zugetragen. Das war der Übergang vom Generalbaßzeitalter in der Musik zur Wiener Klassik, der sich am genauesten an der Entwicklung des Streichquartetts ablesen läßt, einer Instrumentationsform, die sich ihrem Wesen nach für Generalbaß-Denken nicht eignete. Vor allem aber war es der Übergang zum hauptsächlich melodiebezogenen Musizieren. Freilich hatte es schon in der Barockmusik Melodien gegeben, selbst *Ohrwürmer* (wenn man an Händels ›Halleluja‹ denkt); aber Melodien waren von untergeordneter Bedeutung, waren für die Struktur des Stückes unwichtig. Wichtig war allein, was durch die barocke Technik des *Fortspinnens* aus einer Melodie zu entwickeln war. Das melodische Material ist in der Barockzeit fast auswechselbar; an den Melodien an sich kann man in der Barockmusik nur selten erkennen, von wem sie stammt – ob von Bach, Händel, Telemann oder aber einem Kleinmeister. Ein so beliebtes Stück wie Bachs C-Dur-Präludium aus dem ersten Teil des ›Wohltemperierten Claviers‹, wohl eine der meistgespielten Piècen der Barockmusik überhaupt, hat so gut wie überhaupt keine Melodie, und das Thema eines so gewaltigen und gewichtigen Werkes wie die ›Goldberg-Variationen‹ besitzt eine so farblose Melodie, daß man sie sich kaum merken kann. Es ist bezeichnend, daß Gounod, dessen Stärke auch die Erfindung von Melodien war, auf das genannte Bach-Präludium, ohne es zu verändern, seine ›Ave Maria‹- Gesangslinie aufsetzen konnte. Die Geschmacksfrage beiseite gelassen, zeigt dieser Vorgang in Schärfe das Wesen der beiden musikalischen Welten.

Das melodiebezogene Musizieren brachte notgedrungen neue Kriterien mit sich. Mit scharfem Ohr kann man – mit Einschränkungen – Mozart und Haydn an der Struktur ihrer Melodien unterscheiden, Mozart und Schubert fast immer, Haydn und Tschaikowsky wie von selbst. Es ist nicht möglich, hier die Entwicklung der Melodieerfindung, die Hand in Hand mit der Ausweitung des harmonischen Gefüges, der Festigung des Klangbildes der einzelnen Instrumente und deren *Emanzipation* gegangen ist, aufzuzeigen. Das Prinzip blieb gültig bis einschließlich Mahler, Richard Strauss und Schostakowitsch. Aber melodisches Material ist naturgemäß begrenzt, denn aus den zwölf Halbtönen lassen sich zwar viele und unterschiedliche melodische Strukturen fügen, aber nicht unbegrenzte. Gegen Ende des 19. Jahrhunderts begann sich die Erschöpfung des Materials bemerkbar zu machen. Nur regionale (mißverstanden als: nationale) Quellen flossen noch eine Zeitlang reichlicher. Das hat nichts mit Qualität zu tun; es sei nur, quasi statistisch, ein Beispiel genannt: wenn man Richard Strauss' ›Capriccio‹ mit dem ›Rosenkavalier‹ vergleicht, ist die sinkende Kurve der Melodie-Erfindung schlagend deutlich.

Es war also notwendig, daß man sich nach neuen Kriterien umsah. Das hat Schönberg mit der ›Zwölftonmusik‹ getan. Er hat es zwar anders – mehr vergeistigt – begründet, aber im Grunde genommen war die Schönbergsche Erfindung nichts anderes als die Abschaffung der Melodie als musikalischer Richtlinie, um in Zukunft dem Zwang des immer schwieriger werdenden Melodie-Erfindens zu entkommen. Das wird deutlich, wenn man sich vergegenwärtigt, daß Schönberg die andere tragende musikalische Struktur- Komponente, den Rhythmus, völlig unangetastet ließ. Seit Schönberg gilt melodienlose Musik als progressiv. Die *Melodiker* wanderten in die Trivial-Musik ab. Es ist wahrscheinlich die eigentliche Tragik der *Modernen Musik,* daß mit ihrer Postulierung nicht auch eine Veränderung der Hörgewohnheit des Publikums herbeigeführt werden konnte, denn diese ist seit 1750 im Prinzip unverändert geblieben. So entschwand die progressive Musik in intellektuelle Höhen und muß sich damit begnügen, von den Elfenbeintürmen herab Bannflüche auf die – ohnedies immer bescheidener werdenden – Melodiker herabzudonnern. Bezeichnend für diese Haltung sind zwei Äußerungen des Musikers René Leibowitz, der den Melodiker Sibelius als »le plus mauvais compositeur du monde« und Vincenzo Bellini als »penetranten Melodiker« abqualifizierte.

Es nimmt also nicht Wunder, daß man Tschaikowsky, dem letzten, dem Melodien wie von musikalischen Engeln expediert zuflogen, gemeinhin als besonders rückschrittlich betrachtet. Dabei verdeckt die eingängige (manchmal, wie gesagt, das Vulgäre streifende) melodische Oberfläche eine Tiefe, ja ein Rätsel im Wesen der Musik dieses Meisters, die zu untersuchen kaum jemand der Mühe wert findet. Die e- Moll-Symphonie, die fünfte, die den scheinbaren Nachteil hat, daß sie im Nebenthema des ersten Satzes einen *Ohrwurm* aufweist, statt des Scherzos einen flotten Walzer und mit dem Hauptthema des letzten Satzes eine grandiose und furiose, an jedem Intellekt vorbeischießende Kernmelodie bringt, ist in Wirklichkeit und in der Tiefe ihrer Erfindung ein Kunstwerk von Singularität. Tschaikowsky hat in dieser Symphonie die satzübergreifende Thematik zum ersten Mal mit aller Konsequenz praktiziert, und allein die Wandlung des Kern-Themas und seine Anpassung an die Gegebenheiten der einzelnen Sätze und der Instrumentation ist im höchsten Maß sinn- und geistvoll und verdient Bewunderung.

Tschaikowskys ›Buch mit sieben Siegeln‹ aber ist die 6. Symphonie. Er selber hat – in einem Brief an seinen Neffen Davydov, aber auch an anderen Stellen – geäußert, daß diese Symphonie ein Programm enthalte, dessen Schlüssel er mit ins Grab nehme. Tschaikowskys Lebensumstände in seinen letzten Jahren, seine Krankheit, seine Homosexualität und die damals damit verbundene Angst, verbieten es, dieses verborgene Programm als bloße symphonische Spielerei zu betrachten. Die Seltsamkeiten dieser Symphonie beginnen mit der Anordnung der Sätze. Der erste Satz ist ein Allegro non troppo nach einer kurzen Adagio-Einleitung, wie herkömmlich gehandhabt, aber weder der zweite noch der dritte Satz bringt das konventionelle langsame Tempo. Der zweite Satz ist das berühmte Allegro con grazia in 5/4-Takt, das auch der Form nach eher als Scherzo zu betrachten ist. Aber auch der dritte Satz (Allegro molto vivace) hat Scherzo-Charakter – Tschaikowsky selber hat ihn gelegentlich so (aber auch als Marsch) bezeichnet. In beiden Fällen handelt es sich um düstere Scherzi, was kein Widerspruch ist, denn spätestens seit Beethovens 9. Symphonie hat sich das Scherzo von der Bedeutung seines

Wortsinnes hinwegzuheben begonnen. Erst der letze, der vierte Satz ist das Adagio. Damit keiner auf die Idee kommen könnte, die Satzfolge zu konventionalisieren und etwa dritten und vierten Satz auszutauschen, hat Tschaikowsky das Adagio ausdrücklich mit Finale überschrieben. Die Anordnung der Sätze ist kein Zufall, wie man aus der gut dokumentierten Entstehungsgeschichte weiß. Der zweite Satz steht im 5/4 Takt: ein nahezu einmaliger Fall im Geltungsbereich des melodiebestimmten Musizierens. Zwar haben auch andere Komponisten den 5/4-Takt verwendet (Rimsky-Korsakow, Brahms, Robert Volkmann in einem Kammermusikwerk, das Tschaikowsky gekannt haben soll), aber es ist wohl selten oder nie gelungen, eine ihrem Wesen nach fünfhebige Melodie zu erfinden, nur dem begnadeten Melodiker Tschaikowsky.

Durch die Symphonie ziehen sich Zitate aus eigenen Werken (verdeckt und verschlüsselt), im ersten Satz findet sich ein deutliches Zitat: die Melodie des orthodoxen Totenoffiziums »Mit den Heiligen laß ruhen, Christus, die Seele deiner Diener . . .« Es ist hier nicht der Anlaß, die Entstehungsgeschichte und eine Analyse der Symphonie zu geben. Auf zwei Seltsamkeiten aber sei hingewiesen: Das einprägsame Dur-Thema des ersten Satzes – wieder ein *Ohrwurm* – erscheint nur und ausschließlich in D-Dur, zweimal in H-Dur, aber sonst völlig unverändert, nicht moduliert, nicht abgewandelt. Es bleibt sozusagen wie versteinert in dieser Gestalt und, was das Mysteriöseste ist, es erscheint *nur* unisono. Selbstverständlich hat Tschaikowsky gewußt, daß man gerade solche Melodien mit Terzen auffüllen oder eine Gegenbewegung dazu erfinden kann und dergleichen mehr. Nichts davon bei ihm. Das Thema bleibt in seiner reinen, unverkleideten Oktavengestalt. Auch das hat seine Bedeutung wie die ganze merkwürdige Notierung des Kopfthemas des ohnedies als Adagio lamentoso mysteriösen Finalsatzes.

Dieses Thema klingt so:

Tschaikowsky aber notiert so:

Diese so entstehenden Stimmkreuzungen sind akustisch nicht oder kaum wahrnehmbar (äußerstenfalls wenn man von ihnen weiß und die Partitur vor sich hat); dem Ohr erklingen sie, wie im ersten Beispiel notiert. Solche Notationen fürs Auge sind selten, waren aber nicht neu. In Arcangelo Corellis Concerti grossi op. 6 – seinem epochemachenden musikalischen Testament – findet sich diese nur optisch auffallende Notierung. Solche Notierung hat immer außermusikalische Gründe, auch bei Tschaikowsky. Bei der Wiederholung des Themas später im Satz löst Tschaikowsky die Stimmkreuzungen auf, so als ob er ein Rätsel aufgestellt und dann gelöst hätte.

Dies alles sind keine Spielereien. Tschaikowsky hat diese Symphonie in einer ernsten Situation geschrieben: Todesahnungen überschatteten ihn, er wußte, daß es seine letzte Symphonie, sein letztes Werk überhaupt sein würde. Die Todesahnungen bewahrheiteten sich: wenige Wochen nach der lau aufgenommenen Uraufführung starb Tschaikowsky. Jede Note in der Symphonie hat ihre Bedeutung. Das ist aus den Dokumenten der Entstehungsgeschichte belegt. Tschaikowsky hat immer wieder gesagt und geschrieben, wie wichtig ihm dieses Werk war, wie ernst er die Arbeit an ihm nehme. Vorausgegangen war eine tiefe Schaffenskrise, in der Tschaikowsky eine andere Symphonie (in Es-Dur) skizzierte, zum Teil instrumentierte, aber wieder verwarf. Nach vielen monatelangen Selbstquälereien und Zweifeln, ob er überhaupt noch etwas schreiben könne, entstand dann das h-Moll-Werk in einem ganz kurzen Zeitraum, in einer schöpferischen Eruption. (Der Entwurf nahm sechs Wochen, die Instrumentierung nur zwei Monate in Anspruch.) Tschaikowsky wollte die Symphonie zunächst ›Programm-Symphonie‹ nennen, kam aber davon ab, weil er sagte: sie habe zwar ein Programm, er werde es aber nicht verraten; so sei es unsinnig, sie ›Programm-Symphonie‹ zu nennen. Erst kurz vor der Uraufführung gab ihr Tschaikowsky auf Vorschlag seines Bruders den Beinamen ›Symphonie pathétique‹.

Das geheime Programm ist natürlich autobiographisch. Das hat Tschaikowsky oft genug angedeutet, und ein Indiz dafür ist, daß er sich in jener Zeit der vorausgegangenen Schaffenskrise neben der mißglückten Es-Dur-Symphonie mit dem Plan eines symphonischen Zyklus ›Das Leben‹ befaßte, zu dem Skizzen existieren. Einige Themen der 6. Symphonie haben Ähnlichkeit mit den dort skizzierten. Die Absonderlichkeiten der 6. Symphonie, von denen einige kurz dargestellt wurden, spiegeln selbstverständlich die Ausnahmestellung wider, in der sich Tschaikowsky durch sein Künstlertum aber auch durch seine von ihm krankhaft empfundene Veranlagung gestellt sah. Mehr weiß man nicht, mehr könnte man dank des mangelnden Informationsgehaltes der Musik auch bei sorgfältigster Analyse nicht erfahren, und mehr soll man auch gar nicht wissen. Der Willen und die Leiden des toten Musikers sind zu respektieren. Die Symphonie würde auch nichts dazu gewinnen, wenn man das Programm erforschen könnte. Sie ist ohnedies ein singuläres Meisterwerk. Nur Peter Iljitsch Tschaikowsky könnte in unseren Augen gewinnen, wenn wir uns vergegenwärtigten, welche Abgründe sich in den Mysterien seiner Werke verbergen – sorgsam und bis heute mit Erfolg getarnt durch die vielen, begnadeten Melodien, die das Andenken dieses Meisters bis heute aufs falsche Gleis geschoben haben. Vielleicht ist das die größte Tragik, die einem Künstler widerfahren kann.

DIE HEITERE TRAUER EINES WIRREN DICHTERS

Wilhelm Killmayers Hölderlin Lieder

Der 31 Jahre alte Magister der Theologie Friedrich Hölderlin machte sich am 10. Dezember 1801 auf den Weg über die verschneiten Gebirge, und zwar zu Fuß. Er ging von Nürtingen nach Bordeaux, quer durch ganz Frankreich, um die Stelle eines Hauslehrers in der Familie des Konsuls Meyer anzutreten. Die Jahre 1801, 1802 schienen – nach der Konsolidierung der Herrschaft des Ersten Konsuls Bonaparte, nach seinem Friedensschluß mit der Kirche und nach dem Frieden von Lunéville – eine Zeit der politischen Ruhe in einer neuen Ordnung einzuleiten; ein Irrtum, wie sich zwei Jahre später herausstellte; aber damals, nach zehn Jahren Krieg, wollte man diese Hoffnung. Am 28. Januar 1802 traf Hölderlin in Bordeaux ein, aber schon am 10. Mai läßt er sich einen Paß für die Rückreise ausstellen. Über die Gründe, warum er die Hauslehrerstelle aufgab (oder: warum sie von Konsul Meyer gekündigt wurde), ist so wenig bekannt wie über die ganze Zeit in Bordeaux. Es ist nicht auszuschließen, daß Hölderlin wieder einmal (wie schon bei den Hauslehrerstellen bei den Familien Kalb und Gonzenbach vorher) mit seinen Zöglingen nicht zurecht kam. Wenn man davon ausgeht, daß Hölderlin wenige Tage nach dem 10. Mai von Bordeaux aufbrach, so legte er den langen Weg quer durch Frankreich in etwa drei Wochen zurück, denn am 7. Juni – dieses Datum steht fest – überschritt er in Kehl die Grenze. Aber erst Mitte Juni traf er, abgerissen und wirr, in Stuttgart ein. Er behauptete, unterwegs beraubt worden zu sein. Warum brauchte er für den weit kürzeren Weg von Kehl nach Stuttgart acht oder zehn Tage, wo er die Strecke von Bordeaux nach Kehl in drei Wochen zurücklegte? Machte er einen Umweg – über Frankfurt?

Carl Gock, Hölderlins Stiefbruder, berichtete, daß Hölderlin in Bordeaux einen Brief von Susette Gontard – Diotima – bekommen habe. Diotima starb am 22. Juni 1802, kurz nach der Ankunft Hölderlins in Stuttgart, der allerdings die Todesnachricht erst Anfang Juli erhielt. Seit 12. Juni 1802 war sie bettlägerig. Die Gewißheit über die Ernsthaftigkeit ihrer Krankheit hatte sie aber schon Monate vorher. Schrieb ihm Diotima das – heimlich, es durfte ja niemand erfahren, vor allem Herr Gontard nicht – ? War dieser Brief, der – wenn er überhaupt geschrieben wurde – nicht erhalten ist, der Grund, warum Hölderlin Bordeaux verließ? Hat er es einrichten können, Diotima in den Tagen um den 9., 10. Juni noch einmal zu treffen? Ist Suzette Gontard, nachdem ihr Hölderlin vielleicht durch eine vertraute Zofe eine Nachricht hat zukommen lassen können, ausgefahren, hat unter einem Vorwand ihre Begleitung weggeschickt und in einem Garten auf Hölderlin gewartet für das letzte Wiedersehen, den endgültigen, trostlosen Abschied? In einem der späten Gedichte, das ohne Titel ist, und mit den Zeilen anfängt: »Wenn aus der Ferne . . .«, läßt Hölderlin die tote Diotima einen Monolog halten, und da heißt es:

> »So sage, wie erwartete die Freundin dich?
> In jenen Gärten, da nach entsetzlicher
> Und dunkler Zeit wir uns gefunden?«

Auf Diotima angesprochen, sagte der siebzigjährige Hölderlin: ». . . närret is se worde.« Verwechselt er es – absichtlich? *Er* ist ja doch »närret« geworden, *sie* ist gestorben. Wenn er aber nun postuliert: sie sei »närret« geworden, heißt das, daß *er* nach dem Abschied »in jenen Gärten« derjenige war, der gestorben ist? So wäre ein toter Hölderlin, ein lebender Leichnam damals in Stuttgart angekommen, und als Toter hat er dann noch vierzig Jahre gelebt.

Die Gedichte, die Hölderlin in den Jahren dieses sanften Totseins schrieb, haben lang, selbst nach der Anerkennung des Ranges Hölderlins in der Literaturgeschichte, als mißlungene Äußerungen einer Genie-Ruine gegolten. Heute hat sich das Bild gewandelt. Man beginnt, den flirrenden, schwebenden Jenseitston dieser Gedichte zu schätzen, ernst zu nehmen. Besucher des kranken Hölderlin haben sich einen sublimen Jux daraus gemacht, den Dichter um ein Gedicht zu bitten. So hat Hölderlin oft in einem Zug ein solches Gedicht niedergeschrieben: einfache Lieder ohne Töne von der Schönheit rätselhafter Naturwunder, scheinbar verständlich, aber doch mit Lücken in der herkömmlichen Logik, mit einem Griff in eine nie gehörte, schlüssige Bildersprache:

»Wenn in die Ferne geht der Menschen Leben,
Wo in der Ferne sich erglänzt die Zeit der Reben —«

immer in Reimen, immer von einer unfaßbaren, gläsernen Trauer durchzogen, einer Trauer, die wie eine schwarze Gestalt, nur dem Dichter sichtbar, im Zimmer steht und stumm beobachtet. Oft hat Hölderlin – wie um die Besucher zu äffen – mit seltsamen Namen signiert: Scardanelli oder Buonarotti, und mit Daten versehen, die hundert Jahre zurück- oder vorauslagen.

Der Komponist Wilhelm Killmayer, der Hölderlin-Lieder auf diese späten Verse des Dichters geschrieben hat, ist 1927 in München geboren, war Schüler von Waltershausen, Fischer und Orff, von 1961 bis 1965 Ballett-Kapellmeister an der Bayerischen Staatsoper, ist seit 1974 Professor an der Musikhochschule in München. Sein sehr umfangreiches Werk umfaßt fast alle Gattungen, und die Aufzählung einiger Beispiele zeigt die Vielfalt und die Unbekümmertheit seiner Arbeiten: die Ballet-Oper ›La buffonata‹ (1959/60), ›La tragedia di Orfeo‹ nach Poliziano (1960/61), die musikalische Farce ›Yolimba oder die Grenzen der Magie‹ (1964 und 1970), drei Symphonien, Orchesterstücke, für die die Bezeichnung Symphonische

Dichtungen oder Ton-Poeme fast schon wieder angebracht wären: ›Jugendzeit‹ (1977), ›Überstehen und Hoffen‹ (1977/78), ›Verschüttete Zeichen‹ (1978); musikalische Huldigungen an alte Meister: ›Schumann in Endenich‹ für Schlagzeugensemble (1972), An ›John Field‹ (5 Klavier-Nocturnes, 1975), ›Brahms-Bildnis‹ für Klavier-Trio (1976); andere Kammermusik von solcher für Jazz-Instrumente (1958) bis zum strengen Streichquartett (1969 und 1975), dazu Klaviermusik, Solo-Gesänge und Chöre. Killmayers musikalische Sprache ist progressiv ohne ideologische Einengung, traditionell-tonal ohne reaktionäre Verklemmung – ein schwieriger Weg und schmaler Grat, den Killmayer dank souveränen handwerklichen Könnens, dank offenbar immer noch möglicher melodischer Einfälle und mit Hilfe formaler Originalität findet. Killmayers Musik ist intellektuell und doch in erster Linie sinnlich faßbar. Heute gibt es solche weißen Raben wieder öfters, lang war er der einzige. Spätestens seit er 1965 ›Drei Gesänge nach Hölderlin‹ (für Bariton und Klavier) geschrieben hat, hat sich Killmayer mit dem Werk und der Person Hölderlins befaßt, auch und vor allem mit jenen späten Gedichten. So sind in den Jahren 1980 bis 1985 zwei Zyklen von Hölderlinvertonungen entstanden, von denen der erste (die Lieder I bis XVIII) hier erläutert wird: Hölderlin-Lieder für Tenor, Knabenstimme (ad. lib.) und Orchester.

Hölderlins späte Gedichte lassen sich auf den ersten Blick – im herkömmlichen Sinn – scheinbar leicht vertonen: sie sind metrisch (meist jambisch) und reimen sich, sind oft kurz, wenn länger, dann strophisch, einfach in der Struktur. Sie sind allerdings per se musikalisch, indem sie kaum je eine klar verständliche Information geben. Ihre gedankliche Mitteilung beschränkt sich auf die Provozierung (schwer faßbarer) Assoziationen. Nun ist es immer gerade die Aufgabe der Vertonung eines Textes gewesen, zu der wörtlichen Mitteilung eine assoziative Ausdeutung zu geben: die Information wurde durch musikalische Einfärbung subjektiviert. Hier, bei Hölderlin, tritt dem Musiker aber schon ein a priori subjektiver Gedankenbereich entgegen, den nochmals zu subjektivieren beinahe unmöglich erscheint. Wieder stand Killmayer vor einem schmalen Grat: zwischen verstiegener Privatphilologie und dem ausgetretenen Abgrund der *schlichten Weisen*. Killmayer löste das Problem (vielleicht war es dieses Problem überhaupt, das ihn – außer der Faszination der historischen Figur Hölderlin – zur Komposition veranlaßte) durch einen Stil der prismatischen Brechungen. Die ganze Hölderlin-Musik ist zwar melodisch erfunden, dennoch ist die Singstimme nur *eine* Stimme im musikalischen Gefüge (oft dominiert ein anderes Instrument, auch wenn der Tenor singt). Die Musik ruht auf deutlicher tonaler Basis, die aber durch freie, oft äußerst geistreiche Rückungen und Verwandlungen und ähnliches immer wieder aufgerauht wird. Das Instrumentarium ist ein Symphonieorchester in nahezu klassischer Besetzung (nur: Cornet à Piston statt Trompete und großer Schlagzeugapparat), wird aber fast nie insgesamt, sondern meist nur teilweise, oft sogar in kleinen Sologruppen eingesetzt, so daß ein subtiler, kammermusikalischer Klang entsteht. Das alles aber soll der Hörer gar nicht hören, der Hörer soll die nur scheinbar gegensätzliche *heitere Trauer* dieser Gedichte und Lieder hören, den verhaltenen, liebevollen Hymnus des Musikers Killmayer an den alten, armen Engel Scardanelli.

LITERATUR, DIE BLASSE TOCHTER DER MUSIK

Neidvolle Gedanken eines Literaten

»The man that hath no music in himself,
Nor is not mov'd with concord of sweet sounds,
Is fit for treasons, stratagems, and spoils;
The motions of his spirit are dull as night,
And his affections dark as Erebus.
Let no such man be trusted. Mark the music.«

Dieses glühende Bekenntnis zur sittlichen Kraft und zum Zauber der Musik stammt aus einer der poetischsten Szenen Shakespeares, einer Szene voll lyrischen Rausches, die seltsamerweise eines seiner harschesten Stücke beschließt, von dem man nicht weiß, ob es eine Komödie oder eine Tragödie ist: es stammt aus der ersten und einzigen Szene des 5. Aktes des ›Kaufmanns von Venedig‹, und August Wilhelm von Schlegel hat es so übersetzt:

»Der Mann, der nicht Musik hat in ihm selbst,
Den nicht die Eintracht süßer Töne rührt,
Taugt zu Verrat, zu Räuberei und Tücken;
Die Regung seines Sinns ist dumpf wie Nacht,
Sein Trachten düster wie der Erebus.
Trau keinem solchen! – Horch auf die Musik!«

Das ist nur ein – zwar ein besonders schönes – aber nur ein Beispiel für Shakespeares Neigung zur Musik. Alle seine Stücke sind mit Musik durchsetzt. Es finden sich eingestreute Lieder – man denke an den Narren in ›Lear‹ –, gar nicht zu reden von den unzähligen musikalischen Signalen, von Märschen und Fanfaren. Auch gibt es zahllose musikalische Metaphern, und nicht zuletzt ist eines der Geheimnisse Shakespeares musikalischer Natur: es ist das Tempo oder, besser gesagt: die Tempoabfolge seiner Szenen. Selbst bei nur flüchtiger Analyse seiner Stücke fällt eine kunstvolle und sinnreiche Abwechslung von schnellen und langsamen, von lyrischen und dramatischen Szenen auf, von sozusagen Rezitativ, Arie und Ensemble. Kein Wunder, daß Shakespeare der Dichter ist, dessen Werk von den Opernlibrettisten am häufigsten ausgebeutet wurde.

Die Zuneigung der Literatur zur Musik durchzieht die Literaturgeschichte wie ein roter Faden. In Goethes Werk spielt sie eine große Rolle, in Goethes Leben nicht minder, auch wenn sein Geschmack hier nicht absolut treffsicher war. Grillparzer und Tolstoi haben Werke mit musikalischem Inhalt geschrieben, Meisterwerke, auch wenn Tolstois ›Kreutzersonate‹ ein ganz besonders gräßliches Mißverständnis des Phänomens Musik ans Licht rückt. Einer der größten deutschen Romane unseres Jahrhunderts, ›Doktor Faustus‹, handelt ausschließlich von Musik, ist musikalisch so exakt, daß es unternommen werden konnte, ein quasilexikalisches Werkverzeichnis der Arbeiten Adrian Leverkühns zu erstellen, von denen man, wenn man das Verzeichnis liest, bedauert, daß es sie nicht gibt. In Marcel Prousts Jahrhundertepos ›A la recherche du temps perdu‹ spielt eine Violinsonate von Vinteuil eine leitmotivische Rolle, und man zerbricht sich inzwischen schon den Kopf darüber, wer mit diesem Vinteuil gemeint ist: Gabriel Fauré oder Vincent d'Indy. Ich persönlich neige zu César Franck. In James Joyce's ›Ulysses‹ durchzieht irische Volks- und Salonmusik den turbulenten Tag des Leopold Bloom, und der ganze Roman ›Finnegans Wake‹ beruht auf einem – nebenbei gesagt: ziemlich banalen – irischen Lied. James Joyce hat selber komponiert, auch von Boris Pasternak sind – im übrigen äußerst achtbare – musikalische Kompositionen überliefert, das gleiche gilt für Ezra Pound, und Nietzsches Kompositionen sind weit besser als ihr Ruf. Der als trocken verschriene Schopenhauer hat sich, und zwar durchaus im romantischen Sinn, mit der Musik auseinandergesetzt. Eine der schönsten und knappsten Analysen der musikalischen Dramatik – man glaubt es fast nicht – anhand Bellinis ›Norma‹ findet sich in ›Welt als Wille und Vorstellung‹. Die Faszination Wagners vom Werk Schopenhauers ist bekannt, ohne Schopenhauer gäbe es wohl den ›Tristan‹ nicht oder jedenfalls nicht so, wie wir ihn kennen.

Die Schlüssel- oder Scharniergestalt an dem Punkt, wo Literatur und Musik zusammentreffen, ist selbstverständlich E.T.A. Hoffmann. Bei ihm ist nicht auszumachen, ob hier die Liebe des Literaten zur Musik in Glut kulminiert, oder ob der Fall eines primär für die Musik schöpferisch begabten Mannes vorliegt, der sich, von äußeren Umständen enttäuscht und gezwungen, von der Musik zur Literatur wendet, wobei ihm eine gnädige Muse – zu unserem Glück – auch dort unverbrüchlich die Treue hält. Daß Hoffmanns musikalische Werke nicht oder nicht immer das erfüllen, was seine literarischen Arbeiten als von der Musik gefordert denken, hat schon viele irritiert. Aber man muß hier trennen: die Welten trennen, so wie Hoffmann seine bürgerliche Welt als Kammergerichtsrat von seinen dämonischen Hirngespinsten getrennt gehalten hat. Noch kurz von seinem Tod hat sein Vorgesetzter, der Kammergerichtspräsident Woldermann, mit Erstaunen schriftlich vermerkt, daß der Kammergerichtsrat Hoffmann im Dienst »auch nicht einmal die Spur seines comischen Schriftsteller-Talents blicken ließ.«

Alle Musen sind Töchter Apolls, und eine Familienähnlichkeit ist nicht erstaunlich. Dennoch geht die Inklination der Literatur zur Musik – die nicht immer so heftig und vorbehaltlos erwidert wird – weit über die schwesterliche Liebe hinaus. Das führt uns dahin zurück, wo Literatur und Musik noch eins waren. »Die abendländische Musik«, schreibt Ernest Ansermet in seinen so aufregenden wie schwer zu lesenden ›Grundlagen der Musik im menschlichen Bewußtsein‹, »hat einen ans Wunderbare grenzenden

Verlauf genommen...«. Dieses Wunder unserer Musik, eines kulturellen Phänomens, das in der ganzen Kulturgeschichte der Menscheit *keine* Parallele hat, in keinem noch so hochstehenden Kulturkreis, dieses Wunder der Musik begann dort, wo sie sich von der Literatur trennte. Wann das war, weiß man nicht genau. Daß Homer oder der Autor oder die Autoren, die unter diesem erhabenen Namen figurieren, ein Sänger war, ist klar. Wohl hat noch Aeschylos die Chöre seiner Tragödien selber komponiert, Euripides hat sich bereits berufsmäßiger Musiker dafür bedient. Irgendwann also im 5. oder 6. Jahrhundert vor Christi Geburt ist die Musik aus der Poesie herausgetreten, hat sich verselbständigt. Das Vergröbernde dieser Feststellung ist mir bewußt. Ich vergröbere auch, wenn ich mir erlaube, die Geschichte der Musik nachzuzeichnen, die immer mehr zu dem geworden ist, was man – um wieder Ansermet zu zitieren – unreflektiert genießt. Die Literatur hat sich in ganz anderer Richtung entwickelt: sie bezog sich immer mehr auf die Reflexion. Die antiken Hymnen, der gewaltige, von orientalischen Quellen gespeiste Fluß der christlichen Kirchenmusik, die in der noch durchaus monodischen, aber hochartifiziellen Gregorianik gipfelte, bereiteten den Boden für ein Ereignis, das einmalig in der Geschichte der Kulturen ist; die musikalische Mehrstimmigkeit. Echte Mehrstimmigkeit hat es vor dem 9. oder 10. Jahrhundert weder im Abendland noch in irgend einem anderen Kulturkreis gegeben, gibt es bis heute außerhalb der abendländschen Musik nicht. Die Entdeckung der Mehrstimmigkeit, das heißt: die Entdeckung, daß der Mensch gehörphysiologisch in der Lage ist, mehrere musikalische Bewegungen gleichzeitig und gleichmäßig wahrzunehmen, ist eine gar nicht hoch genug einzuordnende kulturelle Tat gewesen. Sie war – noch – die Tat anonymer Künstler. Man muß sich das dialetktisch vergegenwärtigen: der Mensch ist nicht in der Lage, mehreren gleichzeitig Sprechenden in Gedanken zu folgen. (Was übrigens Platon als Argument gegen die musikalische Mehrstimmigkeit vorgebracht hat.) Selbst tausendstimmige Sprechchöre im Rausch revolutionärster Begeisterung brüllen streng und exakt monodisch. Aber musikalisch können wir mehrere Bewegungslinien gleichzeitig verfolgen. Es ist für uns, die wir in der Tradition der Polyphonie im weiteren Sinn leben, unvorstellbar, daß jahrhundertelang, sogar jahrtausendelang die Musik sozusagen nur linear empfunden wurde. Jene alten Gesänge, die Chöre im antiken Theater, die Hymnen am Kaiserhof, die Lieder der Kirche: alles monophon, unter Umständen zwar von gewaltigen Chören gesungen, von Aulos, Lyra oder Orgel begleitet – aber einstimmig, allenfalls vervielfacht in der Oktave. Solche und *nur* solche Musik vermochte die Hörgewohnheit des antiken und frühmittelalterlichen Menschen zu hören. (Wir haben nur noch abseitige Reste solcher Musikpraxis: wenn bei Prozessionen »Großer Gott wir loben Dich«, auf dem Fußballplatz »So ein Tag, so wunderschön wie heute« und von einer Marschkolonne »Ein Lied – drei, vier . . . Edelweiß . . .« gesungen wird.) Der gewaltige, wenngleich zunächst unmerkliche Umbruch erfolgte im 10. Jahrhundert in einigen Klöstern des französich-deutschen Karolingerreiches. Es gibt verschiedene Theorien über die Entstehung der Mehrstimmigkeit, eine davon besagt, daß diese hörpsychologische Besonderheit germanisches oder keltisches Erbgut war (ich glaube eher keltisches), das im Zusammentreffen mit der syllabisch-melismatischen Kunstmusik des Orients (in Rom christlich umgefärbt) dieses großartige Ergebnis zeitigte. Es sei dem, wie ihm wolle: die Entdeckung der Mehrstimmigkeit oder, besser gesagt, die Eroberung dieses gehörpsychologischen Neulandes, wirkte ungemein belebend. Die Entwicklung überschlug sich förmlich, uferte aus: bis in selbstzweckhafte Kunstgebilde von den Ausmaßen musikalisch-babylonischer Türme.

Aber die Mehrstimmigkeit allein war nicht die Keimzelle jenes Wunders, das zur Entwicklung der abendländischen Musik führte. Die zufällig etwa gleichzeitige Erfindung der Notenschrift durch Guido von Arezzo ermöglichte rein technisch erst die Aufzeichnung so komplizierter Tongebilde. Ohne diese an sich davon unabhängige Errungenschaft wäre die Entwicklung des polyphonen Hörbewußtseins wahrscheinlich überhaupt nicht zum Tragen gekommen. Mit den bisherigen Neumen allein wären die Kompositionen mehr- oder gar vielstimmiger Sätze unmöglich gewesen. Die ganze abendländische Musik gäbe es nicht – ein für uns unvorstellbarer, aber theoretisch nicht absurder Gedanke.

Wichtiger war aber damals etwas anderes. Unser Tonsystem ist keineswegs naturbedingt, auch wenn gelegentlich Hähne in Quinten krähen. Die vergleichende Musikwissenschaft kennt zahllose Tonsysteme verschiedenster Ausprägung. Es gibt ein siamesisches Tonsystem, das teilt die Oktave nicht in acht, sondern in sieben gleiche Töne – also in Schritte von (nach unserer Berechnung) je 1 1/7 Tönen. Die Leute dort halten das für natürlich und singen es ohne Schwierigkeit. Für uns klingt es ›falsch‹, und es nachzusingen, ist uns unmöglich. Es gibt die für uns nicht minder ungewohnte pentatonische Tonleiter, und zwar nicht die bekannte: c, d, e, g, a, sondern die Einteilung der Oktave in fünf gleiche Töne, den Tonschritt also 1 3/5 Ton. Auch das wird von exotischen Musikkulturen – die alles andere als primitiv sind – als richtig und sangbar empfunden. Unser Tonsystem: eine Oktave mit sieben Tönen und acht Tonschritten mit den zwei Tongeschlechtern Dur und Moll und dem Halbtonschritt als kleinste als richtig empfundene Einheit hat sich in der Antike zu entwickeln begonnen; es hängt mit theoretischen Überlegungen, aber auch etwa mit der Saitenstimmung der griechischen Lyra zusammen, das Ganze ist überaus interessant, aber kompliziert. Übrigens erscheint mir der Einfluß des Synagogengesangs, der über die christliche Religion ins abendländische Musikgeschehen eingegangen ist, bei Betrachtung gewisser jeminitischer Tempelgesänge bedeutend. Es gibt solche Tempelgesänge, die – sofern der Transkription zu trauen ist – förmlich diatonisch sind. Vielleicht erklärt sich die Affinität der Juden zur abendländischen Musik daraus, die erst dann ans Licht getreten ist, als das diatonische Tonsystem gefestigt stand. Es gibt eine alte sephardisch-jüdische Melodie in förmlichem e-Moll, die ein Seitenthema zu Mendelssohns Violinkonzert abgeben könnte. Die Einengung auf das System, das unser Tonsystem werden sollte, war zur Zeit des Gregorianischen Gesanges noch nicht abgeschlossen. Das antike und frühchristliche Tonbewußtsein und wohl auch noch die Gregorianik kannten den Viertelton. Erst Hand in Hand mit der grandiosen Entfaltung der mittelalterlichen Polyphonie vom 10. Jahrhundert an verschwand – eigentlich nicht zwangsläufig, es wäre ja auch eine Vierteltonpolyphonie denkbar – der Viertelton aus der abendländischen Hörgewohnheit. Die dann allerdings wohl fast zwangsläufig weitergehende Einengung des Tonsystems von der gleichmäßigen Gültigkeit aller (vierteltonstufenfreien) Kirchentonarten bis zur Vorherrschaft der beiden übrig gebliebenen Tongeschlechter Dur und Moll überdauerte als Entwicklungsgang die drei großen, insgesamt siebenhundert Jahre währenden Perioden der mittelalterlichen Polyphonie und war so ganz eigentlich erst mit dem gewaltigen Schlußstein des ›Wohltemperierten Klaviers‹ abgeschlossen. Mit der Einengung der Tongeschlechter auf zwei und der Festlegung des minimalen Tonabstandes auf den Halbton ging auch eine Einengung der Hörgewohnheiten, die sich auf den Rhythmus bezog – genauer gesagt: auf die Motorik, Hand in Hand. In den antiken und in den exotischen Musikkulturen finden sich unzählige und die kompliziertesten motorischen Strukturen: 1 1/8-Takte,

7/4-Takte, 27/32-Takte und so fort, und zwar als echte metrische Einheiten. Im Lauf der Entwicklung der uns geläufigen Tonalität verengte sich das im Grunde auf zwei Taktarten: 2er- und 3er – Takt. Alle uns geläufigen anderen Taktarten sind im Grunde nichts als zähltechnische Derivate von 2 und 3. 5er- oder 7er – Einheiten sind trotz gelegentlicher Verwendung immer Ausnahmen geblieben. Aber alle diese harmonischen oder rhythmischen Verengungen haben nicht zu einer Verarmung geführt, sondern zu einer Festigung des Tongefüges, zu einer Konvention der Hörgewohnheit, die die Grundlage für eine Musikkultur ohne Beispiel bildete.

Damit kann das musikalische Material, das unangezweifelt mit den Hörgewohnheiten korrespondierte, etwa zur Zeit Monteverdis, auf den Nenner gebracht werden: je 12 diatonische Tonarten in zwei Tongeschlechtern – Dur und Moll –, sieben bzw. acht Tonstufen in maximal Halbtonschritten und rhythmische Einteilung in 2er- oder 3er-Schlägen mit Derivaten. Dazu kommt die zunehmende Gewohnheit der Melodiebildung in Vierertaktgruppen, die auch mit Bach und namentlich in der Wiener Klassik kanonische Gültigkeit erlangte. Selbst die freiest behandelten Melodie- und Motivgruppen etwa in den späten Quartetten Beethovens beugen sich fast immer dieser Forderung. Aber auch sie war lange vorgebildet. Schon die ›lamentatio Rachel‹ der Limoger Handschrift von etwa 1100 ist ganz streng viertaktig. Seit etwa vierhundert Jahren also empfindet der abendländische Mensch – ob musikalisch oder nicht, ob er es weiß oder nicht –, obwohl das keineswegs naturgegeben ist und also nicht ererbt sein kann, in diesem Sinn, vor allem diatonisch. Das heißt: bei Erklingen von zwei, spätestens von drei verschiedenen Tönen ergänzt das Gehör eine diatonische Tonleiter. (Es ist wohl seit dem 18. Jahrhundert – eine weitere Einengung – die Dur- Tonleiter.) Das heißt: die Hörgewohnheit verlangt eine Bestätigung, einen Schluß. Wenn wir auf dem Klavier die Töne a, h, cis anschlagen, will das Ohr, drängt das Ohr dazu (das innere Ohr), das abschließende d zu hören. Nach zwei oder drei Schlägen will das innere Ohr den abschließenden schweren Taktteil hören, nach drei Takten den vierten End-Takt. Das alles hat zum Aufbau eines grandiosen, einmaligen musikalischen Systems geführt, das aus der *Spannung* besteht; es hat den Begriff der Dissonanz aufgebaut, die zur Konsonanz drängt: Anspannung und Auflösung, Einatmen und Ausatmen – das ist der Kern der ganzen abendländischen Musik, ihm verdanken wir die Wunderwerke dieser Gedankenkunst, die – das meine wenigstens ich – zu den größten menschlichen Leistungen gehören, die es überhaupt gibt. Das Spannungs- und Auflösungsprinzip ist übrigens allen außerabendländischen Musikkulturen fremd (wie auch den antiken, weshalb für uns diese Musik zwar vielleicht durchaus angenehm und interessant, aber monoton erscheint).

Zurück zur Mehrstimmigkeit. Jener Bruch in den Hörgewohnheiten am Ausgang des musikalischen Altertums, von dem ich gesprochen habe, hat nicht nur dazu geführt, daß der Musikhörer seine Fähigkeit endeckt hat, mehrere musikalische Bewegungen oder Linien gleichzeitig wahrzunehmen; es hat in der Folge sogar dazu geführt, daß eine einzige solche Linie als unbefriedigend empfunden wurde. Wir wissen, daß die Mehrstimmigkeit etwa um 1600 in einem neuen Schub in der Entwicklung der Hörgewohnheit durch das monodische Musizieren abgelöst wurde. Das ging – grob gesprochen – so vor sich, daß sich die jeweils höchste Stimme verselbständigte, zur Melodie festigte, und die Unterstimmen (selbst der ehemals führende Tenor) zur Begleitung verkümmerten. Die damals neu aufkommende reine Instrumentalmusik, die künstlerischen Ideologien von Reformation und Gegenreformation und vor allem die Oper begünstigten diese Entwicklung. Die Kunstform der Oper, die nicht so sehr eine Symbiose von Text und Musik ist (der Text ist bis heute immer unwichtiger oder wenigstens unwichtig geblieben), sondern eine Affirmation und Kulmination des diatonischen Musikprinzips, ist nicht umsonst zu einem Hauptgebiet der Musik geworden. Es gibt nur ganz wenige Komponisten, die, ohne eine Oper geschrieben zu haben, ins überdauernde Repertoire kamen, wohl aber viele Komponisten, die außer Opern nichts schrieben. Das alles bedeutete aber keine Rückkehr zur Monophonie. Die harmonischen Errungenschaften der mittelalterlichen Mehrstimmigkeit wurden beibehalten. Unbegleitete Musik galt – und zwar von da ab erst recht – als unbefriedigend. Das ließ die sich selbst begleitenden Instrumente (vor allem die Tasteninstrumente) aufblühen. Instrumente ohne diese technische Möglichkeit wuden von da ab nur noch mehrfach besetzt oder von einem Begleitinstrument accompagniert verwendet. Wenn man Bachs Solo-Suiten und -Sonaten für Violine, Flöte oder Violoncello analysiert, findet man, daß das alles pseudo-vielstimmige Stücke sind, und es ist erstaunlich, welche Tricks das Genie Bach angewendet hat, um innerhalb der freiwilligen Begrenzung auf ein sozusagen einstimmiges Instrument harmonische Strukturen vorzuspiegeln. Das geht bis zur einstimmigen Fuge in einer der Cello-Siuten.

Alles das aber konnte sich nur entwickeln, weil man die Musik aufzuzeichnen vermochte. Die Notenschrift setzte den Autor der Musik, den Erfinder, in die Lage, seine Erfindung (Komposition), unabhängig von eigenen oder dem flüchtigen Gedächtnis anderer, beliebig wiederholbar zu machen, und außerdem versetzte es den Komponisten in die Lage, die künftige Wiedergabe festzulegen. Mit zunehmender Verfeinerung des Notationssystems und spätestens mit dem Aufkommen des Generalbasses erhielt der Autor die alleinige Herrschaft über das künftige Erklingen der (seiner) Musik. Komponist und Interpret – wenngleich in Einzelfällen noch lange identisch, der letzte große Interpreten-Komponist dürfte Rachmaninoff gewesen sein – traten in zwei Personen auseinander. Der Weg zum Aufstieg des Komponisten war frei. Der *Autor* wurde das Maß der Musik, das gilt auch heute noch, selbst wenn auf dem Konzert-Plakat oder der Plattenhülle der Name Karajans größer gedruckt ist als der Beethovens. Mit der Herrschaft des Autors, mit dem Entstehen der letzten Hörgewohnheit, nämlich der: neben dem augenblicklich gehörten Werk alle anderen Werke des betreffenden Komponisten, soweit man sie kennt oder zu kennen glaubt, *mitzuhören,* also mit der Entstehung des *Gesamtwerkes,* griff die unausgesprochene Forderung nach Originalität um sich. Voraussetzung dafür war das rein melodiegebundene Musizieren, das um 1750 hervortrat und bald die alleinige Herrschaft in der abendländischen Musik beanspruchte und auch zugestanden bekam. Die Melodie wurde das Maß der Musik. Noch in der Barockmusik waren die Melodien fast austauschbar. Eine melodische Floskel Bachs und eine solche Telemanns (nur das melodische Material, nicht die Verarbeitung) kann man als solche dem jeweiligen Meister nicht zuordnen. Eine melodische Erfindung Haydns und eine solche Mozarts sind sich noch sehr ähnlich. Mozart und Schubert kann man dagegen bereits an der Melodiestruktur fast eindeutig unterscheiden, Schubert und Brahms ohne weiteres. Es kommt hinzu, daß man – nach heutiger Hörgewohnheit – weitgehend, soweit man informiert ist, auch den Zeitstil, das heißt das übrige Musizieren, also die Zeit des jeweils erklingenden Musikstückes mithört. Mit der Forderung nach Originalität erwachte langsam und wurde immer stärker die Forderung der Progressivität als Maßstab für die Qualität einer Komposition, die in unserem Jahrhundert – man denke an Adornos so berühmte wie unsinnige Forderung von der »Höhe des erreichten Material« – zumindest in der Theorie sogar als *einziger* Maßstab postuliert wird. Aber das nur nebenbei. Wichtig ist mir, mit all dem herausgearbeitet zu haben, daß mit der Möglichkeit, Musik zu notieren, und mit der zunehmenden Verfeinerung dieses Systems dem Autor, dem Schöpfer, Erfinder der Musik ein Mittel an die Hand gegeben wurde, das künftige Erklingen seiner Kompositionen bis ins einzelne zu regeln und damit zu beherrschen. Dadurch erst wurde die Musik zum geistigen Eigentum des Autors. Sie wurde dem Erfinder zugeordnet, es eröffnete sich die Möglichkeit der Originalität und der Progressivität, weil auf Vergangenes aufgebaut werden konnte. Seit Perotinus, sicher aber seit Dufay und Ockghem treten die Komponisten als mit menschlichem Bild und Namen behaftete Autoren zunehmend aus dem Dunkel der früheren Anonymität. Auch das ist eine Errungenschaft der abendländischen Musik, die sie vor allen anderen Musikkulturen voraus hat.

Ich sagte: es ergab sich die Möglichkeit der Progressivität, weil auf Vergangenes aufgebaut werden konnte. Die abendländische Musik ist (oder war zumindest) wie ein Baum, der jedes Jahr weiter Blätter und Zweige treibt, zu ihr verhalten sich die anderen Musikkulturen wie das Gras, das jedes Jahr nur neu wächst. Daß das menschliche Hörvermögen – unabhängig von Stamm und Rasse – aber eine gewisse Prädisposition für die diatonische Musik und für die im Abendland entwickelte Mehrstimmigkeit, das harmonikale Hören und melodiegebundene Musizieren hat, scheint mir sicher. Die erst langsame, von Frankreich ausgehende, dann das damalige Deutschland, Italien und Spanien ergreifende Ausbreitung der abendländischen Musik, die später England, Skandinavien, Polen, im 18. Jahrhundert Rußland und in unserem Jahrhundert die orientalischen und sogar fernöstlichen Länder ergriff, zeigt das. In Japan ist eine uralte, autarke Musikkultur im Untergehen begriffen, weil ihr von der abendländischen Musikkultur die Hörgewohnheiten weggesogen werden.

Mit Staunen sieht das alles, sieht das kunstvolle und

prächtige Gebäude der abendländischen Musik der Schriftsteller. Seine Kunst ist längst nicht so eindeutig. Fast ist man geneigt zu sagen: auch die Literatur wächt nicht anders nach als Gras. Abgesehen davon, daß die Literatur an jeweils eine Sprache gebunden ist und nur in Ausnahmefällen weltweit wirken kann, meist aber an ihren Bereich gebunden bleibt – als Beispiel: die Schöpfungen Puschkins, der für Rußland die Bedeutung Shakespeares hat und wahrscheinlich mit Recht, sind dem, der nicht russisch kann, hoffnungslos verschlossen, weil eine Übersetzung unmöglich ist – abgesehen davon verwelkt die Literatur sehr rasch. Was ist – in der deutschen Sprache – etwa aus der Zeit Heinrich Schütz', der vor 400 Jahren geboren wurde (und was sind eigentlich schon 400 Jahre?), was ist uns aus dieser Zeit geläufig? Grimmelshausen und ein paar schlesische Dichter dem Namen nach. Aber selbst die literarischen Zeitgenossen Bachs und Händels – ? Das literarische Gedächtnis in Deutschland reicht nicht viel mehr als 200 Jahre zurück. Bezeichnenderweise gibt es den Begriff der ›Weltliteratur‹ – ein Wort Goethes –, nicht, aber den Begriff ›Weltmusik‹. Für die Literatur mußte dieser Begriff erfunden werden, die Musik, die abendländische Musik, ist es ohne den Begriff dafür von sich aus geworden.

Ernst Theodor Wilhelm Hoffmann, der sich nicht nur aus Verehrung für Mozart, sonden aus Liebe zur Musik schlechthin anstatt des preußischen Wilhelm den samtenen Amadeus zum Vornamen gewählt hat, war in erster Linie Musiker. *In erster Linie* im doppelten Sinn: chronologisch gesehen und was seine Neigung anbetraf, selbst auch in Anbetracht des Umfanges seines jeweiligen Œuvres. Erst als es ihm klar war, daß es ihm nicht vergönnt war, als Musiker zu wirken, griff er zur billigeren Kunst der Literatur. Ich habe eingangs gesagt: zu unserem Glück folgte ihm die freundliche Muse auch dorthin. Aber wirklich aufgelebt ist der Kammergerichtsrat dann erst wieder in Berlin, als endlich doch seine ›Undine‹ gespielt wurde. Ich sehe darin eine Tragik, vielleicht *die* Tragik dieses vielbegabten Genies, den Grund für seine schizophrene Exzentrik. Was wäre aus ihm – und vielleicht aus der Musik geworden –, wenn sich sein kompositorisches Talent frei hätte entfalten können.

Alles in allem aber sehnen sich die Schriftsteller nach dem sozusagen embryonalen Homerzustand zurück, als Sänger und Dichter eins waren. Der Musiker sehnt sich nicht zurück, freilich, denn die Musik war es, die sich verselbständigt hat. Die Seele zu rühren, ohne die Reflexion zu bemühen, ist seither nur wenigen Literaten gelungen, der Musik immer. Aber das Rad der Entwicklung läßt sich nicht zurückdrehen, hier nicht und nirgends. (Oder – aber die Gedanken daürber würden hier zu weit führen – es wurde jedenfalls nie ernsthaft versucht. Vielleicht ginge es doch.) Es kommt noch ein anderes dazu, ein Gesichtspunkt, der ziemlich abseits liegt, aber doch merkwürdig ist. Der embryonale Zustand der Künste war Gottesdienst, das ist allen Kulturen gemeinsam. Mit der Trennung der Musik von der Literatur hat der Musiker aufgehört, Priester zu sein. Die Musik konnte so zu einer menschlichen Schöpfung originären Ranges werden, und so – wenn man religiös orientiert ist und so argumentieren will – zum ergreifendsten Geschenk der Menschen an Gott werden. Dem Literaten ist immer etwas vom Prediger anhaftend geblieben, er hat sich nie von der Religion (oder aber Areligiosität, was das gleiche ist) abgenabelt. Der Musiker ist nach außen getreten und verehrt – gegebenenfalls – den Schöpfer von dort. Selbst für Bruckner war der Quartsextakkord mindestens ebenso wichtig wie das Ave Maria. Ich versteige mich am Schluß zu der Apotheose, daß die Musik, und zwar unsere geliebte abendländische Musik, die ganze diatonisch klingende oder in dem System, selbst wenn in Frage gestellt, webende Welt von Leoninus bis Ligeti nicht nur eine höchst menschliche, sondern die höchste menschliche Geistesschöpfung ist, die jemals eine Kultur hervorgebracht hat. Der Literatur wendet sich in solch einer Welt nur der zu, bei dem es zur Musik nicht reicht. »Let no such man be trusted: – Horch auf die Musik!«

NACHWORT

Herbert Rosendorfer besitzt eine ausgeprägte Schwäche für vielerlei. Das bestimmt seine Unverwechselbarkeit und bedeutet wahrscheinlich seine Stärke. Aber wer vieles sehr gut kann, kann dennoch eines am besten. Rosendorfer ist Literat, schreibt Romane und Geschichten (aber keine Gedichte), Filmbücher und Theaterstücke. Er ist Historiker und kann – da ausgestattet mit einem gut funktionierenden Gedächtnis – auf Anhieb und mit Jahreszahlen gespickt selbst entlegene Komplexe, nicht nur aus dem Sektor der politischen Geschichte, sondern auch aus der Geistesgeschichte, aus der Geschichte der Künste und Philosophie, am liebsten aber immer von südlich der Alpen, minutiös, umfassend und dabei stets verständlich darlegen. Rosendorfer hat Bühnenbildnerei studiert (er übt täglich Cello, komponiert und läßt neuerdings ein ausgewachsenes eigenes Streichquartett, vorläufig noch an abgelegenen Plätzen, kennerischen Zirkeln vorführen).

Als mitnichten elender, sondern geborener Skribent (Rosendorfer akzeptiert in einem solchen Fall ausschließlich die Schreibweise Scribent) ist er fähig, gewillt, ja geradezu versessen darauf, über all das, von dem er so viel weiß und versteht, zu schreiben und zwar auf *andere* als die übliche Weise. (Neuerdings droht er seinem Freundeskreis ein Beethoven-Buch an – ein *anderes* Beethoven-Buch selbstredend, da es an herkömmlichen Beethoven-Biographien und -Werkuntersuchungen wirklich nicht mangelt.) Zu alledem hat unser berühmter Skribent noch einen Brotberuf (er ist Jurist) und übt ihn aus (als Richter). Wie man weiß, operiert er auch auf diesem Gebiet, nämlich beim Fällen der Urteile, ausgesprochen originell.

Nun ist auch Herbert Rosendorfer nicht gefeit dagegen, unter dem vielen, das ihm zu Gebote steht, eines am besten zu können: das Erzählen satirischer Geschichten. Es treffen sich dazu zwei polare Vorlieben in ihm: Er ästimiert die zugespitzte Pointe wie die notierte schier uferlose Suada gleichermaßen. Deshalb wachsen sich seine satirischen Geschichten vielfach episch aus und werden zu famosen Romanen, zu Kunstgebilden von – wie sein Freund Friedrich Torberg festgelegt hat – jean-paulscher, bei näherem Zusehen formal strikt kontrollierter Fabulierlust.

Rosendorfers Schriftstellerei über Musik und Musiker entspringt zwei Ausgangspositionen des so vielfältig strukturierten Menschen Rosendorfer: seiner habituellen Liebe zur Musik und seiner untilgbaren Neigung, sich schreibend mit der Materie auseinanderzusetzen, die er für sich als existentiell notwendig erachtet. Und in Wirklichkeit geht das noch weiter: Rosendorfer glaubt mehr an die weltumspannende Wirkungskraft der Musik als an die der Literatur; Literatur wird ihm zur blassen Tochter der Musik, und neidvoll durchsetzt sind seine diesbezüglichen Gedanken, die Gedanken des musikliebenden Literaten. Seine Musikliebe verführt ihn aber auch dazu, keineswegs nur über das zu schreiben, was er mag, sondern durchaus über alles, was ihm darstellenswert, vor allem auch erinnerungs- und korrekturbedürftig erscheint.

Rosendorfer schreibt leidenschaftlich, in beachtlichen Quantitäten, manchmal mit fast fliegender Hast, den Gedankenflügen gerade, aber letztlich stets erfolgreich, überzeugend, originell und nicht selten eigenwillig folgend. Das zusammengenommen verleiht seinen Skripten und seiner Scrittura etwas Individuell-Serenes, auch eine Spur von Distanz bei aller barocker Vitalität, und es führt zur alles überstrahlenden und niemals vernachlässigten Qualität: der Deutlichkeit. Ihr opfert unser Autor alles eitle Wortgeklingel, jedes Gepränge in schriftstellerischem Eigenglanz. Immer bleibt er aufs Faßliche rigid ausgerichtet. Und selbst wo er spekuliert, wo ihn der Schalk reitet, er die Narrenpeitsche schwingt, da manifestiert sich dies nur als Kunstgriff. Denn der Zweck heiligt die Mittel: Der krude Überschwang einer Geste kennzeichnet Rosendorfers Nähe am behandelten Gegenstand, will diesem die letzte Spur von Vagheit nehmen, ihn konkret, ja überdeutlich machen und damit die Frage, ob Musik überhaupt beschreibbar sei, in den Bereich des Absurden abdrängen.

Aber ist Musik zu beschreiben? Auch Herbert Rosendorfer weiß, daß am sichersten ihre meßbaren Verhältnisse zu bestimmen sind, einzig der ihr zugrundeliegende Regelkanon sich zuverlässig feststellen und verbal fixieren läßt. In seinen Arbeiten über Musik scheint auch das durchaus auf. Aber was für fachverhaftete Theoretiker und Ästheten paßt, muß der Musikfreund noch lange nicht goutieren. Er, der sich am problemfreien Musikhören delektiert, will nicht wissen, ob der Gegenstand seines bevorzugten Interesses funktionale Zusammenhänge erfüllt oder ihrer enträt, ob sich das benutzte musikalische Material auf der Höhe der Zeit befindet oder hinter sie zurückfällt. Der Musikfreund will vielmehr, wenn er sich denn schon zum Lesen eines Textes über Musik anschickt, die Geschichte des gerade in Frage stehenden Werkes kennenlernen, und er will die Geschichten erfahren, die hinter ihm stehen, in ihm mitschwingen, von ihm gar unausgesprochen erzählt werden.

Hier setzt Herbert Rosendorfer an. Er, der Erzähler, der Fabulierer, schreibt Geschichte und Geschichten – als wissender Liebhaber, aus herzlicher Zuneigung, mit wohlfundierter Kenntnis. Er versetzt sich ohne Beschwer und Mühe, vielmehr lustvoll-hedonistisch und bar aller verblasenen Esoterik in die Position seines wißbegierigen Gegenübers und fühlt sich mit ihm einig in der Absicht, einem bestimmten Sachverhalt auf den Grund zu gehen. Er wächst unmerklich in die Rolle eines Übermittlers und Übersetzers, der die musikalische Sprache kennt (und deren oft genug nur selten begangene Gefilde), der ihre Klangbilder beschreibt. So löst er die opaken Schichten, die sich im Laufe der Zeit abgelagert und die Aufsicht getrübt haben, energisch auf. Denn die von ihm gewählten Methoden sind – wie könnte es bei dem Romancier Rosendorfer anders sein – unkonventionell (oft bis in die Sprache hinein), ohne Anwandlungen von Purismus, vor allem aber phantasievoll, wo es möglich ist und angebracht scheint, ohne daß er darüber die Substanz der Musik in ihrer Bedeutung und Würde lädierte.

Herbert Rosendorfers Musikschriftstellerei ist somit kein literarischer Ableger, sondern ein von Grund auf solides und mit Lust gepflegtes Steckenpferd. Rosendorfer empfindet Spaß an dem, was er und wie er es schreibt. Deshalb gereicht es auch zum erfrischenden Vergnügen, seine musikalischen Geschichten gesammelt nachzulesen.

Das vorgelegte Buch stellt einen Ausschnitt dessen dar, was in den letzten vier Jahren entstanden ist. Dank der vorhandenen Fülle und der anzutreffenden Vielfalt ließen sich unschwer Gruppierungen bilden, die man wahrnimmt, ohne daß sie besonders ausgewiesen sind. Mozart, Verdi, Wagner, Richard Strauss, Italienisches, Entlegenes bis zum Fiktiven, Verstreutes, Bekenntnishaftes – so wäre grob zu umschreiben, was die Auswahl präsentiert. Aufschlußreich, ja symptomatisch, wie gezielt Rosendorfer aus dem Vorrat des Vertrauten offenkundig Marginales ins Zentrum rückt: bei Mozart die Don Ottavio-Gestalt, deren Positionszurechtrückung ihn konsequent zur freien Paraphrase inspirierte; bei Verdi dessen Librettisten, allen voran Boito. Bei Strauss denkt er Verdrängtes nicht ohne Lust am Spekulativen zu Ende. Flüchtige und spärliche Komponisten-Erdenspuren markiert er mit geschärftem Umriß: bei Sorabji, Rudi Stephan, bei Kremplsetzer (den man für eine Fiktion hält) und Jägermeier (der eine Fiktion ist). Den gefährdeten und gefallenen Engeln wie Schumann und Tschaikowsky gehört seine Sympathie. Er liebt sie und andere als Melodien-Erfinder und -bildner. Überhaupt räumt er Präferenz allem ein, was melodisch ist. Da bekennt er sich, keineswegs versteckt und gar nicht überraschend, zum konservativ eingefärbten Strang in seinem kompromißfeindlichen Charakterbild.

Verbindlichkeit (in der Form) und Hartnäckigkeit (in der Sache) schließen sich bei Herbert Rosendorfer nicht aus. Sie bedingen einander nachgerade. Da huldigt einer dem erprobten Grundsatz, Kantiges und Schrundiges ließe sich mit Konzilianz um so leichter popularisieren. Rosendorfer fährt fort, Geschichten zu erzählen: locker, gewinnend, heiter, vor allem aber phantasievoll. Dabei läßt er sich durch niemanden und durch nichts die Schärfe seiner Einstellung trüben. Im Zentrum steht allein die Sache Musik mit ihrer durch nichts zu verfälschenden Substanzkraft. Rosendorfer behält sie allzeit fest im Blick.

Taufkirchen, Januar 1989 *Hanspeter Krellmann*

NACHWEISE

DON OTTAVIO ERINNERT SICH. Unveröffentlicht

DER UNDRAMATISCHE, ABER EDLE DON OTTAVIO. Unveröffentlicht

VERDI UND SEINE LIBRETTISTEN. Programmheft zu Verdis ›La forza del destino‹, Bayerische Staatsoper, München 1986

ARRIGO BOITOS WEG ZU GIUSEPPE VERDI. Programmheft zu Verdis ›Falstaff‹, Bayerische Staatsoper, München 1987

WEM GEHÖRT DAS RHEINGOLD? Wiener Journal Nr. 81 1987

WAGNERS VERHÄLTNIS ZU LUDWIG II. UND ZU MÜNCHEN. Programmheft zu Wagners ›Die Walküre‹, Bayerische Staatsoper, München 1987

DIE OPER ALS FEST – FESTSPIELE MIT OPERN. Jahrbuch der Bayerischen Staatsoper, Bruckmann-Verlag, München 1988

EINE OPER NACH DEM ENDSIEG? Programmheft zu Strauss' »Die Liebe der Danae«, Bayerische Staatsoper, München 1988 (erweiterte Fassung)

BELCANTO-ZEITALTER UND RISORGIMENTO. Jahrbuch der Bayerischen Staatsoper, Bruckmann-Verlag, München 1985

ROSSINIS MOSES-OPER AUF DEM WEG VON NEAPEL NACH PARIS. Programmheft zu Rossinis ›Mosè‹, Bayerische Staatsoper, München 1988

GEORG KREMPLSETZER UND SEINE OPERETTE ›DER VETTER AUF BESUCH‹. Funkmanuskript, Bayerischer Rundfunk, München 1984

EINE ZERSTÖRTE HOFFNUNG. Programmheft zum 5. Akademiekonzert des Bayerischen Staatsorchesters, München 1985

HINDEMITH – AUCH HEUTE WIEDER EIN FALL? Programmheft zum 6. Konzert des Berliner Philharmonischen Orchesters, Berlin 1987

DER EINSIEDLER AUF MADAGASKAR. Funkmanuskript, Bayerischer Rundfunk, München 1986

DER KURIOSE FALL EINES EINZELGÄNGERS. Funkmanuskript, Bayerischer Rundfunk, München 1984

UNTER DEM DIKTAT EINES ENGELS. Unveröffentlicht

MELODIEN, VON MUSIKALISCHEN ENGELN BESCHERT. Programmheft zu Tschaikowskys ›Pique Dame‹, Bayerische Staatsoper, München 1984

DIE HEITERE TRAUER EINES WIRREN DICHTERS. Programmheft zum 4. Akademiekonzert des Bayerischen Staatsorchesters, München 1986

LITERATUR, DIE BLASSE TOCHTER DER MUSIK. Ungedruckt. Vortrag für die Staatliche Hochschule für Musik, Würzburg 1985

»Der Klügere liest nach ...«

Ulrich Schreiber
Opernführer für Fortgeschrittene

Die Geschichte
des Musiktheaters

Band 1
Von den Anfängen bis zur Französischen Revolution
572 Seiten; geb.
ISBN 3-7618-0899-2

Walther Dürr
Sprache und Musik

Geschichte - Gattungen - Analysemodelle
280 Seiten; kart.
ISBN 3-7618-1153-5

Die erste systematisch angelegte Gesamtdarstellung der Geschichte des Wort-Ton-Verhältnisses.

Wie Glanz von altem Gold
450 Jahre Sächsische Staatskapelle Dresden
271 Seiten, über 350 Fotos und Abb. (dt./engl.); geb.
ISBN 3-7618-1389-9

Der Bildband stellt die ereignisreiche Geschichte dieses einzigartigen Orchesters dar.

Walter Salmen
Beruf: Musiker
verachtet - vergöttert - vermarktet
Eine Sozialgeschichte in Bildern. 231 Seiten, über 100 Abb.; geb.
ISBN 3-7618-2001-1

Ank Reinders
Atlas der Gesangskunst
269 Seiten; TB
ISBN 3-7618-1248-5

Der Atlas vermittelt Grundkenntnisse zur Funktion und Pflege der Stimme und beleuchtet die Geschichte des Singenlernens und des Singens.

Bärenreiter